Denis Tillinac

La nuit étoilée

roman

PLON

www.plon.fr

ISBN : 978-2-259-22189-4

Pour René B...

Les trois personnages majeurs de ce roman sont imaginaires,
et fictives leurs relations avec les personnalités évoquées.

Le récit de Victor

I

— Après tout, tu es un ami sûr...

Il a hésité et je me suis demandé pourquoi. Une exposition des œuvres de De Staël était organisée à Arles, je lui ai proposé de l'accompagner. Souvent nous partions ensemble dans une ville de province et quelquefois à l'étranger, pour visiter un musée, découvrir une église ou simplement baguenauder dans les rues. La dernière fois nous avions pris un train pour Colmar, il voulait revoir le retable de Grünewald.

Les moments passés avec Marcile étaient toujours des fêtes pour l'esprit. Les seules ou presque pour moi. Le monde extérieur s'abolissait ; le sien était un dédale mystérieux, avec beaucoup d'ombres et des éclaircies fastueuses. Je me faisais une joie de retrouver ce coin de Provence où le génie de Van Gogh s'est affranchi. D'ailleurs Marcile m'avait fait redécouvrir Van Gogh en dissertant à sa manière devant la *Nuit étoilée sur le Rhône* au musée d'Orsay. C'était une des œuvres qui revenaient périodiquement le hanter.

Pourquoi cette hésitation avant de m'assigner un

rendez-vous dans une propriété de Maussane ? Au téléphone il avait ajouté ceci, de sa voix cassée par le tabac :

— Ne t'étonne de rien.

De quoi me serais-je étonné avec Marcile Kalf ? Nous étions amis depuis plus de vingt ans et il n'avait jamais cessé de me dérouter. C'était un être tellement bizarre : anachronique, lunaire, esthète avec un fond de mysticisme sous les dehors d'une désinvolture canaille autant que princière. J'ai publié tous ses livres, ils sont le point d'orgue de ma carrière d'éditeur, sa caution, son paravent. Si j'étais son ami le plus sûr, il était mon ami le plus précieux, pour ne pas dire le seul. Il a fui la notoriété acquise dès son premier livre en se camouflant derrière son pseudo et m'a toujours interdit de divulguer son identité. Nulle coquetterie d'auteur, juste le goût du secret. Goût ou nécessité, liée peut-être au passé qu'on lui prêtait dans les services. Je ne connaissais pas le nom de son village, quelque part au centre de la France. « Des taches de gris dans une débauche de verdure, disait-il. Un clocher trapu égrène les heures et sonne l'angélus. » Était-ce son pays, celui de son épouse ? Car il était marié, et père d'une fille. Au fil de confidences aussi rares qu'elliptiques j'ai su que cette épouse était atteinte depuis longtemps d'une maladie grave et incurable.

À Paris, il créchait dans une rue à quatre numéros derrière la bibliothèque de l'Arsenal, tout près de chez moi. Je l'y ai raccompagné maintes fois, sans jamais franchir la porte de l'immeuble. S'il souhaitait poursuivre son monologue, nous rebroussions chemin, repassions le pont Sully. Je lui proposais de monter prendre le dernier dans mon appartement du quai de la Tournelle. Il acceptait ou pas, c'était selon. Comme j'aime flâner la nuit autour de l'île Saint-Louis, il m'arrivait de le croiser, mains dans les poches de son blouson. Toujours seul et perdu dans ses songeries. S'il ne m'avait pas vu je m'abstenais de l'aborder. Il faut croire qu'il appréciait ma compagnie, mais à ses heures ; il avait besoin de solitude. Les dernières années, il ne passait plus aux Éditions de la Mirandole, rue du Bac. Il m'appelait et nous nous retrouvions dans un bar de notre quartier ou devant l'entrée d'un musée.

Pourtant il n'était pas asocial. Il entreprenait volontiers les serveuses, le buraliste du boulevard Henri-IV, les habitués du sauna où nous allions rue de Pontoise. Du temps où il venait dans mon bureau, il aimait bavarder avec les standardistes, les attachées de presse, les secrétaires. Ainsi glanait-il des bribes de destins et des effluves de l'air du temps. Le monde contemporain lui inspirait une antipathie insurmontable : il l'avait pour ainsi dire répudié. Notre complicité reposait sur cette désertion, à ceci près que je devais donner le change, exercice de plus en plus schizophrénique à mesure de l'évolution du métier d'éditeur. Lui, il n'avait pas à feindre, et vivait en apatride dans un univers dont ses livres exploraient l'insignifiance.

Cependant il aimait les êtres pris un par un et possédait le don de capter leur confiance. Je me suis souvent demandé ce qu'en des époques plus consistantes il eût pu devenir. Peut-être un confesseur, peut-être un condottiere, peut-être un Benoît Labre, ce saint qui clochardisait à Rome sur les degrés des églises. Ou bien un copiste dans un monastère. Il donnait toujours la pièce aux mendiants que nous croisions, et, au Sully, notre cantine habituelle, il ne répugnait pas à remettre une tournée au comptoir. Même plusieurs à l'occasion : il levait le coude comme un fort des halles et je n'avais pas lieu de m'en plaindre car l'ivresse aidant, son brio intellectuel atteignait des cimes ; une intuition de fortune enclenchait des digressions en cascade, c'était un régal.

Exerçait-il une activité rétribuée ? Mystère. Bien que traduits en plusieurs langues, ses livres ne l'ont pas cousu d'or. Ils se sont tous très bien vendus mais il n'en a publié que cinq en vingt ans. Le sixième se faisait attendre. Il donnait ici ou là des conférences sur un thème invariable : l'au-delà ou l'en deçà du nihilisme. Ses fidèles – surtout des jeunes – auraient aimé qu'il fût leur maître à penser. Il n'avait pas le goût de l'épate, encore moins celui des débats. Comme on ajuste les pièces d'un puzzle, je suis parvenu à reconstituer le cercle de ses fréquentations parisiennes. Le hasard m'a servi. Une fois, déjeunant avec un auteur à La Rotonde, j'ai vu Marcile attablé avec deux hommes, l'un plus âgé que lui, l'autre plus jeune. Je ne me serais pas permis d'aller le saluer, sachant le soin qu'il mettait à compartimenter ses relations. Mais il m'avait vu et le lendemain il me confia qu'il avait ses habitudes avec deux diplomates en poste à Paris, l'un italien, l'autre sud-américain, écrivains réputés dans leur pays. « Nous déjeunons à La Rotonde six fois par an, toujours dans le même box. Avec eux j'ai l'impression de vivre dans l'Europe civilisée de Zweig. » Je n'ai jamais su qui étaient ces écrivains. « Ils ont tout lu et beaucoup compris. » Une autre fois je l'avais croisé dans la rue Vavin avec Muray, un auteur presque aussi secret que lui, au visage aquilin précédé d'un fume-cigarette. Depuis peu il était à la mode dans les mêmes cercles qui lisaient Marcile. « Nous nous voyons de temps à autre. C'est un contempteur qui vise juste, mais il ignore au nom de quoi il dégaine. » Marcile avait tenu à assister à ses obsèques, dans l'église Notre-Dame-des-Champs. Je savais en outre qu'il rendait parfois visite à Cioran au haut de la rue de l'Odéon, et parfois déambulait dans les allées du Luxembourg avec Cossery, cet écrivain égyptien hâve et squelettique, au cou de condor, usant lui aussi d'un fume-cigarette et que je voyais souvent attablé chez Lipp, toujours seul, le regard tourné vers l'intérieur. Il jouissait d'une légende : il était arrivé à Paris à la fin de la guerre et occupait depuis lors la même chambre dans le même hôtel, La Louisiane, du côté de Buci. Par quel biais avaient-ils lié connaissance ? Où Marcile avait-il connu l'énigmatique Pirotte, un poète belge saturé de mélancolie qui vivait à Arbois dans le Jura mais venait parfois s'échouer dans les bars du Quartier latin, comme une mouette blessée s'abrite sous les anfractuosités d'une falaise ? Marcile l'admirait ; ils dînaient souvent ensemble dans un restaurant de la rue Racine, et je crois me souvenir que Marcile, au moins une fois, était allé à Arbois.

Telles étaient me semble-t-il ses seules attaches avec le milieu littéraire. Il ne voulait jamais assister à un cocktail, ne lisait aucun magazine, aucune revue, et refusait de se commettre dans les émissions, radio ou télé, au dam de l'attachée de presse que je lui attribuais lors de la parution d'un de ses livres. Pourtant je choisissais la plus avenante, et il m'en savait gré.

D'un autre j'aurais pensé qu'il s'éparpillait en aventures sans suite. Lui, je ne savais pas. À la Mirandole, il butinait des sourires et des confidences, emmenait son attachée de presse prendre un verre au bar du Pont-Royal. Il aimait marivauder avec une affabilité qui attendrissait les plus rétives. Toutes les filles de la Mirandole lui trouvaient du charme – haut sur pattes, un peu dégingandé, toujours mal peigné, une balafre sur la lèvre supérieure et cette façon de mordre l'inférieure avec les incisives qui lui donnait un air de gamin pris en faute. Une seule fois je l'ai surpris, à l'angle de la rue de Beaune, posant ses lèvres sur celles de l'assistante du service des manuscrits, mais ça ne prouvait rien.

Tantôt il me conviait dans des restaurants de haute gastronomie, tantôt dans des gargotes où les vins ont l'accent du terroir. Il connaissait les vins, aussi intimement que les peintres, les poètes, les historiens ou les théologiens. Il y avait en lui du Alberti mâtiné de Pascal, mâtiné de Rimbaud. Parfois je le croyais au bord d'un précipice ; le lendemain il déconnait comme un potache.

En voyage il descendait dans les palaces. Non qu'il fût snob : le luxe l'indifférait, et si nous n'avions trouvé qu'un hôtel de la gare défraîchi et peuplé de desperados, il s'en accommodait et même s'en régalait. « Cette souillon recèle un secret, je veux savoir lequel. » Il la faisait parler, il finissait par l'apprivoiser. Le choix éventuel d'un palace répondait à un fantasme, lié à des réminiscences. Mais lesquelles ? Tout juste me laissait-il entendre qu'il était déjà descendu là, dans un passé indéfini. Avec qui ?

Peut-être était-il riche, peut-être pas. Pour me rejoindre à la Mirandole, rue du Bac, il prenait comme moi l'autobus 63 en face de l'Institut du monde arabe, et quand il rentrait dans son village, il allait à pied à la gare d'Austerlitz en longeant la fac de Jussieu puis le Jardin des Plantes.

À Paris, il hantait les musées, toute la journée, principalement le Louvre dont il connaissait quasiment chaque œuvre. Il m'appelait pour me dire qu'il contemplait l'Aphrodite allongé dans la salle des Caryatides ou un compotier de Chardin. « Viens vite, il faut que je t'explique. » Les dernières années, j'étais moins occupé. Je passais le pont Royal, le rejoignais devant un tableau ou une sculpture et j'avais droit à une traversée sans frontières des âges et des styles, un peu à la Malraux dont il appréciait le cycle en trois épisodes des écrits sur l'art, sauf l'épilogue sur l'audiovisuel. « Dans son musée imaginaire, les divinités n'ont rien à se dire mais il était ministre, il n'a pas osé tirer le rideau. »

Autant que je puisse en connaître, ses voyages étaient centrés sur les grands musées. Je n'avais pas le temps de l'accompagner, sinon une fois à Londres, une autre à Amsterdam avant la fermeture du Rijksmuseum. Il me rapportait des cartes postales d'œuvres qui l'avaient intéressé, à des titres variables, certaines étayant un raisonnement sur le cheminement de l'Histoire, d'autres rendant en son for des échos plus intimes. Kalf par exemple. Ou Van Gogh.

II

Un TGV m'a largué en gare d'Avignon. J'avais loué une voiture. Soleil de printemps sur la Provence de Mistral et de Daudet. Pêchers et amandiers en fleur. Verts tendres des prés semés de boutons d'or. Verts sombres et blancs grisaillants des Alpilles.

Maussane en ocre pâle, une rue bordée de platanes, une église néo-classique sur une place somnolente. La route d'Eygalières. Un chemin blanc entre des chênes-lièges. Un mas en forme de fer à cheval d'où se profilent des champs d'oliviers, des cyprès à l'alignement, une bambouseraie, et dans le lointain la plaine embrumée de la Crau.

Une jolie brune au teint mat m'a accueilli sur le seuil avec un sourire espiègle sur les bords. « Monsieur Kalf vous attend sur la terrasse. »

Marcile lisait des poèmes d'une des sœurs Brontë dont je confonds toujours les prénoms, Emily ou Charlotte. Il s'est déplié en écrasant sa énième cigarette.

— Ces poèmes sont superbes... Tu connaissais la région ?

— Un peu. Ça remonte à loin. J'étais étudiant, je venais de découvrir Van Gogh. J'ai sillonné le pays en deudeuche, avec une copine.

— Moi aussi. Van Gogh, une deudeuche, une copine. C'était peut-être la même... Nous allons dîner ici, avec la propriétaire de cette maison. La fille de mon meilleur ami.

— Il sera là ?

— Il est mort, il y a douze ans. Accident d'avion.

Il a soupiré, haussé les épaules. Il semblait à la fois gêné et soulagé. Je percevais toujours une gêne quand il me présentait quelqu'un. Surtout si c'était une femme. Ça lui arrivait rarement.

Le soleil couchant distribuait ses ombres. Je me souvenais de sa phrase, au téléphone : « Ne t'étonne de rien. »

Soudain elle apparut. Grande, élancée, tout en bleu pâle : pantalon de toile, débardeur, mocassins. Bleu comme le ciel son sourire d'avant la chute. Blonde avec des reflets auburn, la chevelure en pleine liberté. Verts les grands yeux qui enluminaient son visage. Une Vierge de Raphaël ? De Murillo ? Plutôt une grâce de Botticelli. En tout cas un visage dont la pureté dépaysait comme la contemplation d'une œuvre d'art. Trente-cinq ans ? Un peu plus, un peu moins. Jamais je n'avais vu une femme de chair aussi belle, et d'une beauté aussi naturelle, sans ce hâle abusif qui l'été dénature les bronzeurs. Juste dorée.

Marcile a fait les présentations :

— Victor, mon ami. Claire, mon esclave.

J'ai écarquillé les yeux. Elle m'a serré la main en

m'adressant un sourire difficile à interpréter. Cordial, jovial, mais avec une retenue.

— Je suis enchantée de vous connaître. Les amis de Marcile sont les miens.

Il avait dit « mon esclave ». Elle n'avait pas réagi. Était-ce un jeu entre eux ? Marcile détestait la provocation. Avec les rares femmes entrevues dans son sillage, il ne s'était jamais autorisé la moindre privauté. La féminité ensoleillait son regard par ailleurs si désenchanté sur le monde. Des femmes ont sûrement compté dans sa vie, dont une certaine Graziella qui l'accompagnait souvent à l'époque où j'ai publié son avant-dernier livre, *Les Débuts de la fin*. Une Romaine brune aux jambes interminables, ancien mannequin, ancienne actrice, divorcée au long cours de milliardaires montés sur yachts. Charmante encore que filiforme et sachant pianoter avec aisance sur tous les claviers de la futilité. Leurs liens s'étaient distendus à la longue, sans que je puisse savoir s'ils avaient tout à fait rompu. Au demeurant la nature de ces liens m'échappait. Jamais je ne me serais permis d'aborder le sujet, c'était déjà beaucoup qu'il daigne me convier à des soupers avec cette Graziella au restaurant du Ritz dont le chef était de sa région. Je présumais des liaisons à temps partiel qui éveillaient ma curiosité, mais les cloisons érigées par ses soins entre les cercles de son intimité étaient si étanches qu'aucun rapprochement biographique ne pouvait avoir de pertinence.

Claire m'invita à prendre possession de ma chambre. Meublé en rustique provençal, le salon était tapissé de tableaux, essentiellement des paysages. J'ai reconnu un

Lhote pas trop cubiste, un Dunoyer de Segonzac, un Émile Bernard, un Monticelli.

— Des peintres provençaux. Ma mère les a tous choisis.

Trois marines étaient accrochées aux murs de ma chambre où Marcile vint me rejoindre. Les cendres de sa cigarette tombaient sur la moquette.

— Comment tu la trouves ?

— Je suis sous le charme. Cette jeune femme est... hors concours. Mais pourquoi tu as dit « mon esclave » ?

Il a ébauché un sourire, assorti d'une moue qui pouvait s'interpréter comme l'aveu d'une fatalité. Ou autrement. Ses sourires étaient à la fois des sésames et des verrous.

— Parce qu'elle est mon esclave. Elle m'appartient. Tu es le seul à le savoir... Le plus simple sera qu'elle t'explique.

J'étais ébahi. Que signifiait « elle m'appartient » ? Était-il pensable que Claire fût un épigone de l'amante suppliciée d'*Histoire d'O*, ce roman signé Pauline Réage qui avait fait bruire de rumeurs le milieu littéraire avant mes débuts dans l'édition ? L'auteur protégé par un pseudonyme était, disait-on, une éditrice considérable, et son récit la vengeance d'une amoureuse délaissée. De ce roman je n'avais gardé que des images, rendues plus crues par le classicisme glacé du style, l'emploi du subjonctif, les parallèles avec la violence de certaines ascèses monastiques : l'amante ligotée, fouettée au sang, marquée au fer rouge, offerte à la prédation d'érotomanes et qui tirait de l'anéantissement de soi une jouissance lugubre. Ces images m'ont hanté, elles s'associaient mystérieusement au *Bœuf écorché* de Rembrandt. Impossible d'imaginer Claire dans les transes de l'impudicité et plus encore Marcile dans le rôle abject d'un amant qui prendrait du plaisir à avilir sa proie. Impossible, et pourtant Marcile connaissait le sens des mots ; il savait que celui-là – esclave – est rien moins qu'anodin. Il s'amusait peut-être de ma surprise, il ne plaisantait pas.

Il m'a fait admirer les toiles une à une en citant le nom des peintres. Aucune n'était médiocre.

— Sa mère aimait la peinture. Elle est morte il y a deux ans. Alzheimer. Aristo anglaise. Bedford par son père, un lord, Warwick par sa mère.

— Que faisait son père ?

— Conseiller d'un chef d'État africain. Un type formidable.

Claire a réapparu, accompagnée de la jeune femme brune qui a disposé un seau à champagne et des flûtes sur la table. Laurent Perrier, cuvée Alexandra. C'était le champagne préféré de Marcile. Claire s'est assise entre nous. La nuit était tombée. Nuit étoilée. J'ai pensé aux étoiles de Van Gogh, celles d'Arles, celles de Saint-Rémy.

— Claire, Victor s'étonne que tu sois mon esclave. Je crains même de l'avoir choqué.

Elle a souri. Leurs regards se sont croisés. Elle voulait s'assurer qu'il souhaitait vraiment l'entendre s'expliquer.

— Il n'y a rien de choquant. Ni rien d'équivoque. Je suis l'esclave de Marcile, je lui appartiens. Ma vie lui est due, il en use à sa guise. Ses désirs sont les miens, je ne suis que son ombre – et je vous assure, ça n'a pas fait de moi une dépressive ou une frustrée.

Mon visage a dû exprimer une telle stupéfaction qu'elle a éclaté d'un rire tout de fraîcheur. Presque un rire de gamine.

— Chère madame, vous avez l'air de tout sauf d'un être dépossédé.

— S'il vous plaît, appelez-moi Claire. Je me permettrai de vous appeler Victor.

Elle a ajouté, avec une touche manifeste d'ironie :

— Avec l'autorisation de Marcile.

Il souriait avec la même ironie, dont j'étais la cible. Ces deux complices se jouaient de moi.

— Autorisation accordée. Tu parlais dc dépossession. Explique-lui, Claire, il doit s'imaginer un truc de cinglés avec un fouet, des fers aux chevilles et des voyeurs embusqués.

Je me suis senti piégé : les images d'*Histoire d'O* qui étaient remontées du tréfonds de ma mémoire, il les avait devinées. Le fouet, les fers...

— Je n'imagine rien, mais vous présentez tous les extérieurs d'une femme moderne.

Elle a froncé les sourcils, comme si je venais de prononcer une énormité.

— Moderne, moi? Ma dépossession n'a rien de moderne. Elle est absolue : je suis comme une argile que Marcile modèle à sa guise. Il faudrait des mots de poète pour dire ma joie d'être dépossédée. Ma joie, ma fierté – encore que je n'aie pas mérité ce privilège. Vous savez, je suis une femme très ordinaire.

Marcile l'a interrompue.

— Allume-moi une cigarette.

Elle a sorti une Craven d'un paquet rouge, l'a allumée avec un briquet d'argent. Quand elle la lui a tendue leurs doigts se sont effleurés. À peine effleurés, mais le frôlement de leurs majeurs pour l'offrande de cette cigarette était une caresse très intime. Du moins m'a-t-il semblé.

Il n'avait dit ni « s'il te plaît » ni « merci ». Or Marcile était incapable d'une discourtoisie. Il fallait conclure que dans la sphère où leurs liens étaient noués, les mots de politesse n'avaient plus droit de cité. Elle lui souriait avec une bienveillance maternelle, ce qui relevait du paradoxe car elle devait avoir l'âge de ma fille. Ou de la sienne. Elle levait sa flûte avec une grâce presque surnaturelle, buvait une gorgée, la reposait, remplissait nos coupes.

J'étais bouleversé par l'aveu si simple, si spontané, si joyeux, si fervent, si inouï de ce don de soi. De cet abandon. De cette dépossession, c'était son mot, je n'avais pas rêvé. La jeune femme brune a apporté un autre flacon de champagne. «Je te présente Juliette. Comment tu la trouves ? » Je la trouvais fruitée et pimentée mais j'étais trop confus pour improviser la moindre repartie. Marcile l'a complimentée sur sa robe de coton bleu, une robe très courte et très moulante. L'espace d'un instant j'ai imaginé une intimité de facture érotique entre Claire, Marcile et cette femme qui nous servait mais tutoyait Marcile et semblait être une amie plutôt qu'une employée de maison. Juste un instant, et ma volonté s'est tendue pour repousser l'une ou l'autre image d'*Histoire d'O*.

— Pour le dîner, j'ai prévu une salade de homard aux

agrumes et un loup sans sauce, juste de l'huile d'olive. Chablis avec le homard; meursault avec le poisson, Victor, vous préférez un autre vin ?

— Votre choix sera le mien.

Nous avons bu une bouteille de chaque vin. Nous : Marcile et moi. Claire buvait peu. Elle a fumé deux cigarettes, en a allumé plusieurs à Marcile. Chaque fois les majeurs s'effleuraient et chaque fois les yeux verts de Claire, par ailleurs si mobiles, se figeaient en un comble d'extase. Du moins j'avais lieu de le supposer.

Durant ce dîner à trois, dans la fraîcheur d'un printemps provençal, j'ai découvert que cette femme possédait mille cordes sur sa lyre. Elle enseignait l'histoire de l'art à l'université d'Aix et à Cambridge, où elle a fait ses études puis une thèse sur Bonington et les paysagistes anglais de sa génération. Nous avons parlé des clochers de Salisbury peints par Constable, des derniers Turner, ceux de la Tate Gallery. Marcile était ravi, peut-être soulagé aussi, comme s'il avait craint que je prisse son « esclave » pour une égérie de facture banale. Ou que je la croie brimée en quelque façon.

Il s'est éloigné quelques instants pour répondre à un appel téléphonique. Claire le regardait marcher avec l'attendrissement d'une mère pour son enfant. Il y avait aussi cela, entre eux.

— Vous connaissez Marcile depuis longtemps ?

— Assez longtemps. C'était le meilleur ami de mon père.

— Je veux vous dire, Claire... Moi aussi je le connais

depuis longtemps. Ses livres et sa personnalité me fascinent. Mais je suis encore plus fasciné par votre... destin.

— Destin... Quel gros mot ! Ne fabulez pas. Je vous assure, c'est tellement... simple. Et tellement facile.

Il est revenu, cigarette aux lèvres. Il fumait sans arrêt. Il s'est immobilisé derrière Claire, a posé ses paumes sur ses épaules. Il y eut alors, dans la prunelle de cette femme, une fixité presque effrayante. Telle est sa joie, ai-je pensé, qu'elle doit prendre sur elle pour en supporter les effets dans son corps, dans son cœur.

— Tu la trouves comment, mon esclave ?

— Princière.

— Ça doit venir de ses ancêtres anglais.

Ses doigts allaient des épaules au cou avec une lenteur, une délicatesse de geisha. Les paupières de Claire se sont closes, j'ai cru qu'elle allait défaillir. Ses yeux se sont rouverts. Elle m'a regardé comme si j'appartenais à une espèce autre que la sienne. Que la leur. Elle a dû s'apercevoir de mon ébahissement.

— J'ai sans doute trop parlé. Marcile vous accorde une grande confiance.

— Elle ne sera pas trahie.

— J'en suis sûre. Ce mot – esclave – vous choque vraiment ?

— Moins à présent.

— Il résume mon... identité, comme ils disent tous. Je comprends qu'il fasse peur. Des femmes esclaves d'un homme, il y en a beaucoup. Des femmes vouées par passion, ou par fatalité, à des types qui les avilissent, les tabassent, les prostituent, les assassinent. Pour ces messieurs, je suis sans pitié, parce que je sais.

— Vous savez ?

— Je sais ce que signifie l'absolue soumission. Et jusqu'où elle peut mener. Si Marcile me demandait d'incendier cette maison, je le ferais.

Sa voix était légèrement fêlée.

— S'il me demandait de tuer, je le ferais. Ce serait atroce mais je le ferais.

Son sourire revint, comme le soleil après le voile bref d'un nuage. Nous avons marché dans le parc, sous les étoiles. Chants des cigales. Le profil du visage de Claire dans la pénombre avait à voir avec celui de certaines femmes peintes par Georges de La Tour. Jc l'avais trouvée botticellienne, je la voyais caravagesque, avec en prime une sensualité épurée par le pinceau de Nattier. Elle souriait aux anges. À quels anges, me demandais-je ? Quelle sera leur nuit ? L'idée m'est venue qu'il la voulait peut-être vierge à tout jamais – la vestale immaculée de son âme à tiroirs multiples. L'idée m'est venue aussi qu'à l'instant où ils seraient seuls elle mendierait à genoux le sac de son intimité. Mais son intimité, il en possédait déjà toutes les clefs. Plus vraisemblablement leurs corps allaient se rejoindre chastement, religieusement. Une messe basse dans une chapelle romane plutôt qu'un *Te Deum* dans une cathédrale.

III

À mon réveil le soleil scintillait sur le blanc des rochers. Claire a surgi d'une porte. Short de coton vert, tee-shirt vert, chignon noué à la diable. Fraîche et rieuse, comme une adolescente de Renoir à la sortie du bain. Nous étions dans la cuisine. Après m'avoir servi du café, elle a découpé en lamelles une portion de baguette de pain, les a beurrées et posées devant la tasse de Marcile.

— Au réveil il n'aime pas trop attendre.

Toujours ce sourire, assorti d'une moue d'enfant qui craint de se faire gronder. Ou plutôt qui fait semblant de craindre, et se complaît à ce simulacre.

— Pour Arles, l'exposition et le déjeuner, j'ai acheté une jupe de printemps. En principe, je sais comment il aime me voir habillée, mais quand c'est nouveau, j'ai toujours une appréhension.

Marcile est arrivé sur ces entrefaites, pas rasé, les cheveux hirsutes comme à son habitude. Claire s'est aussitôt levée, a pris la cafetière, rempli sa tasse, rapproché le sucrier, posé discrètement une pilule. Toujours pas de merci. Le regard qu'il a posé sur elle après avoir lampé sa première tasse valait plus qu'un merci. Dans celui de Claire se fondaient soumission, tendresse, gratitude. J'ai pensé aux Jansénistes de Port-Royal, aux mystiques rhénanes, à Thérèse d'Avila. J'ai pensé qu'aucun homme ne méritait cette femme. Même Marcile.

Il avait lu avant de s'endormir des poèmes d'une Américaine que je ne connaissais même pas de nom. Sylvia Plath. Elle leur inspirait une grande admiration, ils en parlaient comme d'un enfant qu'ils auraient eu ensemble. J'ai pensé que Claire n'aurait jamais d'autre enfant que Marcile. Puis Juliette a apporté les journaux et, après l'avoir embrassée sur les deux joues, Marcile s'est plongé dans les pages sportives.

— Le sport, vous suivez ? ai-je demandé à Claire, non sans perfidie, convaincu qu'au moins cette passion de Marcile les éloignait l'un et l'autre.

— Oui, je suis. J'ai fait beaucoup de sport. C'est un miroir de notre société, peut-être le plus fidèle.

Elle m'avait vu venir, je l'ai senti à l'ironie de son sourire. Une ironie qui ne se voulait pas blessante. Ironie quand même. C'était étrange et presque angoissant de sentir qu'elle devinait mes pensées.

Plus tard je les ai attendus sur la terrasse. Claire est sortie. Elle avait dénoué ses cheveux et portait une jupe de crépon fleurie et un chemisier blanc.

— Vous croyez que ça lui plaira ?

— Je ne peux pas en douter.

— Moi, un peu. À tout hasard j'ai prévu une autre tenue, qu'il connaît et apprécie.

Marcile est apparu devant la baie vitrée. Claire s'est rapprochée de lui. Il a hoché la tête en signe d'approbation. D'un geste de la main, il l'a priée de se retourner pour qu'il la voie sous tous ses angles. Elle s'est exécutée. Il lui a fait signe de le rejoindre. Ce qu'il lui a dit, ce qu'elle a répondu, je ne puis que l'imaginer. Il a posé les mains sur ses épaules et après leur bref échange elle a penché son visage vers le sien, pour une effusion discrète mais intense sans doute car lorsqu'ils m'ont rejoint ses yeux étaient embués. Le bonheur la submergeait, j'étais sûr qu'elle prenait sur elle pour ne pas s'échouer dans ses bras.

Dans la voiture que Marcile conduisait, elle a détaillé le programme de la journée. Je lui avais proposé de s'asseoir devant.

— Cher Victor, ici on fait à l'ancienne : les hommes devant, les femmes derrière. Marcile et le féminisme, ça ne colle vraiment pas.

— Vous le déplorez ?

— Je m'en réjouis. Je laisse le féminisme aux femmes modernes. Elles le paient cher, les malheureuses.

J'aurais pu lui répondre que les hommes aussi peuvent payer cher, s'ils se font piéger par une femme moderne. Je pensais à Betty, mon ancienne épouse.

À Arles, le conservateur du musée nous a présenté l'exposition. Marcile s'est extasié devant des toiles venues du musée de Dijon et inspirées par le foot.

— France-Suède au Parc des Princes. En 1952. Le *vrai* Parc, avec ses tribunes en bois et sa piste. D'ailleurs c'est à partir de 1952 que la peinture de De Staël m'intéresse.

Je savais qu'il aimait la génération de peintres émancipés du pointillisme, du symbolisme, du fauvisme, du cubisme. De tous les « ismes » et surtout de l'abstrait. En sortant du musée il a voulu longer les quais jusqu'à l'endroit présumé où Van Gogh a peint sa *Nuit étoilée sur le Rhône*, après la courbe du fleuve. Les formes de la ville s'inscrivaient en ocre foncé dans un ciel sans nuage.

Nous avons déjeuné sur la terrasse ombragée de platanes d'un restaurant proche des éditions Actes Sud où j'avais présenté ma candidature, après mon divorce, parce que je souhaitais fuir Paris. On n'a pas voulu de moi et tant mieux, il y a des miroirs à glace à Arles, j'y aurais retrouvé la même tronche défraîchie. Autant la subir au bord de la Seine ; avec le temps mon quartier a fini par ressembler à une patrie. De mes fenêtres je vois les façades du quai de Béthune, le chevet de Notre-Dame, la statue de sainte Geneviève devant le pont de la Tournelle et la tour Saint-Jacques entre les deux îles ; c'est la matière d'un tableau que mes humeurs repeignent diversement, avec plus ou moins de gris.

Une jeune femme nous avait rejoints – une universitaire, enseignante à Aix, spécialiste du Pseudo-Denys l'Aréopagite. Je connaissais tout juste le nom de ce théologien. Marcile voulait la rencontrer. Blonde, menue, pétillante, entre trente et quarante comme Claire. Sans Claire je l'eusse trouvée séduisante. Claire présente, aucune femme ne pouvait m'émouvoir. De temps à autre elle repoussait une mèche rebelle d'un geste de la main qui était un abrégé de son charme. Je l'observais sans qu'il y paraisse pour filouter ce geste, il me troublait, j'étais subjugué : son bras, sa main semblaient dessinés par Léonard, peints par Ingres. Le trait de l'un, le velours de l'autre.

La théologienne a parlé avec Marcile de « hiérarchies célestes », j'étais largué. Je suis infirme sur le chapitre de la religion. J'ai déserté l'Église après ma communion solennelle, je ne me suis jamais intéressé à la théologie et n'ai fréquenté la Bible que pour comprendre l'histoire de l'art occidental, le seul qui me touche. Sans être positivement athée, je doute que Dieu existe, et plus encore qu'il se soucie de mon âme. Pour tout dire je ne suis pas sûr non plus de l'existence de mon âme. Mais Marcile en a une, j'en jurerais.

Claire s'assurait que chacun était servi selon ses goûts, tout en devisant avec le conservateur. J'ignorais les naïfs haïtiens qu'ils évoquaient, je me sentais ignare. Claire devait le sentir aussi et par gentillesse orientait le propos vers les peintres du XVIIIe français que je connais un peu. Elle mettait Chardin au-dessus des autres, et là, c'était l'empreinte de Marcile.

Vis-à-vis de lui, Claire se comportait en amie respectueuse d'un homme nettement plus âgé qu'elle. J'étais sidéré qu'elle le vouvoie et l'appelle monsieur. À la fin du repas la théologienne lui tendit une carte sur laquelle elle avait noté son numéro de portable. Ça n'avait pas l'air de contrarier Claire. Au contraire. « J'espère qu'elle te plaira », avait-elle dit dans la voiture. Avec quoi rimait sa complaisance ? Entrait-il dans le cahier des charges de son « esclavage » de pourvoir Marcile en féminité ?

Sans m'en aviser clairement, un sentiment voisin de la jalousie commençait à affleurer. Léger, ce sentiment – mais enfin, pourquoi cette splendeur ne daignait exister qu'en lui, pour lui et par lui ? En dépit de ses énormes talents, Marcile n'était qu'un homme au crépuscule de sa vie dont les joues se creusaient et dont le cheveu grisonnait autour des tempes. Je me méprisais de penser cela, surtout en présence de Claire. J'étais en état d'hypnose chaque fois qu'elle relevait sa mèche, en adoration quand elle me souriait.

Après le déjeuner Marcile a voulu revoir les Alyscamps. Il a déclamé des vers entre les catafalques : « *Dans Arles où sont les Alyscamps, / Quand l'ombre est rouge, sous les roses / Et clair le temps, / Prends garde à la douceur des choses* » et demandé à Claire de lui faire parvenir les œuvres de Toulet. Elle a noté sur son portable, en secrétaire avisée : ça m'agaçait de la voir confinée dans ce rôle accessoire et apparemment de s'y complaire. Puis nous avons roulé sous le soleil jusqu'à une gentilhommière sise dans un vallon où coule une rivière, près d'Orgon. Claire avait pris le volant. Affalé sur la banquette arrière, Marcile comparait le suicide de De Staël à la désertion de Rimbaud. « Ils avaient atteint le même bout du même rouleau. Comme Van Gogh. »

Le propriétaire semblait sortir d'un roman de Galsworthy : complet beige, gilet écossais, cravate rouge, montre à gousset, favoris. Il collectionnait des faunes et des tableaux de l'époque nabie. J'ai cru comprendre que son épouse décédée avait un lien de parenté avec la mère de Claire. Des toiles de Maurice Denis ont suscité l'enthousiasme de Marcile – des vestales éthérées dans des halos rosâtres, mais aussi des nus de son épouse : « Ce sont précisément *mes* roses. » Claire témoignait à son hôte une affection respectueuse ; et, par des nuances indescriptibles, j'ai cru déceler une touche d'aristocratie. Légère, comme tout ce qui émanait d'elle.

Marcile avait choisi la compagnie pour le dîner : un philosophe, président de l'université d'Aix, et son épouse qui enseignait la même discipline. Un géographe spécialiste de l'œnologie, un peintre établi au Paradou que Marcile connaissait et dont il appréciait l'œuvre. Deux de ses aquarelles étaient accrochées dans la cuisine – des flamboiements de couleurs dans la manière d'Olivier Debré. En dépit de ses théories sur la fin de l'histoire de l'art, Marcile avait des indulgences pour certains artistes vivants.

Marcile ayant gagné sa chambre, j'ai bavardé quelques instants avec Claire. En riant elle m'a avoué qu'elle allait connaître les mêmes affres que le matin. « Une robe rouge, pour le dîner. Elle devrait lui plaire mais j'ai un doute. » Et comme le matin elle avait en réserve une autre robe qu'il trouvait à son goût, au cas où...

Je me revois sur la terrasse où la table avait été dressée, une flûte de champagne à la main. Je revois Claire, impériale sur de hauts talons, l'ovale de son visage allongé par sa coiffure – cheveux retenus par une pince, mèche en liberté – esquissant la même drôle de moue que le matin. Elle n'était pas vraiment inquiète. Elle n'avait pas peur de Marcile. Elle avait juste peur qu'il n'apprécie pas la robe. Il entrait du jeu dans cette peur. Une robe rouge près du corps, très légèrement décolletée et qui découvrait les épaules et les genoux. Un seul bijou : une perle noire sertie en pendentif sur un collier. Les reflets verdâtres de la perle soulignaient le vert printanier de ses yeux.

Marcile arriva sur la terrasse en imitant avec ses grands bras les gestes d'un chef d'orchestre car on entendait une musique en sourdine, peut-être du Brahms. Claire tourna sur elle-même en outrant une gestuelle de mannequin. Il tendit une main, elle approcha la sienne. En guise de satisfecit il effleura des lèvres le dos de cette main aux ongles vernis mais pas peints. Rien d'autre mais ce baiser d'apparence mondaine était un poème ou plusieurs, l'hommage d'un féal à sa souveraine. Aucun homme au monde ne mérite cette femme, ai-je pensé. Aucun homme n'était digne d'être l'esclave de Claire.

De ce dîner je garde un souvenir confus. J'étais trop ému, j'ai sûrement trop bu. Le propos de Marcile rebondissait comme une balle, la spiritualité de Bergson, l'Autriche de Haydn, les coteaux de Layon, l'agonie de Venise, tel joueur de l'Arsenal dont je croyais comprendre qu'il s'agissait d'un club londonien sans savoir si on y jouait au foot ou au rugby. J'écoutais à peine, je ne voyais que Claire. Elle était parfaite dans son rôle de maîtresse de maison, parlant peu, priant « monsieur » de servir le vin à sa voisine. Plusieurs fois elle m'a gratifié d'un sourire qu'il m'était loisible de croire affectueux – et comme elle me sentait un peu perdu, elle me posait des questions sur ma vie à Paris, mon métier, ma famille. Je me suis confié, contre mes habitudes : mon divorce, mes enfants que je vois trop rarement, l'édition qui m'a rempli d'amertume, ma peur de vieillir seul. Ma désuétude, mon désaccord de fond avec le monde tel qu'il suit son cours. Ou dévale sa pente. Elle acquiesçait, me disait qu'avec ce monde elle n'avait pas non plus d'atomes crochus mais qu'on pouvait le mettre entre des parenthèses d'amour et de beauté. Je lui répondais qu'il fallait les deux et que l'amour m'avait toujours filé entre les pattes. Enfin, presque toujours.

Nul ne pouvait se douter que seul Marcile existait pour elle. Dans le cercle de ses relations on devait supposer qu'elle cachait une liaison. Ou qu'elle était lesbienne. Marcile courtisait à sa manière désinvolte l'épouse du président dont le charme effectivement capiteux embrasait, selon Claire, les libidos de la gentry aixoise. J'aurais été choqué si je n'avais perçu que cette aimable drague participait d'un jeu de rôle : cette dame n'était que l'adjuvant de leur complicité. Du reste il s'autorisait le même marivaudage avec Juliette qui allait et venait de la cuisine à la terrasse.

Claire s'est levée pour raccompagner ses invités. Marcile somnolait, je crois qu'il avait lui aussi beaucoup bu. Je suis allé marcher sur le chemin, sous les étoiles. Claire était revenue sans que je m'en aperçoive. Je suis à peu près sûr de l'avoir entendue murmurer ceci : « C'était délicieusement insupportable. » Je n'ai pas entendu ce qu'il lui a répondu à voix encore plus basse mais j'ai surpris le regard qu'ils échangeaient, et j'en ai compris le sens : « délicieusement insupportable » de ne pouvoir exprimer ce qui la chavirait de bonheur. « Délicieusement », parce que la clandestinité à laquelle ils s'astreignaient, pour une raison que j'ignorais, que j'ignore encore, produisait une condensation de leurs sentiments. « Insupportable », parce que, au fond, ils aspiraient à abolir la fatalité qui scindait en deux personnes une même entité amoureuse.

J'ai pris congé, j'étais de trop. Le monde était de trop. Toute la nuit un rêve m'a poursuivi, un cauchemar plutôt, une femme qui était Claire, un homme qui était un mixte lamentable de Marcile et de moi. Une histoire triste de doigts qui s'effleuraient, les siens, les miens, ceux des deux personnages de *La Nuit étoilée sur le Rhône* de Van Gogh, en bas et à droite du tableau.

Au petit déjeuner, Claire était à l'unisson de l'aube dont les brumes déjà se dissipaient au-dessus des collines. Lorsque nous nous étions quittés, Marcile m'avait dit qu'il dormirait tard.

— Vous avez passé une soirée agréable ?

— Pas agréable : inoubliable. Claire, vous êtes...

Elle a deviné que j'allais trop en dire.

— Je suis une femme très ordinaire, Victor. Marcile vous a fait confiance. Moi aussi, par ricochet. Ne trahissez jamais votre ami.

Ce n'était pas une menace. Plutôt le rappel d'un impératif catégorique.

Il fallait que je parte pour ne pas manquer mon train. Il le fallait surtout parce que j'allais dérailler. Je l'ai embrassée sur les deux joues, trop vite, de peur d'y mettre ce que j'avais sur le cœur. Elle le savait. Elle devinait tout. Elle savait que j'aurais voulu être son esclave. Vouer ma vie à ses désirs – ombre de l'ombre de sa majesté. N'exister qu'en elle, par elle et pour elle. Lui témoigner ma soumission à genoux. Ne plus être que l'écho de ses chamades. Allumer ses cigarettes sans qu'elle me dise merci. Lire des études sur Bonington et les paysagistes anglais pour m'imprégner de sa culture. Noyer voluptueusement ma vacuité de bas étage dans l'océan d'une servilité qu'elle daignerait agréer.

— Adieu, Claire. Je vous...

— Pas adieu : au revoir. Vous reviendrez.

Son dernier sourire m'a accompagné pendant tout le voyage : c'était, c'est encore la berceuse de mon désespoir. Quoi de pire que d'être l'esclave d'un vain désir d'esclavage ?

IV

Pluie d'automne sur les gris de Paris. Grise aussi ma mélancolie, je me sentais pire qu'inutile : inopportun. Ce sentiment d'habiter par inadvertance un monde dont je ne suis pas vraiment citoyen, je le traîne depuis l'adolescence. C'est ma fatalité. Il y a toujours dans une classe un dadais mal embouché qui à la récré bouquine dans un coin du préau au lieu de jouer au ballon avec les autres. J'étais ce genre de gars à Bordeaux, morne plaine, où s'est écoulée ma jeunesse. Le rugby m'ennuyait et, dans le bar en face du lycée où nous nous retrouvions après les cours, les discussions tournaient autour des prouesses d'Agen ou de Bègles. Je n'aimais pas les Beatles ou les Rolling Stones qui braillaient dans les juke-box et dont les copains échangeaient les 45 tours. Je ne m'intéressais pas aux voitures de sport. Ni à la politique. Je ne rêvais pas comme d'autres de traverser l'Amérique au volant d'une décapotable, de refaire le monde avec les gros mots d'une utopie, ou de devenir milliardaire en régnant sur un négoce. Je détestais le ski, les plages. J'aimais lire Balzac, Cervantes, Dickens, Dumas – tous les livres de la bibliothèque de mon père, que je sortais au hasard. Je m'en repaissais dans une ivresse telle que le monde extérieur n'avait pas beaucoup d'importance. Ce que j'en voyais m'indisposait, je trouvais laides les vitrines des boutiques et les affiches publicitaires, racoleuse la titraille des journaux aux étals, menaçantes les barres d'immeubles qui surgissaient autour de la ville. Je n'allumais jamais la télévision que mes parents s'étaient décidés à acheter, presque à contrecœur, en espérant que j'y trouverais un ancrage avec la réalité car ma solitude les inquiétait un peu. Mon père regardait les matchs. Ma mère était mélomane ; elle jouait passablement des valses de Chopin et achetait des microsillons de Bach, de Mozart, de Beethoven et de Liszt. J'aimais bien les écouter en lisant dans ma chambre où j'avais punaisé sur le mur les photos de Chateaubriand, de Rimbaud et de Proust. Ceux-là, je les relisais ; Combourg, Charleville et Illiers auront été mes premières terres d'élection, l'abordage de la capitale serait pour plus tard.

Le soir, mon père préparait ses cours dans son bureau. Ma mère téléphonait à ses sœurs, ces trois tantes qui auront fourni l'essentiel de ma parentèle, mon père étant comme moi fils unique. Je n'avais plus de son côté que ma grand-mère Mathilde de Pissos, veuve de 14-18, toujours en noir, très ridée, très douce, très pieuse. C'est chez elle que j'ai passé l'essentiel de mes vacances, au milieu d'un océan de pins qui alors étaient écorchés vifs et sentaient la résine. J'aimais les entendre gémir quand le vent agitait leurs cimes, nous étions frères d'infortune. J'aimais nos soirées dans la maison de Genthieu. Mathilde cousait ou tricotait, je lisais ; nous formions un couple idéal. A-t-elle jamais deviné que mes seuls bonheurs d'enfant puis d'adolescent, c'était avec elle ? Si je croyais en Dieu j'irais lui dire devant sa tombe ou dans l'église de Pissos qu'avant Claire elle aura été la femme de ma vie.

Mon adolescence fut brumeuse autant que studieuse. Des livres, de la musique. Les soirs, je sortais, gagnais les quais en traversant la place des Quinconces et les longeais jusqu'à Bacalan. À l'époque les façades étaient noirâtres. Les eaux lourdes du fleuve semblaient menacer d'un enlisement cette ville basse et pluvieuse dont les riches heures remontaient au siècle de Louis XV. De loin en loin un bateau venant de quelque Afrique était accosté devant les entrepôts, et l'odeur d'arachide enclenchait des songeries exotiques à base de poèmes, ceux de Levet ou de Jammes : « *Dans les Antilles bleues, fleuries de tabacs roses.* » Tout était dans ce vers, je me voyais là-bas, au soleil des tropiques. Ou d'ailleurs : n'importe où hors de Bordeaux. N'importe où hors de moi.

Malgré ma timidité je poussais la porte d'un bar à entraîneuses. Je n'avais de quoi payer que la première coupe, il fallait l'avouer à la fille juchée sur un tabouret. Elle ne tolérait que des outrages préliminaires, c'était la règle du jeu. « Reviens mon chéri. Mais vide ta tirelirc. » Je sortais, le cœur en charpie. Enfin, pas vraiment le cœur, l'étage en dessous. J'avais aimé et détesté le désordre bruyant, les marins ivres qui parlaient dans des langues inconnues, le tamis équivoque des lumières, les filles aux lèvres peintes en rouge trop vif, le mauvais champagne, le mauvais jazz, la fumée à dominante de tabac blond, une vulgarité, une sensualité désemparées. Je rentrais en me demandant avec quoi rimait mon semblant d'existence.

La seule rime, et des plus approximatives, c'était mon flirt du moment. Trois si je fais le compte entre la seconde et la terminale. Aline, Kathy, Marie-Jo. Elles doivent être grands-mères à présent et ont sûrement oublié ce garçon gauche, petit et râblé, qui ne savait pas danser, détestait les boîtes de nuit et ne disposait pour la drague que de son baratin littéraire. La pilule se faisait attendre ; la hantise d'une procréation inopinée acculait à doser les inconduites, tant Ogino avait des trous de mémoire. Sinon il fallait « réparer ». D'Aline j'obtins tout jusqu'au nombril, exclusivement. Elle était apprentie dans une poissonnerie de la barrière de Toulouse et me disait « plus tard » lorsque mes mains s'égaraient sous sa minijupe. Un électricien était en lice, avec l'arme absolue : une DS bleu métallisé. D'occasion certes, mais je n'avais que mon Solex noir, et peu d'argent de poche. Forte des hanches, la poissonnière, et trop maquillée pour le rôle d'égérie. Rupture à l'amiable. Kathy était comme moi fille de pédagos, ça facilita les entrées en matière. Brune coiffée à la Stone, trop mince de partout mais prodigieusement tentatrice. Il fallait se hâter, nous n'avions pour nos ébats que sa chambre, aux heures où ses parents étaient en cours. Elle se dévêtait plus qu'à moitié et savourait mes approches en émettant des couinements félins, jusqu'à la dernière ligne de démarcation, qu'elle sanctuarisait sans appel. « Pas maintenant. » Elle se rêvait en aventurière, s'expatriait dans une Abyssinie aussi imprécise que mes Antilles bleues, fleuries de tabacs roses. Je l'ai plaquée sans préavis quand je suis tombé amoureux de Marie-Jo. Tombé est le mot juste, je ne me suis relevé qu'en la fuyant, elle a failli me faire louper mon second bac. Blonde, outrageusement décolorée, fille unique d'un avocat de renom à Bordeaux. Comme elle avait redoublé au moins deux classes elle conduisait, déjà, une Mini Austin noire. Elle s'habillait toujours en noir, elle fabulait en noir ; avec elle tout était noir, y compris l'érotisme qui pendant une année nous ligota à ses convenances. Elle désirait pêle-mêle, dans un désordre faramineux, commettre un enfant, attenter à ses jours, assassiner son père qui trompait sa mère avec une greffière du tribunal. Lubies sans suite, qui me terrorisaient quand, dans la Mini lâchée sur la route d'Arcachon, où ses parents possédaient une maison dans la ville d'hiver, elle me balançait froidement : « Tu m'attacheras, salaud. » Le temps d'arriver, elle avait oublié et nous nous ébattions presque normalement à même une moquette écrue. Je l'avais échappé belle, mais sa dinguerie pouvait resurgir, avec elle je n'en menais jamais large. C'est en somme dans cette maison Napoléon III, meublée d'époque, que j'ai consenti à Marie-Jo le don de ma virginité. La sienne remontait aux calendes : un ami de son père qui soi-disant l'aurait violée dans un coupé Mercedes dernier modèle. Était-ce vrai ?

L'année du bac philo, série B, j'ai passé mon permis de conduire. Dans le bureau de l'auto-école j'ai rencontré une certaine Marianne dont l'œil effronté, la lippe charnue et la disposition des volumes m'ont mis en appétit.

Ses parents habitaient Marmande. Elle rêvait d'Italie. Mes mains rêvaient de connaître le grain de sa peau, en Italie ou ailleurs. Mon père m'avait promis de m'offrir une deudeuche d'occasion si j'obtenais une mention au bac. Dont acte : mention bien grâce au français.

J'ai embarqué Marianne à Marmande, l'autoroute nous a happés. Toulouse... Carcassonne... Béziers... Aix-en-Provence... Menton... Le soleil nous accompagnait, Marianne chantait «*Azurro, le ciel est bleu comme l'azurro en Italie.*» Une chanson à la mode. Elle suivait la mode, d'aussi près qu'il était possible depuis Marmande.

Gênes... Pise... Florence... La Renaissance m'a ébloui, je devenais un autre. Ou plutôt : le même mais ayant découvert sa patrie intime. Je ne connaissais rien à la Renaissance, j'avais lu *Le Prince* qui était au programme du bac, *Lorenzaccio* de Musset, et je croyais qu'après les Grecs, les Romains et le Moyen Âge plus rien ne valait hors les écrivains.

À Florence, Marianne voulait lécher les vitrines et bronzer aux terrasses. Nous nous séparions le matin, j'allais au musée des Offices, au couvent San Marco, j'entrais dans les églises. Ma ferveur manquait de référents, Fra Angelico m'émerveillait autant que Lippi, Verrocchio, Uccello, Botticelli ou Léonard, sans que je sache pourquoi. Mais c'est à Florence que l'idée du Beau, peint ou sculpté, m'a converti à l'amour de l'art, et que le mot «humanisme» s'est incarné pour moi en une célébration du seul modèle digne d'être adopté. Peut-être n'échapperais-je jamais à la solitude, mais désormais j'aurais des places fortes et des alliés.

Le soir je retrouvais Marianne dont les lèvres barbouillées de *gelati* se posaient sur les miennes en guise de préalable. Nous dînions d'une pizza et d'un verre de chianti, escaladions une colline du côté de Fiesole. Il faisait très chaud. S'ébattre sur la banquette arrière d'une deudeuche présente des difficultés, eu égard à l'armature métallique. Mais nous n'avions pas les moyens de nous payer une chambre d'hôtel.

Après Florence il y eut Sienne, Cortone, Pérouse, puis Bologne où j'eusse voulu m'attarder, qu'il fallut quitter car il nous restait à peine assez d'argent pour l'essence du retour. À la fin Marianne trouvait le temps long. Les musées la rasaient, elle avait sucé trop de *gelati*, forcé sur le vin et chopé un coup de soleil qui lui pelait le visage. Nos gesticulations sur la banquette arrière s'étaient raréfiées. Elle s'y prêtait sans élan, par conformité au modèle standard de la fille « libérée ». Je l'ai déposée devant la maison de ses parents à Marmande, Lot-et-Garonne, une bise de copains a soldé le compte de notre amourette, et à Bordeaux je me suis précipité chez Mollat pour y acheter la somme de Burckhardt sur la Renaissance. Été à Pissos avec Mathilde qui hélas est tombée morte dans son potager, au début du mois de septembre. J'ai versé tant de larmes qu'il ne m'en est plus resté pour le décès de mes parents. Pourtant je les aimais aussi, sans qu'ils s'en soient jamais doutés. Mathilde, c'était l'amour avec la majuscule des enluminures du Moyen Âge. L'amour peut-être de Claire pour Marcile.

Depuis longtemps déjà j'avais décidé de monter à Paris pour y vivre en littérature comme d'autres en religion. D'Artagnan, Rastignac, Mauriac : les provinciaux un peu fiévreux succombent volontiers au mirage d'un arraisonnement de la capitale. Je n'ai rien arraisonné. À Censier je m'étais inscrit en lettres modernes. La mode était à la révolution ; les profs expédiaient le Rodrigue du *Cid* dans l'enfer du « fascisme » et les étudiants se déguisaient en *barbudos* à la Guevara. Leur rouge et noir s'accordait mal avec mes Antilles bleues fleuries de tabacs roses. Encore moins avec la floraison de coloris dont je m'enivrais en découvrant l'histoire de la peinture. Mon père avait pu libérer cet appartement du quai de la Tournelle, héritage de son oncle Alfred, le seul riche de notre famille, côté Pissos ou côté Saint-Laurent-de-Gosse. J'ai pris l'habitude de hanter le Louvre avec le sentiment grisant de fausser compagnie à mon époque. Elle continuait de me désobliger, mais peu à peu s'érigeait entre elle et moi une myriade d'œuvres qui cautionnaient mon obsolescence. J'étais moins démuni dans mon exil. Les murs de l'appartement se couvraient de gravures ou de reproductions, et comme j'étais toujours fauché le quinze du mois, j'achetais mes livres chez les bouquinistes du quai ; à la fin de mes études je connaissais tous ceux de la rive gauche, jusqu'au Pont-Neuf. Je connaissais aussi tous les musées de Paris, mais au Louvre j'étais vraiment chez moi. J'y restais jusqu'à la fermeture, je m'y sentais inexpugnable. En sorte que jusqu'à mes débuts à la Mirandole je n'ai guère arpenté que les rues reliant Censier à Jussieu et les quais entre le pont Sully et le pont des Arts, en m'autorisant parfois une incursion sur la montagne Sainte-Geneviève.

Je suis allé au musée Guimet, une fois, le 63 s'arrête juste devant. Les splendeurs de l'art oriental sont irrécusables. Elles m'ont laissé de marbre ; je n'étais pas équipé pour les syncrétismes. Byzance, à la rigueur. Les curiosités de Marcile étaient plus larges ; sa sensibilité pouvait marauder partout sans se perdre. La mienne n'aura été qu'une capitainerie toujours menacée par la barbaresque.

Mes fiancées me trouvaient rétro et me larguaient sans sommation : je ne militais nulle part et feintais les films d'art et d'essai au Champollion. Je préférais affiner mes propres scénographies avec les créations qui se bousculaient dans ma petite caboche. Quitte à inclure parmi les nus historiques un nu de chair sur mon lit, c'était toujours une fugue hors la réalité, sans risque désormais grâce à la pilule.

L'été je revenais à Pissos. Sans Mathilde, la maison n'avait plus beaucoup d'âme. Mes parents vivaient leur vie, nous cohabitions à l'amiable. Ma gourmandise s'achalandait sur place avec les vacancières quand elles revenaient de la plage, Mimizan ou Contis. Pour ménager la pruderie de ma mère je les allongeais à la fraîche sur un lit de sable blanc, en retrait de la route de Commensacq. Ce qui se trame entre deux anatomies aimantées par le désir (terme générique) aura été mon accroche la moins fallacieuse avec mes frères humains, comme écrivait Villon.

Quatre années se sont écoulées. Je ne les ai pas vues passer. J'ai obtenu mes diplômes et dans la foulée une exemption du service militaire redevable à une hépatite. J'aurais aimé promener ma vie en dilettante mais mes parents n'avaient pas les moyens de financer plus avant mon oisiveté. Il fallut trouver un métier. C'était facile à l'époque. On m'a proposé un stage aux Éditions de la Mirandole. Je n'en espérais pas tant, c'était une maison prestigieuse que son fondateur, Roland Baron, dirigeait encore. Elle a changé depuis, elle s'est « adaptée ». Pas moi : l'inadaptation, c'est toute mon histoire, elle n'a rien de glorieux.

V

Depuis mon séjour à Maussane, je ne pouvais penser qu'à Claire. À Marcile. À ce couple si étrange. *Histoire d'O* m'obsédait. Je suis allé acheter ce roman chez Gibert Jeune, honteux devant la caissière comme un adolescent surpris avec du porno. J'ai relu la première partie, jeté le livre à la poubelle, mais les scènes qui y sont décrites avec la maniaquerie lugubre du tortionnaire ont longtemps perturbé mes nuits. Étaient-ils amants ? Depuis quand ? Pourquoi ce secret et pourquoi avoir souhaité que je le partage ? Surtout, pourquoi ce mot – esclave – dont Claire autant que Marcile semblait se délecter ? La radicalité de la soumission qui réduit O à l'état d'esclave, Claire l'avait revendiquée, bel et bien. Mais son avilissement n'était pas concevable. Quel idéal l'unissait à Marcile ? Ou quelle fatalité ? La reverrais-je un jour ? Elle m'avait dit « Vous reviendrez », mais ce n'était peut-être qu'une formule de politesse, elle ne m'avait pas donné son numéro de portable et j'ignorais son nom de famille. Marcile consentirait-il à une autre rencontre ? Claire lui avait sûrement dit que je m'étais épanché inconsidérément, ça pouvait l'avoir désobligé.

Je venais de publier une monographie sur Daubigny. La bienveillance monotone de ses paysages me rassure, on peut habiter sur ses rives. La vente du livre ne couvrirait pas les frais. Dorval, le directeur commercial, pondrait une note m'invitant à orienter les choix de ma collection vers des peintres plus « branchés » : Basquiat, Beckmann, Hopper, ce genre-là. Dorval est moderne. Quarante-deux ans, Sup de Co, London Business School, costards gris, cols anglais qui étranglent son cou de volatile. C'est la nouvelle génération high-tech et reporting, elle est arrivée en même temps que la bulle Internet, les sushis, CNN et le saut à l'élastique. Elle referme une parenthèse somme toute assez brève durant laquelle les lettrés ont fait de l'édition entre soi, comme la gentry dans les clubs londoniens, sans trop se soucier des contingences.

Ces temps sont révolus. Ils l'étaient déjà quand j'ai débuté mais j'avais envie de me dorer la pilule. J'étais heureux et fier d'entrer en édition, je voulais y voir un sacerdoce, un mode de pérennité de notre éminence littéraire. On est encore crédule entre vingt-cinq et trente ans, et on n'a pas encore appris à se connaître. Assez vite cependant j'ai eu envie de rejoindre l'équipe du vieux Lapeyre dont la collection rééditait des classiques. Il était le dernier survivant de l'époque où Baron avait fondé les Éditions de la Mirandole après la Libération.

On le surnommait Bob. Il était en fin de course, les actionnaires le trouvaient dépassé. Je n'ai été admis que deux fois dans son bureau, au cinquième étage. On disait « le sanctuaire ». Une Claudine rousse et dodue en contrôlait l'accès à la mode soviétique. « Repassez dans une demi-heure, il n'a pas fini la lecture de son journal. » On savait qu'il lisait *L'Équipe*, exclusivement. « Repassez vers 16 heures, il n'a pas terminé sa sieste. » Une légende auréolait Bob, il avait anticipé l'évolution du métier d'éditeur avec ses collections « Ressenti » et « Sortilèges », ses formats de poche, ses techniques commerciales. Tout le passionnait, la vie de Marilyn Monroe, d'un champion sportif, d'un évadé de Cayenne. Ses goûts étaient d'un pétrolier texan plutôt que d'un citoyen de la rive gauche, mais un flair suraigu détectait le talent littéraire le plus éloigné de sa sensiblerie de titi. Certains patrons sont craints, d'autres adulés : il faut l'un ou l'autre pour tenir les rênes d'un agrégat d'ego comme en focalisent les maisons d'édition. Bob était craint et adulé. Sincère et roué, plus timide, émotif et pudibond qu'une jouvencelle, ce sexagénaire au physique d'acteur de cinéma avait régné en satrape oriental. Plusieurs écrivains français lui devaient leurs succès, et plusieurs étrangers aussi. Certains étaient devenus ses amis mais il fuyait les mondanités du milieu, en ignorait les rites, imposait à ses rares invités un match de foot à la télé ou la compagnie d'une chanteuse de variétés, voire d'une cartomancienne. On citait à la Mirandole cent anecdotes sur ses tribulations conjugales – six épouses en tout, une seule maîtresse. L'année où j'ai été embauché, il s'était entiché d'un clodo de Saint-Sulpice, ancien légionnaire, ancien taulard, dont il avait publié les souvenirs. Encore un best-seller. Il les accumulait, tout en entretenant une collection de poésie, une revue, deux collections d'histoire, et les romanciers les plus cotés figuraient à son catalogue. Baron était un géant comme seules en enfantent les tourmentes de l'Histoire. Je regrettais de n'avoir pas vécu les débuts de la Mirandole. Aurais-je été moins désaccordé ? « Je suis venu trop tard dans un monde trop vieux » : ce refrain presque bicentenaire m'a pourvu d'un alibi, avant que Marcile ne le justifie.

Après mon stage au service de presse le hasard a voulu qu'on me mute dans le service des romans. Le style des romanciers contemporains me déroutait, leur imaginaire m'indifférait, et comment en eût-il été autrement, je ne lisais pas les magazines, je n'écoutais pas la radio, je ne regardais pas la télévision, je n'allais jamais au cinéma ou au théâtre. La schizophrénie fut mon lot – et l'imposture n'était pas loin car le soir, revenu chez moi, je me plongeais dans Edgar Poe ou Élie Faure avec le sentiment de me laver le cœur et l'esprit. Sentiment entaché d'une sourde culpabilité : en lisant un classique plutôt qu'un manuscrit, je trompais mon employeur comme on trompe son épouse avec des maîtresses. Le lendemain je revenais au boulot et nettoyais la prose d'un chanteur de rock ou d'une présentatrice de JT. Car il fallait de la notoriété pour bâtir les « plans médias » avec les attachées de presse. Un auteur devait « exister », donc avoir été vu à la télévision, ou entendu à la radio. Les vraies célébrités exigeaient de gros à-valoir mais au moins n'écrivaient pas les livres qu'elles signaient : on recrutait un « nègre ». Avec les demi-sel de la notoriété on perdait un temps fou car il fallait ménager leur susceptibilité, ça compliquait la réécriture.

Par miracle le premier manuscrit de Marcile, échoué sans recommandation, me fut confié. Les manuscrits qui arrivent au courrier du matin, on en effeuille cinq pages et on les renvoie avec une lettre type. Celui-là était si étrange, si impétueux, si rigoureux que je l'ai amené chez moi. Une adresse dans le 4e arrondissement. Je connaissais la rue, elle donne sur le boulevard Morland. Pas de « lettre de motivation » – ces autocélébrations que les auteurs croient devoir adjoindre à leur manuscrit, comme font les candidats à une embauche. L'histoire, tragique avec sobriété, d'un soldat de l'Onu au Liban qui attend, comme le Drogo du *Désert des Tartares*. L'histoire de l'attente d'une âme, toujours déçue et qui se meurt d'inanition. J'ai écrit dès le lendemain à cet inconnu que nous publierions son livre. Officiellement, un manuscrit remarqué par le premier lecteur passe par le tamis du comité de lecture. Mais on tolère des exceptions, si l'éditeur insiste et s'il a du poids dans la maison. Je n'en avais aucun ; cependant je venais de réussir un « coup » (terme en usage) avec le roman d'un publicitaire connu que j'avais réécrit du début à la fin. Son livre « cartonnait » (terme en usage), il figurait depuis un mois sur la liste des best-sellers que publient *Livres Hebdo* et les magazines (il faut dire : les « *news* »). L'auteur avait même figuré en photo sur la couverture de *Paris Match* (il faut dire : la « *cover* »). Bref, le directeur littéraire m'a fait confiance.

Pas de réponse pendant une semaine. En règle générale, quand une lettre d'acceptation parvient à un auteur, il rapplique illico. Marcile a fini par me téléphoner, nous avons pris rendez-vous dans mon bureau et j'y ai reçu un homme mince, de haute taille, au visage anguleux, la lèvre supérieure entaillée par une balafre qui remontait vers la pommette. Notre entretien fut des plus laconiques. Il m'a remercié de le publier. « Ça m'étonnerait que vous en vendiez beaucoup mais on ne sait jamais. » Voix chaude, légèrement éraillée, un peu celle de Gabin dans *Le Quai des brumes*. Que faisait-il dans la vie ? « Rien. » Je comprenais qu'il valait mieux ne pas insister. Il m'avait demandé la permission d'allumer une cigarette. À l'époque tout le monde fumait, mon bureau était une tabagie. Il ne voulait aucun à-valoir mais exigeait que son patronyme reste secret, même vis-à-vis des employés de la maison. Il m'a demandé si je pouvais lui garantir la discrétion du président de la Mirandole, seul habilité à signer les contrats. Je lui ai dit que oui. En fait je connaissais peu Ravier qui venait juste d'être nommé par le consortium belge dont la maison était une filiale. Elle a été revendue trois fois depuis, Baron a eu trois successeurs plus ou moins moulés à l'identique.

Marcile allait prendre congé. Une reproduction de *La Raie* de Chardin, que Suzanne, ma secrétaire, avait punaisée derrière mon bureau, attira son attention. « Vous aimez Chardin ? » Je lui ai dit que je le préférais de loin aux autres peintres français du XVIIIe. Il m'a approuvé, s'est lancé sur les Lumières en allumant une autre cigarette. Son propos rebondissait de Tiepolo à l'abbé Raynal, de Bach à Watteau, de Casanova à Bernardin de Saint-Pierre. Les rapprochements étaient si ingénieux que je lui ai suggéré d'écrire un livre sur le sujet. « Pourquoi pas ? L'épilogue symbolique, c'est la folie de Hölderlin et de George III. » Suzanne était entrée dans mon bureau pour m'apporter un dossier. « Vous êtes très jolie, madame. » Elle avait souri, ce qui ne lui arrivait pas tous les matins. « Je vous ai envoyé mon texte par sympathie pour Pic de la Mirandole. Les Encyclopédistes ont dévoyé sa conception du savoir... »

Ainsi naquit notre amitié, dans la fumée de ses cigarettes et sur le dos des Encyclopédistes.

La semaine suivante nous dînions chez René, au bas du boulevard Saint-Germain, et je découvrais l'originalité de cet homme, le seul d'entre tous ceux que je connaissais dont chaque pensée était son bien propre. Il avait tenu à régler l'addition ; c'était la première fois qu'un auteur m'invitait, ils ont plutôt tendance à traire la vache éditoriale.

Six mois plus tard, son livre figurait sur les listes des best-sellers et, pour certains critiques, Marcile Kalf devenait à la fois un héros et une énigme. Il n'avait pas voulu donner la moindre interview, les journalistes croyaient que son pseudo cachait un écrivain confirmé, tant le style était resserré, le choix des mots pesé, la mélancolie d'un noir de catacombe.

Vingt ans plus tard, le glas de la retraite ayant sonné, on a consenti à me garder, pour ne pas le perdre. Marcile se vend. Il ne voulait traiter qu'avec moi et n'a jamais accepté de rencontrer le président ou le directeur littéraire. En revanche il avait séduit Suzanne qui lui tapait ses manuscrits, lui retenait ses billets de train ou d'avion et ses chambres d'hôtel. Il l'appelait « ma petite Suzanne », elle était à ses soins. Le succès de ses livres, le mystère qui l'auréolait me rendaient invulnérable, bien qu'à la Mirandole tous ou presque me considéraient au mieux comme un ringard, au pire comme un vieux con. On m'a permis de poursuivre ma collection – de courtes monographies illustrées des peintres que j'aime, en évitant les grands maîtres dont on trouve les biographies partout.

Comme d'habitude j'avais envoyé à Marcile un exemplaire du Daubigny, dédicacé par l'auteur. Marcile ne m'avait pas rappelé depuis le séjour à Maussane. Les images de Claire continuaient d'enluminer mes insomnies – ses yeux verts, son sourire d'aube givrée. Sa voix de ruisseau qui cascade. Cette sensualité à la fois triomphale et toujours sur sa garde. Était-elle aussi loin du monde que Marcile, que moi ? Aussi « décalée », aussi « débranchée », pour user de termes explicités par Marcile dans son dernier livre où il faisait un éloge drolatique de la « ringardise » ? Elle avait reçu ses amis avec l'aisance d'une patricienne, et je n'étais qu'un fils de pédagos. De quel univers social Marcile sortait-il ? Il connaissait les codes de la mondanité, et savait en jouer ; ça ne l'empêchait pas d'être un marginal plus invétéré que les lâcheurs de bombes dans les capitales de la vieille Europe. Pourquoi m'avoir élu témoin de ce qui l'unissait à Claire, non sans hésitation ? « Après tout, tu es un ami sûr... » Assez sûr donc pour m'introduire dans son intimité avec cette femme. « Ne t'étonne de rien. » Comment ne pas s'étonner qu'une femme libre, belle, bien née et sans doute à l'abri du besoin ait fait le choix de la dépossession ? Peine de cœur ? Cadavre dans un placard ? Fantasme littéraire ? J'ai tout imaginé, même un parallèle avec la descente aux Enfers de la pauvre héroïne d'*Histoire O* dont par moments les supplices s'imposaient à mon esprit, quoi que je fisse pour les chasser. Ni les images ni les sentiments ne s'accordaient avec l'allégresse juvénile de Claire. Il y a de la détresse de naufragé dans les amours éperdues, qu'elles soient éthérées ou charnelles. Claire semblait immunisée contre toutes les hantises imaginables.

VI

Marcile m'a appelé un soir à mon domicile. Il donnait une conférence le lendemain dans une université de Lausanne, à Dorigny, et me proposait de l'y rejoindre. « Claire sera là. Tu n'as rien contre les esclaves ? »

J'allais la revoir, les gris de ma vie se sont aussitôt nuancés de mauve. J'allais revoir Marcile, et depuis longtemps déjà il poétisait mes jours quand il repassait par Paris. Il ne restait jamais longtemps. « Il faut que je rentre au village. » Pour s'occuper de sa femme sans doute, avec sa fille dont j'ignorais le prénom. Il aimait me faire parler de la mienne, Maud, je comprenais qu'à son aune l'amour d'un père pour sa fille est ce qu'il y a de plus précieux. J'aime Maud à ma façon qui n'est pas la bonne. Je recherche sa complicité mais elle est tellement moderne. J'aime Charles-Antoine aussi. Moins moderne mais si renfermé. Ce sont des enfants du divorce, ils ont grandi avec leur mère, je ne les retrouvais qu'un week-end sur deux et pendant les vacances ; je les ai aimés, je les aime encore de loin, un peu comme s'ils étaient des neveux. C'est triste de le constater : l'affectivité, ça doit s'arroser comme une fleur, jour après jour. Sinon, on oublie. J'aime mes enfants à ma façon oublieuse et je n'en suis pas fier. Je ne peux pas m'empêcher d'en vouloir à leur mère et je n'en suis pas fier non plus. Je ne suis fier de rien ; sans l'amitié de Marcile, je me serais empoisonné avec le fiel de mon cynisme.

J'ai pris un TGV jusqu'à Lausanne, un taxi jusqu'au Beaurivage, le palace d'Ouchy qu'on retrouve dans pas mal de romans des années vingt. La retraite que je touche ne me permet pas de fréquenter les palaces, mais avec Marcile je n'avais pas le choix. Ma chambre était réservée et Marcile m'avait laissé un message : « Rendez-vous au bar à 17 heures. »

Le soleil brillait sur le Léman ; je suis allé marcher sur la promenade. Je me suis promis de ne pas embarrasser Claire en exprimant les sentiments profus et méandreux qu'elle m'inspirait. J'avais tellement rêvé d'elle, feuilletant des albums pour trouver à quelle divinité, à quelle Vierge, à quelle égérie peintes ou sculptées elle ressemblait. À toutes : elle faisait la synthèse, depuis Lysippe jusqu'à l'*Ophélie* de Millais. À mon retour Marcile était assis dans un fauteuil du bar, un livre à la main comme à son habitude. « Relis *La Nouvelle Héloïse*, tu comprendras tout. » Il a improvisé une traversée du « moi » glorieux, puis tragique, puis pathétique, puis dérisoire depuis le journal de Delacroix jusqu'à *Déchéance*, ce tableau de Soutine qu'il trouvait poignant de détresse. « Ce coin du Léman, c'est un théâtre des débuts de la fin. » Toujours sa manie d'inscrire ses réflexions dans des décors.

Claire nous a rejoints. Ensemble veste-pantalon anthracite avec un chemisier col lavallière beige. Cheveux noués, montée sur talons, maquillée juste ce qu'il fallait, un dossier sous le bras. Une autre Claire. « Bonjour, Victor. Je suis heureuse de vous revoir. » Son accolade et son sourire donnaient la mesure d'une franche sympathie de camarade, pas moins, pas plus. Pas la sorte d'accolade dont j'avais rêvé dans le train.

Dans la voiture qui dévalait les rues pentues de Lausanne, j'ai demandé à Marcile de quoi il allait parler. « La fin de l'histoire de l'art occidental. Les impasses de l'imprécation et de la dérision. La réclusion de l'ego. » Je connaissais en gros sa vision, elle transparaît dans tous ses livres. Je savais qu'il me surprendrait néanmoins car il nourrissait sa pensée d'observations hétéroclites. Plusieurs fois j'avais assisté en direct à l'éclosion spontanée d'une idée neuve, au fil d'un dégagement impromptu.

L'amphithéâtre était comble. Marcile avait ses inconditionnels, rameutés sur des sites Internet. Il existait même une « association des amis de Kalf », avec des antennes dans certaines capitales. Son orgueil y trouvait peut-être son compte mais il se méfiait des engouements collectifs et tenait à son anonymat. S'il donnait parfois des conférences, c'était pour s'astreindre à des synthèses provisoires de sa théorie fondamentale : la fin du cycle des civilisations.

Claire distribuait dans le hall des résumés des livres de Marcile, réglait avec les assistants du recteur des détails d'organisation, écoutait en prenant des notes les étudiants ou les universitaires désireux d'un aparté avec Marcile. Sourires « pros ». Elle m'avait fait placer au premier rang, avec les officiels. Un professeur de philosophie présenta Marcile : rien sur sa bio, et pour cause, un abrégé de ses ouvrages.

Marcile s'était costumé de gris et cravaté sobrement ; il ne voulait pas se déguiser en bohème ou en dandy pour surjouer son irrégularité. Il fut éblouissant. L'air de rien, son propos tenait son cap, tout en digressant sur les grandes arènes sportives de Londres ou de Barcelone, résumant l'histoire du sport en une chute désastreuse de Marathon au Circo Massimo. Il surprenait l'auditoire sans le déboussoler, on percevait la trame en l'écoutant décrire les tatouages d'un footballeur célèbre, l'affaire Armstrong, l'élitisme de Coubertin, les investissements d'un émirat du Golfe, la littérature anglaise sous le règne de Victoria, l'essence du « supporter », la sémantique des chroniqueurs sportifs à la télévision. Il revenait à la postérité de Warhol, Arman, Lichtenstein et leur suite, le baisser de rideau, les romans de Simenon éteignant le grand théâtre où la civilisation occidentale avait mis en scène sa dramaturgie à partir des Mérovingiens. Applaudissements debout. Quelques sifflets. Marcile ne manquait pas de détracteurs et il ne lui déplaisait pas de les titiller, sans toutefois en rajouter dans l'agressivité. À la Mirandole nous recevions des lettres ou des mails d'insultes sur le modèle approximatif suivant : ce type est dangereux, il détruit tout. Il ne détruisait rien, il montrait que tout avait été détruit, et précisément par ceux dont se réclamaient les auteurs de ces lettres, généralement anonymes. Avant qu'elle ne parte à la retraite, Suzanne les ouvrait, il lui dictait des réponses lapidaires lors de ses escales à Paris. Claire avait dû prendre le relais, je le voyais mal répondre au courrier que nous lui faisions suivre à son domicile parisien. Apparemment Claire s'occupait de tout ; elle s'était absentée avant que nous ne quittions l'hôtel pour lui acheter une cravate.

Après sa conférence, Marcile a rejoint Claire qui lui présentait ses admirateurs avec le vouvoiement et les « monsieur » de rigueur. C'était Claire dans un rôle d'attachée de presse et d'assistante zélée, affable avec une pointe d'austérité, soucieuse de protéger le maître, présentant son éditeur, moi en l'occurrence. On me refilait des cartes de visite avec des numéros de portable que Marcile n'appellerait jamais. Chaque fois qu'il s'adressait à un public, il introduisait un couplet sur la féminité qui lui assurait une flopée d'admiratrices à ses basques. Claire ne s'en offusquait pas. « Monsieur, il faudra envoyer à madame votre livre dédicacé. » Il souriait, acquiesçait, posait sa main sur l'épaule de la dame en question. « C'est promis. Vous faites quoi dans la vie ? » « Vous » ou « tu » si la groupie avait l'âge de Claire. Il écoutait, la vie des gens l'intéressait. Surtout la vie des femmes, refuge ultime du romanesque selon lui. Claire finissait par intervenir. « Je suis désolée, monsieur. Votre rendez-vous à la radio ne peut plus attendre. J'ai bien noté les coordonnées de madame. »

Nous avons dîné avec le président et trois universitaires dans un restaurant en surplomb de Vevey. Un philologue, un historien d'art, une spécialiste d'Amiel. On apercevait un clocher pointu et les toits d'un bourg parmi des vignes qui tombaient à pic sur le Léman. Sur l'autre rive tremblaient les lumières d'Évian et de Thonon. Marcile avait une tendresse pour la Suisse, il trouvait injuste qu'on la caricature en réserve d'exilés fiscaux. Il a rapproché la *Belle du Seigneur* de Cohen de *La Nouvelle Héloïse* et cité une phrase d'Amiel. À ma stupéfaction, Claire s'est mêlée à la conversation, elle avait lu Amiel. « Le reflet de son ombre », avait-elle dit à Maussane. Je voulais être un reflet de leur ombre, m'arrimer à leur couple. Elle me faisait face, je voyais ses yeux, elle me souriait tout en écoutant avec la déférence requise un propos sur Calvin qui permit à Marcile de rebondir sur un de ses thèmes de prédilection : le parallèle entre les iconoclastes de Byzance et le protestantisme.

Nous sommes rentrés tard. Nuit de printemps. Claire conduisait. Marcile s'était décravaté et assoupi sur la banquette arrière, après lui avoir demandé de dénouer ses cheveux. Je retrouvais son visage de Maussane.

— Vous avez donc lu Amiel ?

— Parcouru. J'essaie de connaître les écrivains importants pour Marcile.

— *La Nouvelle Héloïse* ?

— Aussi. Marcile vient de le relire. C'est un peu long, mais il y a tant de belles choses.

— Vous ne lisez que les livres qui lui importent ?

Elle a souri, ébauché une moue de contrition.

— Oui. Et j'ai tellement de retard.

Marcile nous entendait. Il s'est ébroué.

— Une esclave ne doit lire que sous le contrôle de son maître.

Il disait cela avec l'emphase d'un comédien, mais je

me demandais s'il ne le pensait pas pour de bon. Claire a cru devoir renchérir :

— C'est le moins qu'un maître puisse exiger.

Nous nous sommes quittés dans le hall. La nuit était douce et je n'avais pas sommeil. Impossible de lire, le destin de Claire m'obsédait. Sur quoi reposait l'emprise de Marcile ? L'aimait-il comme un homme aime une femme ? Comme je l'aurais aimée si dans une autre vie j'avais pu la connaître sans lui ? Me revenait comme une nausée cette basse jalousie qui m'avait navré à Maussane, et cette intrusion plus basse encore d'une scène où O dit à son amant : « Je suis ton esclave. » Mieux vaudrait ne plus voir Claire et passer aux aveux avec Marcile qui m'honorait de sa confiance, Dieu sait pourquoi. Dieu ou le diable.

J'ai ouvert ma fenêtre. Elle donnait sur le lac où tremblaient les lucioles d'un bateau du côté de Montreux. Claire et Marcile sont apparus sur la promenade. Ils marchaient à grands pas. Ils étaient loin déjà quand j'ai vu Marcile s'arrêter, Claire se jeter dans ses bras. Mon indécence de voyeur me faisait honte mais je ne pouvais distraire mon regard de ce spectacle : une étreinte de plusieurs minutes. Elle et lui, immobiles, indiscernables. J'ai pensé au baiser de Brancusi. Puis ils ont rebroussé chemin et jusqu'aux abords de l'hôtel le bras de Marcile a entouré les épaules de Claire.

C'est le lendemain que se sont dénouées les équivoques de mes sentiments. Nous avons vu à Epalinges, sur les hauteurs de Lausanne, une horrible villa blanchâtre où Simenon a vécu, puis la maison dans le bas de la ville où ses jours se sont achevés, dans la compagnie d'une certaine Teresa. Marcile nous racontait l'existence longtemps vagabonde de ce romancier dont l'œuvre selon lui signe la fin de l'histoire de la littérature européenne. Dans une vie antérieure il avait pèleriné sur ses traces depuis Liège jusqu'à Lausanne en passant par Tahiti, le pays rochelais, le Gabon, l'Arizona.

Claire l'écoutait religieusement. Moi aussi, bien que familier depuis belle lurette de l'univers simenonien, il m'en avait si souvent décrit les noirceurs, le fatalisme, la sensualité aussi.

Ensuite nous sommes allés au château de Coppet. Marcile voulait nous convaincre de l'importance du livre de Germaine de Staël sur l'Allemagne. « La germanité aurait pu nous sauver, si l'Autriche avait pris le pas sur la Prusse. » Nous avons identifié les décors probables de *La Nouvelle Héloïse*, puis gagné Genève où la spécialiste d'Amiel nous a guidés dans un dédale de banlieues. Du temps d'Amiel c'était la campagne, il s'y promenait. Nul ne fut moins vagabond : tout dans les émois, les soupirs, les affres d'une intériorité en état permanent de surchauffe.

Dans la voiture où Marcile discourait sans discontinuer, dans un bar de la ville basse où nous faisions escale pour prendre un café, dans le restaurant de Nyon où nous avons déjeuné avant qu'ils ne me ramènent à la gare de Lausanne, une intimité naissait entre nous trois. Par bribes d'une infinie pudeur, Claire ouvrait des fenêtres sur sa vie d'écolière dans une école anglaise, son adolescence au lycée d'Arles, ses années d'étudiante à Cambridge. J'apprenais que sa famille maternelle appartenait à la minorité catholique, depuis la conversion d'un ancêtre, à l'époque de Newman, et je me promettais de lire ce transfuge de l'anglicanisme dont Marcile faisait grand cas. « Il a décrit le parfum du catholicisme. Le parfum, c'est le mot juste. Le protestantisme est inodore. » Comme Marcile, comme moi, Claire avait déserté le monde. Comme Marcile et comme moi, ses goûts et ses couleurs l'avaient isolée de ses semblables. L'ironie désemparée de Marcile devenait le générique de ce sentiment d'exil qui me taraude depuis ma jeunesse à Bordeaux. Nous étions trois êtres solidaires d'une même dérive, Marcile étant commis à l'illustration de notre mise au rebut. Deux mousquetaires sans cause, sans ambition, sans illusions, et leur égérie somptueuse. J'étais encore amoureux d'elle, je le serai jusqu'au terme de mes jours mais il m'apparut soudain que nos sentiments s'enchaînaient – moi pour Claire, elle pour Marcile, lui pour moi. Claire esclave de Marcile, moi esclave de Claire. Le mot ne me faisait plus peur ; j'en pressentais désormais la teneur absolutiste et, depuis lors, comme par enchantement, plus aucune image d'*Histoire d'O* n'est venue me glacer les neurones. L'accolade de Claire devant la gare était d'une petite sœur et d'une amie. En prime, j'avais son sourire pour le voyage.

VII

Dès lors nos rencontres furent plus fréquentes. Elles imprimaient à ma vie un rythme à deux temps : Paris les jours ordinaires ; des virées impromptues au gré des désirs de Marcile, toujours imprévisibles, jamais arbitraires. Il savait ce qu'il voulait voir ou revoir, et en vue de quoi. À Paris, le 63 jusqu'à Bac-Raspail, mon bureau, les historiens d'art, les iconographes, parfois les ayants droit d'un artiste. Des livres, encore des livres. Des tableaux, toujours des tableaux. Pour me rapprocher de Claire, j'ai programmé une monographie de Bonington. Pour me rapprocher de Marcile, j'ai lu des extraits du journal d'Amiel et écouté du grégorien. Je me reprochais mon inculture en histoire religieuse ; Claire était catho et croyait en Dieu ; Marcile était catho, avec ou sans Dieu.

Le soir, je reprenais sur le boulevard Saint-Germain le 63 qui aura en somme balisé ma vie d'adulte. À mon insu, le parcours me consentait de menus plaisirs : à l'aller l'hôtel de Cluny et la place Saint-Sulpice ; au retour le clocher de Saint-Germain-des-Prés. Si le temps s'y prêtait je rentrais à pied en rejoignant la Seine au bout de la rue de Beaune et en la longeant depuis le quai Voltaire jusqu'au pont Sully. Je dînais dans les bistrots de mon quartier, seul ou avec Suzanne qui se morfondait depuis sa mise à la retraite. Nous étions amants à titre précaire depuis plus de vingt ans. J'étais encore marié mais mon ménage battait de l'aile. Betty me trompait, je lui rendais la pareille avec les intérêts en sus. Elle me reprochait mes inappétences, j'ironisais fielleusement sur la barbarie de son milieu professionnel, les communicants, les pubards, les rédactrices des magazines de mode. « Tu es un raté ! » Il y avait du vrai dans ce diagnostic, ma vanité y laissait des plumes. Les enfants pâtissaient de l'ambiance qui les derniers temps s'était alourdie, il fallait en finir.

Suzanne était douce au regard, douce au toucher. Elle cultivait à fonds perdus le regret d'un amour de jeunesse qui avait tourné court. Au début, elle s'est surtout offerte pour me faire plaisir. Prêtée plutôt qu'offerte, dans son appartement de l'avenue Daumesnil où elle vivait avec sa mère. Par chance elle était sourde comme une trappe. Je frappais trois coups, Suzanne venait m'ouvrir, nous traversions le couloir à pas précautionneux car les sourds, dit-on, ont un sursis d'audition par les os. Nous nous ébattions en silence dans une chambre meublée en Henri II et j'allais héler un taxi sur la place Félix-Éboué pour rentrer rue Surcouf où la baby-sitter de service s'était endormie sur le canapé. Betty avait ses « dîners » et ses amants. Un dîner, un amant, elle m'en a fait l'aveu la nuit où nous avons décidé de divorcer. Après l'aveu, une étreinte quelque peu convulsive qui ne fut pas la dernière.

Nous n'aurions jamais dû convoler, et surtout pas

commettre deux enfants. J'ai rencontré Betty à Beaubourg. Ça commençait mal, je déteste ce monstre à gros tuyaux, on dirait une raffinerie. Mais le responsable du service des beaux livres m'avait refilé une invitation pour une exposition des œuvres de Brancusi. J'avoue un faible pour la pureté de ses oiseaux, comme si au terme de sa quête il en était revenu aux orbes élémentaires. L'entreprise dont Betty dirigeait la communication avait sponsorisé l'exposition, au titre de son mécénat. J'ai trouvé capiteuse l'ironie qui modulait son snobisme, elle a trouvé « rafraîchissant » mon reste d'accent du Sud-Ouest. Nous avons su avant même le cocktail que nos corps feraient connaissance, et que le plus tôt serait le mieux. Ce fut le lendemain, dans un appartement cossu de l'avenue Rapp où elle concubinait avec un membre d'un cabinet ministériel. J'ai oublié lequel. Le hasard avait voulu que mon père décide de rénover l'appartement du quai de la Tournelle ; j'ai dormi pendant quelques semaines dans un hôtel de la rue de l'École-de-médecine trop modeste pour Betty qui avait les goûts de son milieu.

Les gens de cabinet rentrent tard, ça leur procure l'illusion de vivre au cœur d'affaires essentielles. Nos ébats ne duraient pas longtemps mais leur fréquence s'imposait, c'était physique. Il arriva que son type revînt inopinément chez lui en début de soirée, ayant oublié un dossier. Il surprit notre nudité sur le canapé, dans une posture qui n'aurait pu abuser l'énarque le plus obtus. Un type à lunettes. Il a ouvert la bouche comme font les poissons pris dans une épuisette. Betty a éclaté de ce rire de gorge qui me donnait envie de remettre ça, malgré la présence de cet homme. Il est sorti sans dire un mot. Nous nous sommes rhabillés, Betty est allée faire sa valise, j'ai pris le 63 pour regagner mon hôtel. Car l'appartement était sur la ligne.

C'est Betty qui a voulu des épousailles dans les règles – enfin, les règles civiles, elle en était à son second divorce. C'est elle qui a choisi l'appartement de la rue Surcouf, toujours sur la même ligne : j'étais, je suis l'homme du 63, ce pourrait être le titre d'un roman sur la fatalité. Betty décida d'être mère. Ainsi naquirent Maud, puis Charles-Antoine dans la foulée. Ainsi se coagulent les existences, quand on n'a plus la force de les rêver. J'ai subi la mienne en toute conscience de son absurdité, je la subirais encore si Betty ne m'avait éconduit pour manquement aux lois non écrites de son amoralisme branché.

Après notre séparation j'aurais pu cohabiter avec Suzanne, ayant récupéré l'appartement du quai de la Tournelle où je vis encore. Nous avons envisagé la chose mais Suzanne était imbue de son autonomie (« mon côté moderne », disait-elle ironiquement). Elle a toujours vécu à Daumesnil, toujours seule depuis la mort de sa mère, elle ne se voyait pas quitter sa tanière. Ni m'y héberger, et d'ailleurs je n'aurais pas aimé m'éloigner des berges de la Seine. Alors, elle prenait le 87 à Bercy et me rejoignait dans un restaurant de mon quartier, en évitant le Sully quand Marcile était à Paris. Nostalgie au menu : avant, l'édition était plus familiale, plus artisanale, plus lettrée. Les goûts de Suzanne sont encore plus rétros que les miens. Pour elle, après Gide et Derain, un désert caillouteux et sans oasis. Marcile excepté, elle tenait les auteurs en piètre estime et, s'ils lui témoignaient de l'arrogance, elle les envoyait paître. « Votre chèque ne sera signé que mardi prochain, monsieur. Je regrette, c'est la règle. »

Sur le fond nous étions de mèche ; le temps présent était notre croix, le passé notre bouée. Ça me distinguait de Marcile qui peu ou prou fréquentait le monde contemporain. Il voyait l'aventure humaine embarquée dans un prométhéisme sans précédent, qui éradique en un syncrétisme fou toutes les civilisations. Cette folie lui inspirait une curiosité lourde de désenchantement, mais enfin il en grappillait ici et là des éclats – les étals des kiosques à journaux, les clips dans les bistrots, les matchs à la télévision, les extravagances de la FIAC, les rituels des bandes dans les banlieues où ça castagnait. Il épiloguait sur la signification des mots – « ami », « compagnon », « copain » – dont usent les femmes d'aujourd'hui pour qualifier l'homme avec qui elles couchent, avec qui elles cohabitent, avec qui elles procréent. Margot, la serveuse de Sully, l'instruisait des tours de langage propre à sa génération. Il aimait beaucoup cette Margot qui se faisait teindre les cheveux en rouge, en mauve, en jaune pâle. Ils se tutoyaient, il savait où elle habitait, leur complicité n'était pas factice. Marcile aimait les êtres.

Pour autant, il se sentait aussi étranger que moi aux réflexes, aux présupposés, à l'esthétique de la « modernité » – le mot clef de ses analyses, à égalité avec « culture » et « humanisme ». Il ne lisait pas les essayistes qui examinent une « crise » et préconisent des « solutions ». Il tenait l'essor des « sciences humaines » pour un symptôme clinique de l'instinct de mort. L'idée que sous nos latitudes un acteur politique puisse infléchir le cours de l'Histoire lui paraissait puérile. Allait-il voter ? Connaissait-il seulement le nom de nos ministres régaliens ? Je ne l'ai jamais entendu énoncer une opinion partisane et, s'il avouait son admiration pour de Gaulle, c'était le romantisme hugolien qui le séduisait, le côté fantôme émargé d'un portail de la cathédrale de Chartres. Le monde intérieur de Marcile était habité presque exclusivement par des œuvres, la plupart d'« avant la grande névrose », formule qu'il employait pour définir la période romantique, au sens large. Avant ou pendant. Après, il avait fait un tri qui épargnait quelques écrivains, quelques peintres – et bizarrement des effluves d'émotions venues de sa prime jeunesse. Je nous revois dans un taxi qui nous amenait au musée Marmottan. Radio Nostalgie diffusait des tisanes. Soudain, Marcile pria le chauffeur de monter le son. C'était « Retiens la nuit », un vieux tube de Johnny Hallyday. Il connaissait les paroles par cœur, il les a entonnées en imitant le geste d'un guitariste, il continuait de fredonner l'air en regardant *Les Nymphéas*.

Je le revois devant le bébé orang-outang du Jardin des Plantes. C'était un matin, assez tôt, j'attendais le 63 pour aller au bureau. « Rejoins-moi au Sully. » Il lisait *Le Parisien* au comptoir. « Finis vite ton café. On va voir un frère séparé, âgé de quelques jours. » Nous avons longé l'infâme béton de Jussieu puis la rue Cuvier et nous nous sommes retrouvés devant une cage où une femme en blouse blanche donnait le biberon à ce bébé orang-outang. Marcile était aussi ému que devant la *Nuit étoilée sur le Rhône*. « Regarde les parents. » Debout dans la cage voisine, immobiles, ils observaient leur rejeton avec une fixité lourde d'angoisse. Je me suis tourné vers Marcile. J'ai lu dans ses yeux la même angoisse, la même désolation qui contrastait avec le regard béat quoique pénétrant de ce nourrisson encore presque chauve – juste une huppe au-dessus du front. « C'est la Sainte Famille » : tel fut le raccourci d'une méditation dont son prochain livre me donnerait peut-être la clef.

J'avais été admis au « comité d'idées » qui longtemps s'est réuni chaque mardi dans le bureau de Survielle, le directeur littéraire. Les éditeurs de la Mirandole y proposaient des sujets de livres ou de collections. Survielle faisait un tour de table ; chacun avait dix minutes pour « vendre » ses projets. Les miens étaient toujours recalés. J'aurais aimé lancer une collection de romans anglais gothiques dans le genre d'Ann Radcliffe, une autre de ces traités d'amour de la Renaissance plus ou moins démarqués du *Courtisan* de Castiglione. Trop élitiste. Marcile m'avait suggéré de trouver un auteur capable d'écrire une histoire de l'ennui, une autre de la tristesse. Sujets pas assez « porteurs ». Je finissais par redouter le moment où je devrais prendre la parole. On m'a accordé la collection de biographies de peintres parce que les expositions thématiques attiraient les nouveaux cadres, l'art devenait porteur.

En sortant de ces réunions j'allais dans le bureau du vieux Leygues, le seul qui m'avait soutenu. « Débriefons leurs conneries », disait-il en allumant un gros cigare et en se servant un whisky. Son désenchantement rendait au mien l'écho d'un passé mirifique, celui des débuts de la Mirandole, avec Baron et quelques autres. Mais sa nostalgie du Saint-Germain-des-Prés de l'après-guerre, je la confondais abusivement avec le regret que j'avais, à dix-huit ans, de n'avoir pas connu le Bordeaux des romans de Mauriac, des poèmes de Lafon ou de La Ville de Mirmont. Mon anachronisme n'était pas datable, et à mesure que j'ai pris de l'âge, mes nostalgies adolescentes ont accédé à une sorte d'autonomie, je les distinguais d'un regret plus profond, plus vague aussi – un regret d'orphelin au très long cours, celui peut-être qui navrait l'âme de Marcile devant un couple de primates et sa progéniture. Il se gardait de diviniser ses nostalgies d'enfant et d'idéaliser les hautes époques de la civilisation occidentale. Simplement, il la savait agonisante et ne s'en consolait pas.

VIII

Claire m'attendait à l'aéroport de Biarritz où Marcile m'avait convoqué en m'appelant de son village. Il voulait découvrir la tombe de Paul-Jean Toulet à Guéthary, et revoir les rochers où, m'avait-il expliqué au téléphone, le ressassement des vagues contredit le plan de Dieu selon Thomas d'Aquin. « Claire sera là. Trois cœurs vaillants, il faut bien ça pour affronter le gel de l'Histoire ! ». Nous descendions au Palais. « C'est moi qui invite. J'ai des souvenirs à Biarritz. » J'étais d'autant plus gêné que ma chambre au Beaurivage avait aussi été réglée par ses soins. Ou ceux de Claire.

Marcile irait voir un match de rugby. « Aguiléra est incontournable. J'y vais avec Boniface, l'idole de ma jeunesse avec d'Artagnan, Bob Morane, Camille de Fleurville, Quentin Durward, Esméralda, Anquetil et Kopa. » Cette liste n'était pas exhaustive ; en d'autres moments il citait Erroll Garner, Davy Crockett, Brigitte Bardot, Tintin, Elvis Presley et une pléthore de champions sportifs. Parfois il ajoutait la Vierge, parfois une grand-mère qui l'avait comblé d'affection et devait ressembler à la mienne.

Il m'avait raconté une belle histoire de deux frères qui s'aimaient d'amour tendre et dont le panache éberluait les publics de tous les stades de France et de Navarre, à l'époque où nous étions des ados. En qualité de landais, fils de rugbyphile, je connais les rudiments du rugby, donc la légende des frères Boniface. Je savais qu'Aguiléra est un quartier où le stade de Biarritz se cache dans les arbres.

Claire ne connaissait pas Biarritz. Moi, un peu, ma mère est originaire de Saint-Laurent-de-Gosse, un de ses cousins habitait Peyrehorade au bord de l'Adour, et l'aînée de mes tantes passait ses étés à Anglet. Nous avons déambulé devant l'océan jusqu'à la pointe de l'Atalaye d'où se déploie la baie entre le port des pêcheurs et la pointe Saint-Martin. Puis au hasard de rues où le crépi basque épouse le créneau néogothique en des noces approximativement victoriennes. « Ça a son charme », me disait Claire avec un sourire plein d'indulgence. Elle portait un pantalon beige en velours côtelé et un blouson de cuir marron sur un gros pull gris. Cheveux relevés sur les côtés, sa mèche en liberté. Aucun maquillage, une écharpe de coton.

— Étrange ville ! On dirait un jouet oublié par un enfant. Mon oncle Edward y venait, quand il était jeune officier.

Un oncle anglais qui l'avait hébergée entre six et dix ans.

— Il habitait Marlborough. J'étais pensionnaire dans

une école catholique, j'avais ma chambre chez lui les week-ends. Une maison de la fin du Moyen Âge. Il ressemblait à un personnage de Hogarth.

— Vous avez quitté l'Angleterre ?

— Mes parents avaient peur que je devienne trop anglaise. Mon père était souvent absent, ma mère s'ennuyait à Maussane. J'ai fait tout mon secondaire à Arles. Je revenais en Angleterre l'été, chez ma grand-mère, dans un château trop grand pour moi. Puis je suis allée à Cambridge, pour mes études. J'y anime encore un séminaire, une fois par mois.

Jamais elle ne s'était confiée à moi sur son passé. J'aurais aimé en savoir davantage mais j'ai craint qu'elle ne se rétracte. Elle gardait toujours un quant-à-soi. Notre intimité ne pouvait s'approfondir qu'en présence de Marcile. Lui, il savait tout, il connaissait ses parents, il avait dû la voir quand elle était lycéenne ou étudiante.

Il nous a rejoints sur la rotonde du restaurant du Palais. On voyait la plage, la baie, des rochers d'un ocre foncé, l'océan vert pâle, c'était une carte postale jaunie par le temps. Jaunie et ternie.

— Raconte-nous !

— Biarritz-Bayonne : le derby basque d'anthologie. On dit : BO et Aviron. Rouge et blanc. Blanc et bleu. Ce qu'il faut retenir, c'est le recyclage par le système d'un antagonisme désormais sans objet. Les joueurs viennent d'ailleurs et repartent ailleurs. Restent le temple, et un spectacle à la romaine de mercenaires surentraînés et tatoués jusqu'au cou. Claire, tu as failli connaître ça.

À quoi faisait-il allusion ? Je savais qu'elle avait été

sportive, mais j'ignorais dans quelle discipline et à quel niveau. Je l'imaginais plutôt en danseuse ou en patineuse, quelque chose de virevoltant comme *La Valse* de Vallotton. L'image de son corps serti dans une tunique m'a traversé l'esprit, brièvement, je ne voulais pas permettre à mon imagination de la dévêtir, c'eût été un sacrilège.

Pendant le dîner, Marcile nous a lu des poèmes de Toulet. « *Me rendras-tu, rivage basque, / Avec l'heur envolé / Et tes danses dans l'air salé, / Deux yeux, clairs sous le masque...* » Les yeux de Claire brillaient de plaisir. Elle avait lu ces vers, j'en étais sûr, pour épouser l'émotion de Marcile. « Les Alyscamps m'ont donné envie de le relire. On le verra demain. Enfin, sa tombe. Allons marcher ! »

Il a maugréé en voyant la statue érigée sur la place Bellevue. « Encore leur culture ! » Il maugréait pareillement chaque fois qu'un « objet d'art » était érigé au milieu d'un rond-point. « La culture a sévi. Fuyons ! » Les vagues s'acharnaient sur les rochers, un bouillonnement blanc s'ensuivait, abandonnant avec le ressac une mousse crémeuse. La lueur du phare traversait la baie à intervalles réguliers. Marcile était abîmé dans une méditation. Claire semblait en accompagner le cours, son regard ne quittait pas le spectacle des lames sur les rochers.

— Dans mes moments d'optimisme, je comprends la vision de Teilhard. Je sens le point oméga. Du moins j'en pressens la possibilité. Mais comment imaginer une spiritualisation de ce... enfin, vous me comprenez.

Claire hochait la tête, soupirait, l'observait avec une certaine anxiété. Elle devait essayer de comprendre. J'y renonçais, n'ayant jamais lu Teilhard.

— Pourtant il faut... Bref, allons boire.

Au Royalty, devant une coupe de champagne, nous eûmes droit au Marcile métaphysique. Il avait dû boire au stade, nous avions prolongé l'apéro au bar du Palais, puis bu à table un vin basque passablement viril. Son aperçu sur les fins dernières – le point oméga – passa les bornes de son lyrisme habituel. Ces rochers que nous venions de voir assaillis par les vagues, il les enrôlait dans une métamorphose en cours par quoi le moindre fragment d'inertie minérale accéderait au vivant, puis à la conscience, puis à l'esprit. Ça prendrait du temps. Il a poursuivi sa péroraison jusqu'au Palais ; pour un peu il l'eût assenée au réceptionniste.

J'avais remarqué que Claire était allée régler nos consommations au Royalty. Elle s'occupait aussi des réservations : l'« esclave » tenait lieu entre autres tâches d'intendante du maître. Elle s'en acquittait avec discrétion, on pouvait croire que c'était naturel de recevoir un billet d'avion ou de train, d'être attendu dans un hôtel et d'y avoir une table retenue. Était-ce son argent ? Celui de Marcile ? Quand nous dînions tous les deux, il voulait toujours payer et, sans s'ériger en juge, il marquait du dédain pour les fricolâtres. Un dédain mêlé de pitié, comme si l'amour de l'argent était une maladie invalidante.

Ma chambre donnait sur le parc de l'hôtel. J'ai ouvert la fenêtre. L'océan. Le bruit des vagues. La lumière du phare. Celle d'un bateau sortant de l'Adour. J'étais sûr de les voir, Marcile aime marcher la nuit. Sûr qu'ils attendraient de s'être éloignés pour s'étreindre. Je n'étais plus jaloux comme à Maussane, comme à Lausanne. J'aimais Claire passionnément mais j'aimais plus encore ce duo hallucinant. Je crois qu'elle l'avait deviné, et me savait gré de la prendre pour ce qu'elle était : l'« esclave » de Marcile.

Ils sont sortis, ont marché côté à côte dans l'allée jusqu'au portail. Redevenir le voyeur de Lausanne eût été une trahison. J'ai refermé ma fenêtre et lu les poèmes de Toulet dont Marcile m'avait prêté le recueil.

Sur la tombe de ciment noirâtre, le nom – Paul-Jean Toulet – est presque effacé mais une tête couronnée de laurier honore le poète. Le vieux bourg de Guéthary est juché sur une colline, le cimetière environne une église délicieuse. Renaissance, version locale, avec sur trois étages des galeries de bois et des statues dorées gracieusement baroques.

En contrebas, l'autoroute. Le grondement des voitures se confondait avec celui du vent. « Pauvre Toulet ! Encore un destin tronqué. Claire, va allumer un cierge et prier pour lui ! Pour moi aussi, par la même occasion. » Claire était très pieuse. Marcile trempait ses doigts dans le bénitier et se signait en entrant dans une église mais sa quête de Dieu, pleine de tours et de détours, ne passait pas par la prière. En tout cas pas dans une église.

Sur le parvis où nous attendions Claire, il me confia en allumant une cigarette qu'il souhaitait avant de mourir aller s'incliner sur la tombe des poètes oubliés, ceux que les anthologies réduisent à la portion congrue d'une page ou moins. Il était obsédé par l'oubli. Il aimait la musique des vers. Il aimait aussi les cimetières, il me parlait souvent de celui de son village. « Une petite forêt de croix. L'autre forêt derrière le mur et puis la gorge sombre et les crêtes bleutées à l'horizon. »

Claire est sortie de l'église. La pluie s'est mise à tomber sur des semis de bicoques aux volets clos. Le bourg, le cimetière, le fantôme de Toulet n'étaient qu'un sursis de douceur, un petit reste d'harmonie dans le grand chaos – et de ce désastre nous étions inconsolables. Trois naufragés sur l'autoroute. Trois exilés d'un royaume dont Claire peut-être aperçoit les lueurs, quand elle prie le Dieu de nos ancêtres. Marcile croyait parfois l'entrevoir, sa prose y fait des allusions pudiques. Moi, je n'ai pas ces recours, pas de Providence, juste les rumeurs indistinctes d'un regret.

IX

— Je vais vous raconter l'histoire vraie d'un étudiant timide et d'une dame qui avait l'âge de sa mère.

Nous étions derrière l'opéra de Vichy, dans un restaurant aux murs de bois acajou couverts de photos dédicacées d'artistes. Marcile m'avait prié de le rejoindre en train pour assister à un concert d'une pianiste chinoise. Sonates de Scarlatti au programme. Des souvenirs le sollicitaient dans cette ville, dans cette salle – et il voulait y écouter de la musique baroque. Claire serait avec nous, ça semblait prouver que notre trio lui convenait et rien ne pouvait me réjouir davantage, sans eux je me sentais plus paumé que jamais et je crois que sans Suzanne j'aurais sombré dans la neurasthénie.

Claire était venue me récupérer à la gare. Jean's, pull à col roulé vert bouteille, trench, chevelure semi-domestiquée. Contraste du vert de ses yeux et du plein soleil de son sourire avec la pluie qui tombait d'un ciel bas sur des rues blanchâtres et inanimées. La ville ressemblait à Biarritz, en plus fripée et sans la présomption d'un grand large.

— Marcile s'est endormi. Il a écrit toute la nuit.

Un parc enclos dans une promenade couverte de fer forgé, jonché de feuilles de platanes. On avait émondé les arbres. L'Aletti donnait sur une entrée latérale de l'opéra. Vu du balcon de ma chambre, le décor semblait pétrifié, on aurait dit une Atlantide en instance de naufrage.

Pourquoi Marcile avait-il tenu à revenir à Vichy? Quels souvenirs? De son passé je savais juste qu'il avait vécu à Paris jusqu'au bac, puis fait Sciences-Po à Aix-en-Provence; c'était là qu'il avait connu le père de Claire. Ensuite, rien. Ou plutôt, ce village dont je finissais par me demander s'il existait vraiment ou si c'était un Graal enfanté par son imagination.

Il ne s'était manifesté depuis le voyage à Biarritz que par une carte postée de Toulouse reproduisant une toile de Derain intitulée *La Clairière*. Trois mots au verso : « Réfléchis au cas Derain ! » De temps à autre et depuis que nous nous connaissions, je recevais des cartes postales; ainsi apprenais-je où il patrouillait – et parfois pouvais-je supposer l'objet présent de ses cogitations. Pourquoi devais-je réfléchir au cas Derain ? Il a caboté en liberté entre fauvisme et cubisme, j'aime ses vues de Londres ou de Collioure et celle de Bougival exposée au musée du Havre que Marcile m'avait envoyée, un an ou deux auparavant. Moins ses portraits, ses sculptures et ses décors. Cette clairière entrevue derrière une rangée d'arbres et une palissade, égayée de taches blanches et orange, recelait un mystère. Marcile me dévoilerait lequel; mes réactions devant un paysage peint sont sommaires, je l'habite ou pas, point final. Lui, il ouvrait les portes.

Nous nous sommes retrouvés dans le hall et avons suivi Marcile jusqu'à un parc au bord d'une rivière où s'alignaient des chalets construits pour Napoléon III et sa suite. Des palaces reconvertis en appartements commémoraient les heures fastes de Vichy, dans un passé qui semblait improbable. On apercevait sur l'autre rive une manière de club-house simili-normand. Puis nous avons longé des établissements balnéaires de style mauresque et rejoint la promenade couverte à hauteur de l'Hôtel du Parc, où siégeait le gouvernement de Pétain. Marcile a hoché la tête laconiquement en lisant la plaque apposée sur une stèle par une association juive. Il avait de la considération pour l'histoire du peuple juif et son apport à la création occidentale à partir du XIXe siècle. « Je dois beaucoup à Proust et à Bergson, un peu à Soutine, à Zweig, à Chagall, à Levinas, à Cohen, à Roth, à Singer, et j'en oublie sûrement. »

Il s'est attardé devant un ancien palace – l'Astoria – en forme de proue de navire, puis devant les vitrines de galeries qui encorbellent un kiosque à musique.

— Vichy est un caprice de Napoléon III badigeonné de crème Chantilly à la Belle Époque et enlisé dans de l'Art déco à usage de rentiers moyens. Je venais souvent ici à l'adolescence, c'était déjà les débuts de la fin...

— Pourquoi venais-tu ?

— Un ami. Mon meilleur ami avant le père de Claire. Nous nous prêtions des livres, chevauchions des chimères. Chacun les siennes, mais nous nous accordions sur un constat : la décadence. À cet âge on va au plus court et on croit que l'Histoire peut retourner d'où elle est venue, en effaçant les traces de ses pas.

— Tu le revois ?

— Il est mort. Cancer. Ses parents étaient venus vivre ici. Enfin, vivre n'est pas le mot...

Durant le concert Claire s'était placée entre Marcile et moi. Robe longue noire, étole noire. Les effluves légers de son parfum, l'allégresse de Scarlatti aggravaient le trouble où me mettait sa seule présence. Claire désormais incarnait cet éternel féminin qui depuis mes lectures d'adolescent n'a cessé de m'obnubiler. Les Vénus et les Vierges de notre histoire de l'art, la Sylphide de Chateaubriand et sa pauvre frangine Lucile, la Milady de Dumas, Madame de Mortsauf et Emma Bovary, la duchesse de Guermantes : autant de beaux fragments sur le puzzle d'un idéal à vrai dire noyé de brumes mais qui aura magnifié mes amours les plus éphémères. J'avais cessé d'être jaloux de Marcile, je me reprochais rétrospectivement ce sentiment peu honorable vis-à-vis d'un ami, et indigne de Claire. Elle appartenait à Marcile, en vertu d'une loi plus sacrée qu'aucune morale, plus forte que l'amour d'une femme pour un homme. Leur loi. Je la respectais, sans en connaître les termes. Marcile m'accordait une confiance qui par ricochet me valait celle de Claire. Je voulais être leur chevalier servant, ce serait l'ennoblissement de ce qui me restait à vivre.

Au restaurant, Marcile a disserté sur le baroque. Il avait vu au Louvre une exposition temporaire d'un sculpteur sur bois ukrainien du XVIIIe siècle – des statues, un retable – qui l'avait impressionné. Il prenait toujours ses appuis sur un historien, en l'occurrence Eugenio d'Ors, puis s'évadait vers les horizons les plus imprévisibles. « Note ça », intimait-il à Claire quand sur le fil de son improvisation s'accrochait une idée singulière. Elle notait sagement sur un gros carnet noir qu'elle avait toujours dans son sac. Il pouvait aussi lui demander de prévoir la visite d'un musée ou d'un monument, de lui commander un livre, de fomenter une rencontre avec quelqu'un qui l'intéressait, généralement un historien, pas forcément d'art. Alors elle pianotait sur son portable, avec ses doigts effilés aux ongles vernis mais jamais peints.

Le propos de Marcile reprenait son cours, avec des raccourcis, des rapprochements dont la pertinence n'allait pas de soi, il fallait déduire ou interpréter. Ce soir-là il en vint à épiloguer sur l'« acédie » en citant un théologien oriental dont j'ignorais l'existence, et s'appesantit sur la maladie – incurable – de l'âme occidentale en énumérant dans un faux désordre la *Melencolia* de Dürer, le suicide de Werther, le désespoir d'Athos, la voix tragique de la môme Piaf.

Enfin nous sûmes pourquoi nous étions là, dans cette ville, dans ce restaurant, à cette table.

— J'étais étudiant à Aix, mon ami à Clermont-Ferrand. Je venais le retrouver à Vichy car il n'avait pas les moyens de descendre en Provence. Ses parents m'hébergeaient, à l'Aletti précisément. À l'inverse des hôtels de Vichy celui-ci a retrouvé sa vocation initiale après avoir été distribué en appartements. J'ai connu une femme, une rousse aux yeux noisette, venue soigner une hépatite.

Elle était descendue à l'Astoria. À l'époque, c'était encore un palace. Elle m'avouait quarante-cinq ans, elle trichait peut-être. Je l'avais rencontrée par hasard dans une des galeries devant le kiosque à musique. Elle a dû me trouver gentil, ou amusant. Elle m'a invité à prendre un café au bar de son hôtel. Nous avons sympathisé. J'ai pris l'habitude de l'accompagner dans les galeries. Elle aimait sincèrement la peinture, sans la connaître ni la comprendre. Mes commentaires l'ont intéressée. Elle aimait aussi la musique et je l'ai accompagnée à l'opéra, plusieurs fois. Je me souviens d'un concert de Cziffra qui a éberlué l'auditoire en interprétant la *Rhapsodie hongroise n° 2* de Liszt. Après les concerts nous dînions ici, et elle retenait toujours cette table. Elle était douce et triste. C'était la fille unique d'un industriel breton qui venait de se tuer en voiture, avec sa femme. Elle tendait ses paumes, je posais les miennes dessus et elle me disait que sans moi elle serait seule au monde. Je l'initiais à l'histoire de l'art, elle m'initiait à l'amour charnel dans sa suite. Étant timide et pas très averti, je lui savais gré d'apprivoiser mon corps sans le plier à des sophistications. Je l'aimais bien. Elle payait tout, j'étais fauché. Au restaurant elle me glissait des billets dans la main pour que je laisse les pourboires aux serveurs. Sa délicatesse me plaisait. Sa tristesse me touchait. Je savais déjà que la civilisation occidentale était condamnée, elle aimait me l'entendre dire à ma façon qui devait être abrupte.

« Je lui avais présenté mon ami. Il se joignait souvent à nous, un peu étonné de me voir plus ou moins amouraché d'une dame de cet âge. Les clients de son hôtel pinçaient le bec quand nos mains se rejoignaient, ça nous amusait.

« Arriva le terme de sa cure. Ici même, le dernier soir, elle me proposa de la suivre chez elle en Bretagne. Je serais son amant, je la suivrais partout car elle avait l'intention de beaucoup voyager, pour se désennuyer. Elle subviendrait à mes besoins. Je lui parlerais de peinture, de littérature, de musique. Elle était presque suppliante. Nous convînmes que le lendemain, jour de son départ, soit je passerais à son hôtel avant midi et nous partirions ensemble, soit je n'y serais pas et notre brève idylle aurait connu sa fin. J'ai mal dormi cette nuit-là. Je ne me voyais pas en gigolo d'une dame dont j'étais presque sûr de n'être pas amoureux. Presque : mes lumières sur les méandres de mes sentiments étaient floues.

« Le lendemain je suis allé à la gare prendre mon train, le cœur serré, en faisant un détour pour éviter les parages de l'Astoria.

Tandis que Marcile racontait son histoire, j'observais subrepticement le visage de Claire. Rien ne trahissait une émotion, sinon l'intensité de son regard qui pas un instant ne se détournait de Marcile, comme si tout son être incorporait son récit.

— L'histoire n'est pas terminée. Des années plus tard – j'étais déjà marié – je reçois un coup de fil d'un notaire de Quimper. Une de ses clientes était décédée et m'avait couché sur son testament. Une femme dont il m'a indiqué l'âge. J'ai compris que c'était elle. Le legs étant considérable, il souhaitait me rencontrer. Je suis allé à Quimper. Le notaire avait la tête de l'emploi. Il m'a appris que sa cliente me léguait sa fortune. Elle avait vendu l'usine de son père et possédait en outre des biens immobiliers à Saint-Malo et à Paris. Selon toute vraisemblance, elle s'était suicidée, sans toutefois qu'on ait pu le prouver. Le testament était irrécusable. J'ai poussé le notaire dans ses retranchements pour en savoir davantage. Elle passait pour être instable, dépressive à l'occasion, et encline à s'enticher de messieurs plus jeunes qu'elle. Sa famille appartenait de longue date à la bourgeoisie de la région. Le notaire m'a remis une enveloppe cachetée à mon nom et indiqué le village où elle était inhumée. Je m'y suis rendu, j'ai repéré la maison, l'usine, et dans le cimetière le caveau de famille. Devant ce caveau, j'ai ouvert l'enveloppe. Elle me disait en gros que je n'étais en rien responsable de sa mort. Elle ne voulait plus vivre. Elle avait essayé avec plusieurs hommes mais affirmait, en s'en excusant, qu'elle n'avait jamais pu aimer quelqu'un d'autre que moi.

«J'étais ému, je me sentais presque coupable. Des images ont traversé mon esprit – son visage, ses yeux tristes, le timbre de sa voix, toute une mélancolie inscrite dans le décor où je vous ai promenés tout à l'heure. Elle m'a aimé à sa façon. D'autres femmes m'ont aimé à leur façon, ou du moins l'ont prétendu, mais elles n'en sont pas mortes.

«Je suis revenu à Quimper pour toucher mon héritage. J'ai payé les impôts afférents et j'ai donné l'argent à un orphelinat d'Addis-Abeba, tenu par des sœurs de l'ordre de Malte que je connaissais. Des femmes admirables. Elles m'ont promis de prier pour son âme – et pour la mienne en prime.

« Mon histoire est terminée. J'avais décidé de la raconter à Claire, dans cette ville, dans ce restaurant, à cette table où je crois revoir ses mains tendues vers moi.

Marcile avança ses paumes vers Claire qui posa ses mains sur ses poignets avec, dans ses yeux d'un vert plus soutenu qu'à l'ordinaire, une gravité sacerdotale. Nous étions les derniers soupeurs, il fallait quitter le restaurant. Dehors, il faisait froid. Nous avons suivi Marcile sans prononcer une parole. La promenade couverte, le kiosque à musique, les feuilles mortes, le blanc laiteux des lampadaires, le blanc crémeux de l'opéra avec sa verrière et ses caryatides. L'Aletti semblait abandonné. J'ai regagné ma chambre en prenant un ascenseur à la porte de fer forgé qui avait dû convoyer des beys et des maharadjahs de la Belle Époque. J'ai ouvert la fenêtre, je me suis accoudé au balcon. Une brume enveloppait les troncs émondés des platanes, soldats montant autour de l'opéra une garde funèbre dérisoire. Je les ai vus ressortir, traverser le parc dans la direction approximative de l'Astoria. Marcile tenait Claire par la main. Sans doute souhaitait-il infuser ses souvenirs dans l'âme de son esclave – et Claire sans doute y consentait avec ferveur. Comme à Biarritz, j'ai quitté le balcon, refermé la fenêtre et tiré les rideaux.

X

Avec le recul je crois me souvenir d'une lassitude croissante dans l'expression de ses désarrois. Les cernes s'accusaient autour de ses yeux, il tenait moins bien l'alcool et se confiait davantage. Il venait plus souvent à Paris, allait toujours dans les musées mais ses visites étaient plus brèves. Il avait toujours aimé celui de Cluny; il y revenait de plus en plus souvent, comme s'il éprouvait le besoin de renouer avec une patrie médiévale. Il me parlait avec émotion des rois de Notre-Dame, et d'une Vierge dont l'enfant joue avec la barbe de saint Joseph.

Il passait des heures au Sully, écrivant parfois sur un cahier de brouillon, bavardant avec Margot à qui il soutirait de grands éclats de rire. Elle l'appelait par son prénom, collait son corps contre le sien pour l'embrasser, et si le patron n'était pas arrivé elle lui servait des cafés en disant « C'est pour moi ». Nul n'était moins vaniteux que Marcile mais il ne lui déplaisait pas que je sois témoin des petits privilèges qu'elle lui consentait en clignant d'un œil cerné de Rimmel.

Nos promenades désormais se limitaient au tour de

l'île Saint-Louis. Plusieurs fois nous avons rencontré Vadot sur le quai de Bourbon. C'est un académicien, un bel écrivain qui a publié deux romans à la Mirandole. Îlien s'il en fut car né sur ce quai, dans l'hôtel qu'il continue d'habiter avec son épouse. Nous n'étions pas intimes mais quand nous nous croisions j'avais plaisir à converser avec lui, c'est un lettré à l'ancienne, ils se font rares. Je ne pouvais lui présenter Marcile qu'en inventant un patronyme, alors que Vadot appréciait beaucoup ses livres, et sûrement eût aimé qu'entre eux un lien s'établît, ils étaient faits pour se comprendre. Vadot avait fini par me demander qui était ce grand type dont j'étais souvent flanqué quand je me baladais. « Un ami d'enfance, prof à Aix. Sympa mais très timide. »

Quelquefois nous poussions jusqu'à la place des Vosges, revenions par Saint-Paul pour éviter la Bastille qui a perdu son âme populaire et gouailleuse depuis la construction de l'opéra. Chaque fois que nous repassions le pont Sully Marcile vitupérait la laideur de l'Institut du monde arabe et de Jussieu. Il englobait dans la même détestation l'immeuble administratif du boulevard Morland mais s'abstenait de dénigrer la statue de sainte Geneviève, non qu'il la trouvât réussie, mais c'est la sainte patronne de Paris, il jugeait sa présence opportune. Quand il montait prendre le dernier il me rappelait que dans *L'Œuvre* de Zola, le peintre inspiré par Cézanne habite l'île – et il s'extasiait sur les cheminées. L'île et la Seine, il les voyait comme Marquet les avait peintes, c'était sa vision, il me le répétait quand une péniche se coulait sous le pont de la Tournelle.

Il m'embarquait sans sommation dans ses voyages. Il disait « mes repérages ». Où que nous allions, Claire nous avait précédés, tout était organisé pour notre confort. Si j'insistais pour régler ma note d'hôtel ou payer l'addition au restaurant, elle fronçait les sourcils, ébauchait une moue désapprobatrice. « Ne parlez pas d'argent, Victor, ça n'a pas d'intérêt et c'est mal élevé. »

Elle aussi se confiait davantage, je croyais comprendre à présent qu'une plage de détresse avait précédé l'incroyable sacerdoce auquel elle se vouait. L'amoureuse comblée, l'« esclave » fière de l'être, la sylphide riche de tant de dons avait conquis son bonheur. Contre quoi ?

Par pudeur elle se décrétait anodine et transparente ; il fallait la passion avec laquelle j'épiais les nuances de ses sourires et les inflexions de sa voix pour imaginer un passé peut-être tourmenté. Il aurait fallu la connaître avant Marcile, dans son milieu familial – le côté anglais sur lequel elle ironisait avec un zeste de tendresse, son père aussi, un « aventurier » selon Marcile. Aventurier de quelle cause ?

Avec Claire, Marcile était tour à tour distant et presque sec comme un patron avec sa secrétaire, affectueux comme un père avec sa fille. Il admirait son élégance, son intelligence, son efficacité. Il appréciait son dévouement. Elle lui tenait lieu de chambrière, de majordome, d'assistante, de documentaliste – et sans doute de banquière. Si je n'avais eu en mémoire les doigts sur son cou à Maussane et l'étreinte au bord du Léman, j'aurais pu croire au platonisme de leurs liens. J'ai douté jusqu'à la fin que Marcile ait éprouvé pour Claire l'amour d'un Abélard pour une Héloïse.

Il avait toujours été imprévisible et impatient. Il le devint davantage, comme si le temps lui était compté, et peu lui importait que j'aie encore une activité professionnelle. Je me demande comment Claire s'organisait, avec ses cours à Aix et à Cambridge. J'allais où il me demandait de les rejoindre. Ma vie désormais se focalisait sur ces plages de temps où nous étions ensemble. Sans eux mes jours s'écoulaient comme en un sablier géant, grain après grain, entre la rue du Bac et le quai de la Tournelle. L'homme du 63. J'avais confié à Suzanne que Marcile ne tournait pas tout à fait rond et me conviait dans les décors de sa jeunesse; il fallait bien expliquer mes départs impromptus.

— Il est malade?

— Je ne sais pas. Il est bizarre.

— Il l'a toujours été. Il écrit?

— Il prend des notes, il affûte des idées.

— Il faut qu'il écrive.

— Oui, il faut...

Un matin de printemps nous avons embarqué en gare de Lyon dans un train qui nous a largués à Nevers. La veille, au téléphone, il m'avait seulement dit que nous allions sur les lieux de son initiation. Pendant le voyage il a lu une étude sur l'invention du paysage sans m'adresser la parole.

Claire nous attendait dans le hall de la gare. Elle m'a

embrassé comme d'habitude. Ils ne s'embrassaient jamais quand ils se retrouvaient.

— Tu as eu le temps d'aller voir Bernadette ?

— J'en viens.

Bernadette, la sainte de Lourdes, à qui la Vierge s'est adressée en patois bigourdan. Elle repose à Nevers, dans le couvent où ses jours se sont consumés. La piété de Claire était déroutante de candeur, elle vénérait Bernadette et plus encore Thérèse de Lisieux, allumait un cierge dans chaque église où nous entrions et allait s'agenouiller devant le saint sacrement. Marcile restait au fond de l'église ou faisait le tour des chapelles. Dans ses livres, la foi catholique est un esquif en perdition sur l'océan d'un panthéisme de plus en plus barbare.

Nous avons traversé sur des routes accessoires des paysages raisonnables où des vaches blanches paissaient des carrés de verdure découpés par des haies. Des bourgs aux toits marron somnolaient au soleil. Claire conduisait, Marcile indiquait l'itinéraire. Il connaissait les lieux. À un endroit précis, il demanda à Claire de garer la voiture.

— C'est ici que j'ai compris le sens du paysage. Il y a longtemps mais rien n'a changé.

Des prés en plans doucement inclinés. Des vaches blanches. Le profil d'un clocher au bout de la route. Des montagnes sans arrogance sur la ligne d'horizon. Des haies, des futaies, une pièce d'eau, les tours effilées d'un manoir derrière un bouquet d'arbres. Du vert, du brun, des taches de blanc, un ciel d'un bleu très pâle où stagnaient des nuages roses et gris.

Marcile marchait sur la route, cadrait des plans avec

ses paumes ouvertes comme font les cameramen avant de filmer.

— Ruysdael aurait pu peindre cela. Dieu s'est absenté. L'éden paysager est un recours. Le dernier avec la nature morte. Même époque que Kalf. La mélancolie est déjà là. Celle de Corot a perdu de l'altitude parce qu'entre-temps le moi s'est isolé, ses cadrages ne sont que des miroirs, alors que l'âme des Hollandais de la grande époque aperçoit encore des horizons.

Nous comprenions un peu, parce que nous avions lu ses livres. Claire savait pourquoi il avait choisi Kalf comme nom d'auteur. Les natures mortes de ce peintre résumaient pour lui la civilisation occidentale à son summum de raffinement maîtrisé, alors qu'en toute inconscience elle s'apprête à occulter l'invisible. Il connaissait les tableaux de Kalf exposés à Amiens, à Rouen et au Mans, et il avait insisté pour que je l'accompagne au Puy où le musée local propose une *Nature morte au citron*. Il la contemplait avec la ferveur d'un sacristain devant un tabernacle. Du plateau d'argent et de la pulpe du citron plus qu'à demi pelé dont l'écorce dessinait une spirale émanait un mystère. La peau jaunissante et rougeâtre d'une grenade, le gris argenté d'une noisette dans sa bogue, le cristal d'un verre ballon deviné autant qu'aperçu sur un fond très sombre produisaient une impression de hiératisme évocateur des patriciens peints par Van Dyck. Aucune autre nature morte de Kalf n'était aussi chiche en objets luxueux et, par l'effet de cette modestie des moyens, la chair pâle et rainurée du fruit accédait à une dignité quasiment religieuse, en même temps qu'à un paroxysme de sensualité. « L'invisible est encore là, je le vois, je veux comprendre pourquoi. »

Après cette visite, Marcile avait voulu revoir la danse macabre de la Chaise-Dieu et les vitraux d'un religieux coréen dans la basilique de Brioude. C'était un de mes premiers dégagements avec lui. Notre voiture, louée à Clermont, était tombée en panne d'essence sur un plateau désert et battu par les vents, il avait fallu appeler Claire à Maussane. Pour les choses de la vie ordinaire, nous rivalisions d'infirmité ; je crois même qu'il était encore plus démuni que moi. Claire s'était débrouillée pour nous envoyer un garagiste.

Un gros nuage gris-bleu a caché le soleil, affadissant soudain le paysage. Marcile a pris le volant, quitté la route avant l'entrée du bourg pour emprunter un chemin qui menait au manoir aperçu entre les arbres. Il a garé la voiture devant le portail rouillé d'un parc en déshérence et nous avons marché sur une allée, jusqu'au perron dont les pierres étaient disjointes. « Renaissance et XVIIIe. Entre mon bac et la fin de mes études, je venais ici deux fois par an, chez l'ancien propriétaire. Un ami de mon père, érudit dans le genre de Mérimée, très bon pianiste, assez bon aquarelliste. C'est lui qui m'a appris à n'être dupe de rien. À la fin il était ruiné. Il a vendu cette baraque et s'est tiré une balle dans la tête en sortant de chez le notaire. Il m'a légué quelques-uns de ses livres. Je lui ai dédié mon premier livre – enfin, juste les initiales, il n'aurait pas aimé voir son nom étalé. Un nom à particule comme tes ancêtres anglais, Claire. Allume-moi une cigarette. »

La pluie tombait sur la gare de Nevers où Claire m'a

déposé. Ils partaient en Bourgogne. Marcile voulait sillonner la côte depuis Marsannay jusqu'au Mâconnais. « Nous irons voir la tombe de Lamartine. Un moderne avant l'heure, mais sympa. » Pourquoi moderne ? Pourquoi sympa ? Il était rarement possible de poser des questions, il digressait trop vite et ne supportait pas d'être interrompu. Il fallait comme Claire noter, et puis lire ou relire. Je suis sûr qu'elle avait lu Lamartine pour comprendre. Pour s'imprégner. Pour se dissoudre. « Le reflet de son ombre. » J'étais aussi cette ombre avec des éclipses, des trous noirs qui me laissaient pantois.

J'aurais aimé les suivre mais je devais rentrer à Paris, pour fêter l'anniversaire de Suzanne. Pauvre Suzanne ! Elle eût mérité que je l'associasse à notre intimité. Elle était aussi peu contemporaine que nous trois – et elle avait toujours voué un culte à Marcile. Du temps où elle travaillait avec moi à la Mirandole, il la sollicitait pour sa documentation, ses billets de train, ses réservations d'hôtel. Il la tutoyait sans vergogne. Personne d'autre que lui ne se le permettait. « Suzanne, ma chérie, trouve-moi le catalogue de l'expo de Mantegna. » Il la courtisait, l'invitait parfois à dîner en feignant de me narguer : « J'embarque Suzanne à Montmartre. Tu n'y vois pas d'inconvénient ? » Je ne savais pas s'ils étaient amants mais ces soirs-là elle rentrait tôt chez elle pour s'endimancher. Suzanne était belle à trente ans. Encore plus belle à quarante. La beauté convenable et satinée des bourgeoises de Vermeer, et Marcile aimait Vermeer. Dans son appartement de l'avenue Daumesnil, il y a des photos d'écrivains morts, de ses parents, de ses chiens successifs, d'un village de Sologne dont elle est originaire, une de moi, une de Marcile. Une seule fois, à la faveur de l'ivresse, je m'étais risqué à lui demander si elle avait couché avec lui. Elle m'avait envoyé paître. « Nous ne sommes pas mariés, je n'ai aucun compte à te rendre. » Sous-entendu : « Divorce de ta communicante et épouse-moi. »

J'aurais dû divorcer avant que Betty ne me plaque. Mais nous avions deux enfants, et ce lien équivoque, venimeux, qui longtemps aura survécu à nos dissensions, à nos tromperies, au gouffre qui séparait une arriviste d'un débranché : l'érotisme. Nos pires engueulades connaissaient un épilogue charnel, et, des années après notre divorce, Betty qui s'était remariée avec un gastro-entérologue venait me relancer à l'improviste dans mon appartement. « Fais vite, j'ai un dîner. » Elle avait toujours eu des dîners. Nous faisions vite. Une fois ce fut dans sa voiture, sur le quai de Bourbon, elle n'avait pas le temps de monter. Elle n'avait jamais pris le temps de vivre, mais toujours d'improviser un corps à corps et, malgré les années qui me séparent d'elle, je revois nos dévergondages comme si c'était hier. Pourtant je la déteste.

Si j'avais décampé plus vite, j'aurais sans doute épousé Suzanne car la solitude me faisait peur. Elle m'a toujours fait peur. L'ai-je apprivoisée ? Il y avait les livres, l'art et la musique. Il y avait Suzanne, et des filles plus jeunes, au hasard. L'avantage de ces métiers, c'est la profusion de minettes que la fréquentation du milieu prédispose à ne pas faire trop de cas de leur vertu. « Libérées », comme on disait à l'époque de Censier. À la Mirandole, j'ai butiné avant et pendant mon mariage, avant et pendant Suzanne. Chloé, l'assistante du service étranger, est encore dans ma vie, un peu : elle aime s'offrir des vertiges, je suis un célébrant passable, elle vient parfois dans mon antre à l'heure du déjeuner. Chloé aborde sans enfant les rivages ombreux de la cinquantaine. Côté flou et implicite à la Marie Laurencin, la chair en plus. Son mari représentant chez Hachette s'est fait la belle avec une préparatrice en pharmacie âgée de trente ans, mère de deux enfants et sise à Dole, Jura : la jouvence a un prix. Chloé concubine à temps partiel avec un informaticien. « Pas marrant », dit-elle sur le ton de la résignation, ajoutant qu'elle est amoureuse de moi depuis son embauche à la Mirandole, il y a une douzaine d'années. Le contraste entre sa timidité et ses impudeurs est savoureux. Elle sonne, je lui ouvre, elle me sourit avec son petit air de dame catéchiste, nos lèvres s'effleurent et, le temps de refermer la porte, elle est plus nue que les baigneuses de Boucher. Elle a peur de vieillir, se ruine en crèmes antirides, en cours de yoga – et me demande toujours si son corps m'inspire autant d'appétence que la première fois.

Celui de Patricia ne m'en inspire pas moins. C'est la secrétaire du comptable, elle a toujours peur d'être pistée par son amant en titre, et nous improvisons dans son bureau de quoi alimenter cette peur. « Surtout ne dis rien à personne. S'il a des doutes, je suis virée. » Son amant n'est rien moins que le nouveau directeur financier. Épousailles en perspective : Patricia sort d'une cité du 9-3 et veut le baguer pour ne plus jamais manquer de rien. Mais elle n'aime que les vieux, ça tombe à pic. Nos anatomies ont lié connaissance dans une pièce derrière mon bureau qui sert de débarras. Nous nous y retrouvons quand Suzanne part chez le photograveur. Patricia a pris goût à nos déhanchements ; leur incommodité met des rougeurs sur son visage et lui soutire des rires étranglés. « Vite, on va nous surprendre. » C'est curieux de s'approprier un corps sans l'avoir jamais vu. Elle se rajuste. « On remet ça mardi, il a une réunion à La Défense. » « Il », c'est le directeur financier. On remet ça si Suzanne s'est absentée ; elle tolère le principe de mes écarts, sous condition que les apparences soient sauves. Patricia regagne son bureau qu'elle partage avec sa meilleure amie et sa parfaite antithèse : Bérénice. Patricia est prolétaire jusqu'au bout des ongles qu'elle peinturlure en rouge sang ou en bleu pervenche ; Bérénice sort tout équipée du faubourg Saint-Germain. Fille d'un conseiller d'État, belle à ravir dans un registre classique. Belle, radieuse, modeste, très sage, raisonnablement catho, un mari normalien, deux enfants. Épouse idéale, collègue idéale car diligente et futée mais pas arriviste. Tout le monde l'aime à la Mirandole, c'est une madone de Martini égarée dans un claque de Toulouse-Lautrec. Patricia ne lui fait grâce d'aucune confidence – le fiancé, le placard –, elle les accueille avec une bienveillance maternelle qui me rappelle celle de Claire. Elle sera son témoin à l'église. Car Patricia a de la religion, et me reproche d'en manquer.

Chloé... Patricia... Bérénice... J'ai la passion des femmes, comme Marcile ; elles tiennent les seuls fils qui me relient au monde. Je les trouve toutes ou presque attendrissantes, désirables – et tellement plus malignes que les mecs. J'aime leurs timbres de voix, les dédales de leurs raisonnements, leurs façons de s'accoutrer, leurs tracas, leurs désirs, leurs gestes, leurs mimiques. Tout.

J'aime Suzanne, beaucoup. Après mon divorce je lui ai proposé de l'épouser, quitte à vivre chacun dans son terrier. « Trop tard, mon pauvre Victor. Je suis une vieille femme et tu n'es pas fringant non plus. » Nulle amertume dans ce constat, une tendresse résignée que sa pudeur maquille en ironie.

Nous avons dîné près de chez elle, au Trou Gascon, un bon restaurant dans la rue Taine. Suzanne a bu plus que d'habitude. Elle venait de relire *La Porte étroite* et trouvait que la sœur avait eu tort de se sacrifier. Au dessert nos mains se sont jointes, j'ai dit bêtement « Bon anniversaire ». Il y avait dans son sourire un mixte de fatalisme et d'engouement, comme s'il importait de faire au moins semblant de croire au bonheur. Puis je l'ai raccompagnée. Il pleuvait sur les lions verdâtres qui crachent de l'eau dans la fontaine de la place Félix-Éboué. Il pleuvait sur ce couple d'infortune, elle et moi. Devant son immeuble, elle a hésité. « Pourquoi pas ? » Son chignon s'était défait, des mèches mouillées lui tombaient sur les yeux. C'était Suzanne et, sur son lit, sous une gravure représentant le château de Combourg, nous avons récité sagement le scénario qui depuis vingt années ordonne nos étreintes. À ceci près que, pour la première fois, Suzanne m'a demandé de rester dormir à ses côtés.

XI

Un Pierrot tragique vient de se poignarder tandis que son égérie en robe de mariée s'éloigne au bras d'un gandin sordide. Une larme perle sur son visage, une fleur blanche est tombée à ses pieds. Au second plan une bacchanale de corps enchevêtrés figure l'enfer de la luxure alors que s'effondre une ville plus ou moins gothique décorée de lumignons et dont le portail de l'église est ouvert.

Le regard inquiet de Claire allait du tableau au visage de Marcile. Il avait traversé distraitement les salles de ce musée de Nice qu'héberge une « villa des officiers », sur la colline des Baumettes. À peine un regard sur les nombreux Dufy et sur un taureau de Troyon que j'ai trouvé plausible. Il était captivé par cette composition d'un certain Mossa, datée de 1906. Ce peintre est tombé dans l'oubli, comme Chéret, un illustrateur célèbre en son temps, qui a dirigé ce musée et lui a donné son nom.

Enfin Marcile a tourné vers Claire un regard d'animal traqué. Elle a souri, il est sorti en allumant une cigarette. Nous avons rejoint la Promenade à hauteur du Centre universitaire méditerranéen qui venait d'être repeint en ocre rouge. « C'est Valéry qui a fondé ce centre. Il en a démissionné quand le régime de Vichy a viré Bergson de la Sorbonne. » Il citait souvent Valéry, surtout *Monsieur Teste*, et Bergson aussi.

C'était la fin du printemps, il y avait des bronzeurs sur la plage, des joggeurs sur la Promenade, des touristes aux terrasses, des focs sur la mer. Marcile a demandé à Claire de noter bronzage, Bougainville, Gauguin, hindouisme et Club Med. Elle a sorti son carnet noir. Depuis que je le connaissais, il s'intéressait à ce mythe paradisiaque inventé au couchant des Lumières – soleil, lagon, sable blanc, cocotiers, nudité, innocence – et que continuent de brader les agences de voyages. « En deux siècles, l'enfer a changé de formes, pas le paradis », a-t-il ironisé en s'épongeant le visage où perlait de la sueur. Le soleil de la Riviera accusait avec crudité sa pâleur. Je me suis demandé s'il n'était pas malade.

Il avait voulu revoir le musée Bonnard au Cannet. « Partons demain », m'avait-il dit dans le sauna de la rue de Pontoise. « Claire va tout organiser. Nous descendrons au Westminster. Tu apprécieras son côté *cosy british* et les vues du pays niçois d'un certain Costa. Le Negresco n'est pas fréquentable, avec ces horribles statues bariolées et ce manège à la con dans le restaurant. »

Il venait de relire *Tendre est la nuit* et un roman de Cyril Connolly. Malgré le béton et les touristes, il aimait la Riviera, il y revenait souvent. « La *mare nostrum*, ma vieille maîtresse. Même à Ostie où le rivage est massacré elle sait encore m'émouvoir. »

Un éphèbe nous avait précédés dans le sauna. Nombril bagué, pubis rasé. Muni d'une bouteille d'eau sans doute vitaminée dont il buvait de petites gorgées après avoir consulté sa montre. Il oignait son corps d'une crème, s'allongeait sur la banquette, fermait les yeux. Marcile l'observait avec aux lèvres l'ombre d'un sourire. Le type est sorti. « Narcisse au sauna. L'immanentisme de notre monde, en version *live.* Hopper aurait pu peindre ce tableau de genre avec pour titre : *Finitude et Solitude.* Ou bien : *Moi sculpté par moi.* »

Marcile s'était attablé à la terrasse d'une brasserie du boulevard Saint-Germain pour prendre des notes avant d'oublier. Puis il avait appelé Claire sur son portable. « Retiens deux billets d'avion pour Nice. Demain avec Victor. Plutôt dans la matinée. Des chambres au Westminster et bien sûr une voiture. Tu nous attendras à l'aéroport. »

Pas de bonjour, d'au revoir, de merci. Marcile à Orly Ouest, devant une borne, avec une hôtesse d'Air France qui sortait son ticket d'enregistrement. Seul, il n'aurait pas su, mais il savait amadouer les femmes, elles devaient sentir qu'il les aimait. Moi aussi je les aime, sans posséder cette science. Ou plutôt ce don. Je dois forcer sur le gringue ; il se contentait de leur dire qu'elles avaient un beau sourire.

Le sourire de Claire à l'aéroport, radieux comme à l'accoutumée. Il fallait bien la connaître pour repérer dans ses yeux verts un soupçon d'inquiétude quand elle le retrouvait. Comme pour s'assurer que son maître était bien le même.

Son maître ? L'esclave régnait en souveraine sur notre trio, elle l'ennoblissait, et Marcile ne l'ignorait pas. Le mystère de leur relation n'en était que plus profond. Claire vivait pour lui, elle pensait comme lui, ses émotions se calquaient sur les siennes. Devant un tableau, un paysage, une scène de genre ou l'expression d'un visage, ils réagissaient à l'identique, je le sentais, c'était presque effrayant et c'eût été douloureux pour moi s'ils ne s'évertuaient à m'inclure dans leur regard sur les choses vues ou entrevues. J'étais comme ces gosses à la traîne dans une promenade : de loin en loin les parents se retournent et interrompent leur marche pour les attendre. Claire était « le reflet de son ombre » sur le plan de l'intellect et de l'émotivité, mais elle avait la foi et Marcile y arrimait son espérance. « Prie pour moi », lui disait-il chaque fois que nous entrions dans une église, et il ne plaisantait pas. « Notre trio est exilé d'un royaume dont Claire possède les clefs. Ne les perds surtout pas. » Elle souriait : « Aucun risque, je les garde sur moi. »

Ce séjour sur la Riviera, le plus long de toutes nos errances communes, ma mémoire en a cent fois recomposé les épisodes. Marcile était, sans transition, d'une gaieté débordante et triste comme le Pierrot de Mossa. Presque tendre, narquois, curieux, désemparé. Puis loin de tout, et je me demandais si Claire savait le rejoindre quand ses yeux ne semblaient regarder qu'un décor en ruine, en son for intérieur. Nous zigzaguions sans cohérence, heureux d'être ensemble. Marcile parlait sans relâche, son savoir débobinait des images, Renoir et

Soutine à Cagnes, Victoria au Régina, les Fitzgerald à la Garoupe, Nietzsche à Nice, Maupassant à Cannes, Tchekhov à Monte-Carlo, Caloni au Rayol, Napoléon à Golfe-Juan avec un impromptu sur le vol de l'aigle, les Cent-Jours, les vestes des puissants qui se retournaient à Paris, celle entre autres de Benjamin Constant. Il rameutait des souvenirs et les acoquinait à la manière cubiste, avec une fébrilité qui inquiétait Claire. Elle osait d'autant moins l'interrompre qu'il nous subjuguait. Mais le fil se rompait – ou plutôt il manquait parfois les liaisons qui ordonnaient ses fresques à la fois conceptuelles et imagées. Marcile pensait moins qu'il ne vidait on ne savait quel sac intime, comme s'il pressentait l'imminence d'un désastre.

Par deux fois il a demandé à Claire d'aller allumer un cierge dans la cathédrale Sainte-Réparate, au cœur du vieux Nice où il crut voir un personnage de Simenon dans la personne d'une marchande de glaces maigre comme un courlis et aux gencives clairsemées. Toujours Simenon, dont nous dûmes pister le fantôme à Cannes puis au Lavandou et jusqu'à Porquerolles en prenant un bateau sur la presqu'île de Giens. Les yachts amarrés dans le port lui inspiraient des sarcasmes sur la navigation de plaisance. « Un bateau, c'est pour la pêche ou le transport. Aucun vrai marin ne s'est mis à la mer pour le plaisir. Pour le "fun", comme dirait Margot. » Il embrayait sur ces milliardaires américains qui paient très cher le droit de faire leur lit et de cuire leurs œufs dans des camps en pleine forêt. Sur les écomusées dans les friches industrielles. Sur les Japonais qui jouent au golf sur écran géant dans des pièces de vingt mètres carrés. Sur le pastoralisme des hippies qui élevaient des chèvres bio au milieu du Larzac lorsque nous étions étudiants. « Il faut relire *L'Astrée* pour comprendre ». Claire notait. Elle lirait *L'Astrée*. Je me promettais de le lire aussi.

Les matins Marcile dormait tard. Je prenais le petit déjeuner avec Claire, dans la salle à manger du Westminster. Bermudas et tee-shirts, toujours verts ou bleus, j'en déduisais que Marcile exigeait ces couleurs. Elle craignait comme moi qu'il ne soit malade. Il dormait mal, s'essoufflait vite. Par moments sa mémoire le trahissait. J'essayais de la rassurer. Le sommeil plus léger, la fatigue, les trous de mémoire, c'était l'âge. À présent nous étions intimes, elle connaissait ma vie en version intégrale. On en a vite fait le tour. Elle avait conscience de l'étrangeté de notre trio, de sa solitude, de sa fragilité. Bien évidemment elle savait par quels affres était passé mon sentiment amoureux, avant de s'être épuré en une sorte de vénération chevaleresque. J'ai été tenté de lui demander l'autorisation de la tutoyer mais c'eût été idiot et profanatoire.

Nous attendions que Marcile soit levé en marchant sur la Promenade. Il appelait Claire sur son portable. Il était 11 heures ou midi, trop tard pour le petit déjeuner. D'ailleurs il ne mangeait plus le matin, juste un jus d'orange, du café, et Claire lui allumait sa première cigarette.

Il nous rejoignait dans une des guinguettes sur la plage. Claire sortait discrètement de son sac les pilules qu'il devait prendre. Deux pilules, depuis quelques mois.

Avant il n'y en avait qu'une. Il ouvrait *Nice Matin*, cherchait les pages sport.

— On file à Toulon. Ils reçoivent le Stade toulousain à Mayol. Trouve-moi un billet.

C'était le dernier jour. Nous avons fait l'impasse sur le déjeuner pour aller à Toulon en prenant l'autoroute. Claire conduisait. Les paysages qui défilaient inspiraient à Marcile une apologie nostalgique de la nationale 7. « La route bordée de platanes d'un rêve de bonheur. Je l'ai faite en Solex, au mois de mai 1968. » S'ensuivit une évocation des fameux « événements », plus précisément de leurs conséquences, une régression vers les utopistes de la Renaissance et les illusions des Lumières. « Campanella au Club Med. » Il fallait décoder.

Nous aurions pu l'accompagner au stade mais il n'y tenait pas. Nous l'avons attendu sur la rade, devant l'hideuse muraille de béton construite après la guerre. Il est revenu du match très désenchanté. « Mayol, c'est fini. Comme Aguiléra. » Plus un mot jusqu'à l'aéroport de Hyères. Claire avait pu changer nos billets. Pas un mot dans l'avion, il relisait un roman de Simenon, *Chemin sans issue*. Pas un mot dans le taxi. Il n'a pas voulu prendre un verre au Sully, comme nous le faisions souvent quand nous rentrions d'un voyage. « Je suis fatigué. À bientôt, Victor. Nous avons été heureux ensemble. »

Ces mots auront été les derniers. Je ne devais jamais revoir Marcile Kaft. « Nous avons été heureux ensemble »...

XII

Matinée de fin d'hiver. Il avait neigé pendant la nuit, il en restait des taches de blanc sur les toits. Je m'apprêtais à prendre le 63 pour aller au bureau. Le téléphone a sonné. Ce ne pouvait être que Suzanne, Marcile ou l'un de mes enfants, personne d'autre ne m'appelait. Une voix de femme. « Je suis Hélène la fille de Marcile Kalf. Mon père vient de mourir. Ses obsèques auront lieu mardi dans l'intimité familiale. Il a souhaité que vous y assistiez. Il a laissé une enveloppe cachetée à votre nom. Je vous la remettrai. »

J'étais trop hébété pour lui demander si Marcile avait succombé à un accident ou à une maladie. J'ai dû ânonner une banalité. La voix de cette femme était douce. « Il me parlait souvent de vous. Soyez des nôtres mardi si vous le pouvez. Nous ne serons pas nombreux, mon mari, mes enfants, une tante, quelques cousins. Notre village s'appelle D. La messe sera à 15 heures, suivie de l'inhumation au cimetière. Après vous passerez à la maison. »

Lui ai-je seulement dit que j'étais bouleversé, que ma vie perdait son port d'attache, que sans son père j'allais être perdu ? Que je l'admirais éperdument ? Elle ne m'a pas semblé désireuse d'entamer une conversation.

J'ai raccroché. J'ai pensé à Claire, immédiatement. Il fallait l'appeler, elle ne pouvait pas savoir. Claire sans Marcile : impensable cruauté du destin. Je devais l'appeler. Je n'en avais pas le courage. L'insondable lâcheté de l'homme.

J'ai enfilé un manteau, longé le quai, traversé la Seine sur le pont Sully, marché sur le boulevard Morland jusqu'à sa rue. Les volets de son appartement n'étaient pas clos. Combien de dizaines de fois l'avais-je raccompagné ? Il appréciait que ses fenêtres, au premier étage, donnent sur une petite cour agrémentée d'un marronnier. C'était l'héritage d'un grand-oncle, comme mon appartement du quai de la Tournelle, la coïncidence nous avait amusés. Une jeune femme coiffée d'un bonnet bleu et tenant une baguette à la main a composé le code de son immeuble. J'ai été tenté de la suivre sous un prétexte quelconque. Une pudeur m'en a dissuadé.

Je suis revenu sur mes pas. J'ai hésité devant le Sully. Si j'étais entré, il aurait fallu dire au patron que Marcile était mort. Il aurait fallu le dire aussi à Margot qui m'a adressé un signe de la main.

Des scènes défilaient dans mon esprit, en version accélérée, les clichés météoriques d'une dérive jusqu'aux mots de la fin, dans ce taxi qui nous ramenait d'Orly. « Nous avons été heureux ensemble. » Ensuite, rien, pendant plusieurs semaines. Je n'étais pas surpris, ses absences pouvaient se prolonger ; je croyais comprendre qu'elles avaient à voir avec l'état de son épouse : une fois, une seule fois, il m'avait confié qu'elle alternait les séjours à l'hôpital et les retours dans leur maison.

Je suis remonté chez moi, dans ce capharnaüm de livres, de tableaux, de gravures. Mon giron, ma forteresse. Sans lui ce n'était plus qu'un absurde désordre. Sans lui mon esthétisme de bric et de broc était moins qu'un alibi. Sans lui le monde ne serait jamais plus qu'une succursale de l'enfer.

Il fallait appeler Claire à Maussane. Au bout de deux années elle m'avait donné son numéro mais je ne l'avais jamais composé. Je m'y suis résolu en espérant qu'elle ne serait pas chez elle. Elle a décroché.

— Claire, je dois vous dire...

— Je sais...

Sa voix s'est étranglée.

— Pardonnez-moi, Victor. Je... Je vous rappellerai.

Elle a raccroché.

Elle savait qu'il devait mourir. Donc, d'une maladie. Du coup je me suis souvenu qu'à Nice Claire s'inquiétait. Elle m'avait demandé comment je le trouvais. Il la laissait toujours conduire; avant il prenait souvent le volant. Savait-il alors de quoi il était menacé? Cette obsession de renouer avec des lieux évocateurs d'un souvenir, d'un enchantement, d'une hantise – l'amoureuse de Vichy, le rocher de Biarritz, le manoir de son initiateur. Il savait. Il nous donnait le change. Une bouffée d'orgueil s'est emmêlée à ma peine : il avait souhaité que j'assiste à ses obsèques. Je comptais pour lui. « Nous avons été heureux ensemble. » Il avait aimé notre trio, il l'avait prémédité.

Claire m'a rappelé une heure plus tard. J'avais un rendez-vous au bureau mais je me sentais incapable d'affronter le moindre regard.

— Vous avez eu sa fille ?

Sa voix était triste et morne.

— Oui. Il a souhaité ma présence aux obsèques.

— Je sais. Il m'a appelé avant-hier pour la dernière fois. Victor, je suis... enfin, je vous raconterai un jour. Sa maladie était incurable. S'il vous plaît appelez-moi mardi, après.

Elle a raccroché. Je me suis senti si seul que j'ai été tenté d'appeler Suzanne, pour qu'elle partage. Impossible : Marcile avait voulu mourir et être enterré dans l'anonymat, je ne pouvais pas le trahir.

La pluie, le vent, des nappes de brouillard. Une route en lacets qui descendait au fond d'une gorge, passait un pont métallique, remontait sur l'autre versant. Un village gris aux toits pentus couverts de lauzes. L'église était trapue, avec un clocher à peigne. Ce clocher dont il me disait qu'il sonne l'angélus. Pas de bistrot sur la place. Un de ces villages qui témoignent avec humilité d'une ruralité agonisante depuis *L'Angélus* de Millet. C'était l'exemple qu'il citait. Il l'aimait plus que toutes les œuvres d'art. « Aucun des peintres que je connais n'aurait su traduire la poésie de mon village. »

J'ai attendu dans la voiture. Quelques villageois patientaient sous le porche. Le corbillard est arrivé, suivi de trois voitures dont les passagers étaient tous vêtus de noir. Le ciel aussi était noir. J'ai pensé aux corbeaux de

Van Gogh à Auvers, sa dernière œuvre dit-on, peut-être peinte la veille de son suicide.

Sa fille tenait par la main deux enfants, un garçon, une fille. L'homme à ses côtés ne pouvait être que son mari. Brune, très belle. Une Vierge du Trecento. J'ai pensé à Claire. On a porté le cercueil jusqu'au catafalque érigé dans le chœur de l'église. Ma gorge s'est nouée quand une volée de cloches a salué son entrée, j'étais au bord des larmes.

Messe basse. Ses deux petits-enfants ont été commis aux lectures, et dans son homélie le vieux prêtre a loué le sens du devoir familial d'un écrivain qui n'a jamais désespéré de la grâce divine. Jamais, c'était trop dire.

Un seul cantique après la bénédiction. « Tu es mon berger, Ô Seigneur ! » Le même cantique avait parachevé les obsèques de ma mère, dix ans auparavant, dans l'église de Pissos et, pour la première fois, j'ai compris le sens de la communion des fidèles. Avec une tendresse désolée j'ai pensé à mes parents, à Mathilde, à mes grands-parents de Saint-Laurent-de-Gosse que j'ai peu connus, à mon grand-père de Pissos qui est mort avant que je ne naisse.

J'ai suivi le cortège jusqu'au cimetière. La pluie avait cessé mais, sous ce ciel toujours aussi noir, la forêt de croix avait un air de désolation. Dernière bénédiction. Des hommes ont descendu le cercueil sous la dalle d'un caveau de marbre. Marcile était là. Il serait toujours là, ça me rassurait en quelque façon. Les enfants pleuraient, surtout le garçon qui devait avoir dix ou douze ans. Sa mère le consolait. Hélène, la fille de Marcile. Je ne connaissais son prénom que depuis son coup de téléphone. J'ai attendu la fin des condoléances pour me présenter.

— Merci d'être venu. Passez à la maison. C'est la dernière à gauche sur la route de Saint-Léon.

Une belle maison rustique, bourgeoise si l'on veut, environnée d'un parc : quatre murs de granit, un toit de lauzes à quatre pans, deux cheminées. Cette maison, je n'avais pu que l'imaginer et je ne connaissais pas la région ; pourtant je l'ai identifiée, elle correspondait en gros à l'idée que je m'en étais faite. En y entrant j'avais l'impression d'être admis dans le saint des saints.

Hélène m'a introduit dans un salon dont les meubles devaient remonter à l'ancêtre constructeur. Le goût de Marcile transparaissait dans les tableaux qui tapissaient les murs. Rien que des paysages. Aucun peintre connu, il n'était pas collectionneur. L'ensemble produisait une harmonie apaisante, je comprenais sa hâte de retrouver cette maison.

Hélène m'a présenté son mari, un homme bien découpé, au visage avenant, nettement plus âgé qu'elle. Puis des cousins, des voisins, le vieux prêtre qui roulait une cigarette.

— Votre présence me réconforte. Mon père vous considérait comme son seul ami.

— Hélas, c'était réciproque.

— Il vous devait les succès de ses livres. J'ignore ce qu'il vous a écrit mais je compte sur vous pour son œuvre.

— Permettez-moi de vous demander des nouvelles de votre mère.

— Elle est ici, dans sa chambre. J'espère qu'elle ne

s'apercevra pas... de son absence. Mais on ne peut pas savoir. Mon père s'en occupait beaucoup, quand elle n'était pas hospitalisée.

— Vous aussi.

Elle a soupiré. Souri. Son visage était ravissant. Je lisais dans ses yeux noirs une résignation sereine.

— Oui, moi aussi. J'ai la chance d'avoir un mari qui a sacrifié sa carrière pour que nous puissions vivre près du village.

— Vous étiez proche de votre père ?

— Très proche. Du moins autant qu'on pouvait l'être avec un homme aussi secret. Il a fallu sa première hospitalisation pour qu'il m'avoue sa maladie.

— Il a fallu du temps aussi pour qu'il me parle de vous.

Autre sourire, moins contenu.

— La maladie de ma mère l'a... assombri. Avant, il était gai. Pas optimiste sur l'avenir de notre civilisation, mais gai. Il a été très amoureux. Ma mère a périclité en quelques années, jusqu'à la paralysie complète.

— Sclérose en plaques ?

— Oui. Foudroyante. C'est la vie. Regardez...

Elle m'a montré une photo encadrée, posée sur un buffet. Une femme très jeune, brune, cheveux longs, d'une beauté qui n'avait pas dû passer inaperçue. La ressemblance avec Hélène était frappante.

Elle m'a remis l'enveloppe, s'est excusée de ne pouvoir me consacrer plus de temps, il y avait ses enfants, les cousins, sa mère.

— Nous nous reverrons. Je vous contacterai dès que

j'aurai mis de l'ordre dans ses papiers. Je sais qu'il a laissé un manuscrit...

J'ai pris congé. La pluie s'était remise à tomber. J'avais retenu une chambre dans un hôtel de la sous-préfecture où Hélène enseigne le français. Son mari a pu y trouver un emploi dans une cartonnerie. Une ville noire juchée sur un piton qui toise une planèze. Des montagnes tout aussi noires à l'horizon.

L'enveloppe contenait une lettre manuscrite. Une page. L'écriture serrée de Marcile que je connais bien car il écrivait ses livres à la main, Suzanne les tapait.

« Cher Victor,

Ma maladie n'était pas guérissable. Fais de ton mieux pour mes livres. Hélène te remettra mon dernier manuscrit. Protège Claire. Tu peux parler d'elle à Hélène. Mais à personne d'autre. Merci d'avoir partagé mes ultimes errances. Notre trio était très bien. Par égard pour mes quelques lecteurs, annonce seulement mon départ par voie de presse.

Ne désespère de rien.

Ton ami.

M. »

Suzanne est tombée en larmes quand je lui ai annoncé la nouvelle. Elle m'a avoué s'être donnée à lui, une seule fois, chez elle. « Il ne voulait pas, j'ai insisté. Il a fait ça pour me faire plaisir, avec une telle délicatesse. Je voulais ajouter ce souvenir à ma vie, il était tellement... Tu m'en veux ? »

Non seulement je ne lui en voulais pas, mais je trouvais réconfortant qu'il y eut entre elle et moi une intimité avec Marcile. Et drôle de les imaginer dans l'appartement suranné de l'avenue Daumesnil, avec sa mère sourde et peut-être un de ses chiens.

Après cet aveu Suzanne m'a demandé en mariage, avec toute la pudeur de son ironie. « Faisons une fin. Ça ne t'empêchera pas de draguer les attachées de presse. » J'ai accepté : j'aime Suzanne à ma façon, son corps n'a pas cessé de m'inspirer le désir de m'y perdre – et j'ai tellement peur de la solitude. Surtout depuis que Marcile n'est plus là pour la tromper. Marcile et Claire, que je n'osais relancer.

Je l'avais appelée de ma chambre d'hôtel, juste après avoir lu la lettre de Marcile. Elle m'avait demandé de lui décrire le village, et comment j'avais perçu Hélène. Je ne lui ai pas dit qu'elle lui ressemblait, en brune et en plus pâle. Claire devait, selon les vœux de Marcile, aller prier sur sa tombe, quelques jours après les obsèques. Elle me rappellerait, mais plus tard, elle avait besoin de solitude. Je l'imaginais à Maussane, seule dans sa belle maison, sous le ciel étoilé de Van Gogh. Pour ne pas la quitter tout à fait je suis allé revoir la toile du musée d'Orsay. Elle est plus tragique que celle de Saint-Rémy, à cause de cette ébauche de couple. Mais les étoiles promettent davantage. Si la communion des fidèles n'est pas une fable, les âmes de Van Gogh et de Marcile se sont acoquinées, là-bas, là-haut, dans cette patrie innommable où Claire a ses entrées. « Tu as les clefs du royaume. »

Deux semaines environ s'étaient écoulées quand Hélène m'a téléphoné. Elle était à Paris et souhaitait que nous déjeunions ensemble. Je lui ai donné rendez-vous au Marco Polo, le restaurant italien de la rue de Condé. Marcile y venait souvent, il aimait le chianti du patron et avait une vraie affection pour la serveuse, une Albanaise aux pommettes saillantes qui nouait une cravate sur son chemisier blanc.

Hélène en blazer sur un pantalon sombre, cheveux au carré. Elle était venue pour mettre de l'ordre dans l'appartement de son père.

— Vous voulez le voir ?

— Ça me gênerait. Il ne m'a jamais demandé d'y entrer.

Je lui ai raconté l'histoire de mon amitié avec Marcile, depuis son premier livre. Nos palabres. Nos virées. Ce que je lui devais à tant d'égards. J'excluais Claire mais elle savait depuis longtemps qu'une femme existait dans sa vie.

— C'était logique, je le souhaitais pour lui. Il s'éloignait régulièrement avec son portable. Vous la connaissez ?

— Oui.

— Elle était... digne de lui ?

— Oui.

— Alors dites-lui que j'aurais plaisir à la rencontrer.

— Je lui dirai. C'est la fille d'un ami de Marcile. Je crois qu'il vous a vue, au moins une fois. Un officier.

— Je me souviens. Un homme très chaleureux. Mon père l'avait connu à Aix, ils sont entrés ensemble dans les services. Au fait, vous savez qu'il a travaillé dans le contre-espionnage. Ça s'appelait le SDECE.

Ainsi s'expliquait la rumeur. Marcile au SDECE,

c'était une malice de Jules Laforgue. Hélène m'a appris que la maison de famille venait du côté du père de Marcile. Sa mère était bourguignonne. Bourgeoisie de province, des deux côtés, un notaire, un vigneron, des grands-mères pieuses et vertueuses, leurs maris beaucoup moins.

— Dans la famille, les femmes sont sages, les hommes batifolent. Mon père ne s'est sûrement pas privé.

Son sourire s'épanouissait. Elle devait être sage, par atavisme. Ou par choix. Elle avait l'air de savoir ce qu'elle voulait, et d'avoir la force de s'y tenir.

Avant de me quitter elle m'a remis le manuscrit de Marcile.

— Vous déciderez. N'oubliez pas de dire à cette... dame que j'aimerais la connaître.

Je suis rentré chez moi, j'ai lu Marcile. C'était de loin son meilleur livre. Médiéval et baroque. Des fragments. Certains reprenaient des thèmes qui m'étaient familiers, mais avec une acuité vertigineuse dans la mise à nu des crédulités et des comportements. En d'autres raccourcis il s'adressait à Dieu, presque d'égal à égal ; il explicitait son lien amoureux avec la poésie, la peinture, la nature – et avec une incarnation de l'éternel féminin qui était Claire, indiscutablement.

Je me suis permis de l'appeler, j'étais sous le double choc de ma rencontre avec Hélène et de ma lecture de Marcile. J'ai dit à Claire que ce texte était prodigieux, qu'Hélène souhaitait la rencontrer et que je lui envoyais immédiatement le manuscrit, pour qu'elle le lise et le tape. Elle m'a demandé le numéro du portable d'Hélène. « Je l'appellerai. D'abord je taperai ce manuscrit. Merci pour tout, Victor. Nous nous reverrons, je vous le promets.» Sa voix n'était pas sans ressemblance avec celle d'Hélène.

Des jours ont passé. Des semaines, des mois. Claire m'avait renvoyé le manuscrit tapé, avec un mot. «C'est magnifique. Je ne méritais pas un tel hommage. Amitiés.»

Le livre vient de paraître, il fait l'objet de commentaires très louangeurs et d'éreintements très vindicatifs. Il se vend bien, deux agents se sont déjà manifestés, pour des traductions en langue anglaise et japonaise. Le mystère qui planait autour de Marcile suscite la curiosité de certains journalistes. Un magazine évoque son passage dans les services et cite le département où se trouve son village. Bientôt il sera identifié, on connaîtra le vrai nom de Marcile, il en résultera un petit scoop dans le milieu. Un reportage s'ensuivra peut-être dans une revue littéraire, mais au fond Marcile n'avait rien à cacher. On l'oubliera. Resteront pour un petit nombre les six livres d'un écrivain qui ne risquera pas d'être panthéonisé. Ils finiront aussi dans l'oubli; les gloires désormais sont anthumes et l'écrivain n'est plus une figure cotée à la Bourse des imaginaires.

J'ai épousé Suzanne à la mairie du 12e arrondissement. J'avais demandé à Chloé et à Patricia d'être nos témoins. Je les aime bien, elles ont mis des taches de couleur sur le gris de mon existence. Petites les taches et peu flamboyantes les couleurs, mais je ne méritais pas mieux. Nous avons dîné à la Rotonde. Souvenirs de Marcile au menu. Chacun avait les siens; ils composaient le tableau d'un être doux, timide, malicieux et saturé de tendresse. Ils auraient tous voulu savoir s'il était marié, s'il avait des enfants, s'il exerçait un métier, où se trouvait son village. Seule Suzanne connaît son adresse parisienne, ayant tapé tous ses contrats, et je peux compter sur sa discrétion. Le dernier, je l'ai envoyé à Claire en lui demandant de remplir les blancs. Auparavant j'avais appelé Hélène pour le montant de l'à-valoir. Elle n'en veut pas. Tel père…

Vivre sans Marcile et Claire serait pire qu'une épreuve si je n'avais Suzanne. Elle sait habiller une existence pour que le cœur ne prenne pas trop froid. Quand mes enfants sont de passage à Paris, j'essaie de leur donner le change d'une affection qu'ils m'inspirent plus facilement à distance. Je les ai trop peu vus, ils sont trop loin de moi, Maud et son mari dans le Connecticut, Charles-Antoine à Rethel où il prend au sérieux son métier de sous-préfet. Je ne vois leurs enfants qu'à Noël, chez Betty, un peu l'été à Pissos car j'ai hérité de la maison de famille, et les plages ne sont pas loin. Mais avec moi ils s'ennuient, je ne comprends pas leurs jeux vidéo, je déteste leurs dessins animés et leur musique. Père déficient, grand-père calamiteux, époux au rabais, éditeur fantoche de surcroît : il n'y a pas de quoi fanfaronner. Si au moins j'étais sûr de m'être seulement trompé d'époque. La mienne m'a toujours révulsé et les livres de Marcile justifient cette aversion. Notre trio avait raison contre le reste du monde ; de cela je ne puis douter. Mais Marcile était un créateur, et Claire sa vestale ; je n'aurai été qu'un comparse stérile. Peut-être eût-il fallu que je rencontre Marcile à l'âge où tout se noue ; à deux c'est plus facile de prendre la tangente. Peut-être eût-il mieux valu que mes parents s'abstinssent de m'infliger la peine de vie. Le capital génétique n'était pourtant pas si mauvais : d'aussi loin qu'on puisse remonter, côté Pissos ou côté Saint-Laurent-de-Gosse, on ne répertorie que des paysans durs au mal, sans doute fatalistes et qui croyaient en Dieu. La foi de mes parents avait périclité : après ma communion, ils ont oublié Dieu sans y prendre garde. Je n'ai pas su le retrouver, mon âme volait trop bas, je n'ai éprouvé dans les églises que des émois banalement esthétiques. En quoi, hélas, je ne suis malgré moi, malgré Claire, malgré tout, qu'un moderne.

Le récit de Claire

XIII

D'abord le souvenir d'une attente. Mon père est loin. Quand il annonce son retour, la joie de ma mère inonde la maison. Elle chante en anglais, elle essaie des robes dans sa chambre tenduc de bleu, elle téléphone en français à Maria, ma grand-mère de Saint-Rémy.

Souvenir aussi lointain : les tableaux sur les murs de la maison. Il y en a dans toutes les pièces, ils sont l'orgueil de ma mère. J'aime surtout les paysages, je les connais, je les habite ; leur réalité est aussi irrécusable que les arbres et les fleurs du jardin. Un seul rejet : le Monticelli. Je le trouve grumeleux et criard.

Les séjours de mon père sont toujours brefs. Les dimanches, après la messe, nous allons déjeuner à Saint-Rémy dans la grosse voiture verte qu'il a sortie du garage. Mon grand-père Charles ne peut plus quitter son fauteuil, il est très vieux et invalide. Maria rit, Maria pleure ; elle s'affaire dans sa cuisine dont les carreaux sont en faïence bleue de Delft. J'aime la douceur de ce bleu, la gaieté de Maria, la prestance de mon père, son sourire. J'aime le condensé d'amour dans la salle à manger aux murs également tapissés de tableaux – des paysages et des animaux.

Bonheur précaire, dont je savoure les images dans mon lit avant de trouver le sommeil. Mon père est reparti, ma mère ne chante plus. Elle téléphone, elle lit, elle regarde la télévision. Le matin elle m'amène à l'école maternelle, elle me récupère dans l'après-midi. « Tu as été sage ? » Je suis toujours sage, elle le sait. Elle me montre les photos encadrées sur les meubles du salon. Mon père en uniforme d'officier. Mon père avec un lion à l'intérieur d'une cage. Mes parents en habits de mariés, devant l'église de Maussane.

J'aime cette église. La pénombre, les vitraux, les statues des saints, le confessionnal de bois dans la chapelle de droite. Ma mère y vient presque tous les jours. Elle dispose des fleurs dans un vase, sur l'autel, puis va s'agenouiller devant la lampe rouge du saint sacrement. Je l'imite. Jésus est là, à l'intérieur du tabernacle. J'aime ce mot : tabernacle. N'allant pas encore au catéchisme je confonds Dieu, Jésus, la Vierge. Je leur impute un lien mystérieux avec mon père. Le sens de l'invisible précède la foi. Une religiosité mêlée de panthéisme m'incite à pressentir un secret capital en contemplant les arbres, en écoutant les cigales. Les paysages peints détiennent aussi une part de ce secret.

J'ai six ans. J'entends dire que je suis une « jolie petite fille ». Ce compliment me gêne un peu. Je sais lire, écrire, compter, et je suis déjà bilingue car ma mère ne me parle qu'en anglais. Mes parents veulent me doter d'une éducation à la britannique. Adieu Maussane. Me voilà pensionnaire dans une école catholique proche de Marlborough. Ma mère a pleuré. Pas moi. Je ne pleure jamais, c'est un motif d'étonnement pour mes parents et ma grand-mère. La discipline ne me pèse pas. J'aime apprendre, j'aime le sport, j'aime l'instruction religieuse et les offices dans la chapelle. Je sais chanter en latin le *Veni Creator* et le *Tantum Ergo*. Les week-ends je suis hébergée chez mon oncle Edward dont la maison côtoie une rivière. C'est un ancien officier qui chasse le renard, se change avant le dîner, vitupère les Beatles et les anglicans. Il est catholique, francophile, gros buveur de vin de Bordeaux. À table il me parle de Thomas Becket et de Thomas More puis il s'enferme dans son bureau, chausse ses lunettes et lit de gros volumes reliés.

Sa vraie passion, c'est la famille. Nous sommes des aristocrates. Nous : le côté de ma mère. Il y a la filiation Bedford et la filiation Warwick. Ses histoires de généalogie me rasent mais je fais semblant d'écouter. Il est fier de descendre de la fameuse lady Warwick qui fut, dit-on, la maîtresse de Buckingham et inspira à Dumas le personnage de Milady. À la longue, il m'a prise en affection, et quand il reçoit ses amis – de vieux messieurs ronchonneurs –, il leur dit que j'ai les meilleures notes de ma classe. Ce qui est vrai. Ces messieurs trouvent aussi que je suis une « jolie petite fille », ça commence à me peser, j'ai envie d'être comme les autres, et j'ai horreur d'être remarquée.

À Noël ma mère vient à Marlborough. L'oncle Edward nous accompagne chez ma grand-mère dans un manoir d'imagerie médiévale. Mes cousins et cousines du côté Bedford ressemblent aux enfants des livres de la comtesse de Ségur que je lis à Maussane pendant les vacances d'été. Le côté Warwick est en froid avec ma mère et je comprends vaguement pourquoi : elle s'est mésalliée en épousant un roturier. Je saurai plus tard que mon père l'a séduite lors d'une soirée donnée à Paris par l'ambassadeur d'Angleterre alors qu'on l'avait promise à un fils de lord, diplomate de son état. Je saurai aussi que mon grand-père Charles qui était médecin a offusqué les bourgeois de Saint-Rémy en épousant Maria, sa femme de ménage à l'époque. Elle avait vingt ans de moins que lui et était italienne.

Ma mère a fini par se rabibocher avec le côté Warwick, j'ai connu mes oncles, tantes et une kyrielle de cousins dans un autre manoir du Gloucestershire, j'en ai revu certains à Londres et à Cambridge. Je suis fière d'avoir pour mère une femme qui par amour a bravé les interdits de son milieu. Elle n'en est pas moins restée une aristocrate, mon père s'en amuse. Catho, aristo : ma mère, mon oncle Edward, mon école conspirent à m'inoculer le sentiment de n'être pas d'une engeance tout à fait ordinaire. Je m'en accommode.

Aux vacances d'été je retrouve Maussane, la route de Saint-Rémy qui traverse les Alpilles, cette Provence du delta encombrée de touristes. Il faut éviter les Baux, Arles, Avignon et les abords de la Camargue. Mon père a changé de métier, il travaille désormais dans un pays africain. Quel métier ? Quelles Afriques ? Je ne sais pas.

Nous attendons ses retours, comme avant. Ils sont moins fréquents mais il reste plus longtemps.

Mon grand-père Charles est mort. Je n'ai pleuré ni à l'église ni au cimetière. J'ai prié pour que son âme rejoigne Dieu. J'ai la foi du charbonnier, je vais faire ma communion, j'envisage d'entrer dans un carmel comme Thérèse de Lisieux.

J'ai onze ans. Mes parents m'ont rapatriée. Communion solennelle dans l'église de Maussane. On m'a offert un missel et des images : une Vierge en robe blanche comme mon aube, dans une grotte, souriant à une petite fille agenouillée. C'est Bernadette. J'aime mes images. Après avoir communié j'ai demandé à Dieu s'il voulait que je sois carmélite. Pas de réponse. J'attendrai. Il m'arrive de penser qu'à l'instar de la Vierge de l'Annonciation un ange m'apparaîtra pour me dire ce que Dieu attend de moi. Attente de mon père, attente de Dieu, ça se confond un peu et ça frappe les aléas d'une certaine irréalité.

Études secondaires au collège catholique d'Arles. Abordage en douceur de l'adolescence. Je suis rieuse, joueuse, mais très studieuse et de plus en plus songeuse. Sans me l'avouer clairement, je me sens en marge des lycéens de mon âge qui aiment la techno, les jeux vidéo, les férias, les motos et les boîtes de nuit. Je préfère lire et rêver ; je me découvre une passion pour la musique et surtout la peinture. Avec les moyens de mon bord, mon petit bord d'ado, je tâche de mettre au clair ces sentiments qui me chavirent quand j'écoute Bach, quand je lis *Les Fiancés* de Manzoni, ou *Les Contes d'Hoffmann*. Avant

Noël, j'ai déjà lu le *Lagarde et Michard* au programme de l'année scolaire. Tous les auteurs m'intéressent mais c'est surtout la poésie qui m'émeut, Hugo, Musset, Baudelaire. J'effeuille les albums de ma mère qui a étudié l'histoire de l'art à l'École du Louvre. J'aime tous les grands peintres, depuis Cimabue jusqu'aux pointillistes. Pas trop les cubistes et pas du tout la suite.

La beauté m'obsède. Les soirs je vais marcher derrière la maison, sur un chemin qui serpente entre les rochers jusqu'à un mas en déshérence. Je contemple le paysage – des champs d'oliviers, des chênes, des rangs de cyprès, des bambouseraies, la plaine de la Crau. Je fraternise avec les peintres qui ont emprunté aux décors provençaux la matière d'une vision plus vraie que la nature. Les paysages de mon intériorité sont plus vrais que ma vie de tous les jours.

À quinze ans, je suis une adolescente réputée jolie et bien roulée que les garçons commencent à draguer. Il faut les éconduire sans les humilier, exercice d'autant plus délicat qu'à Arles comme à Marlborough je suis la première de la classe dans toutes les matières, y compris en éducation physique. J'aime tous les sports ; mon corps aussi a des impatiences, il exulte quand je joue au basket, quand je cours, quand je saute. Le prof de gym me chronomètre sur une piste, il m'inscrit dans le club d'athlétisme. Vitesse, demi-fond, saut, javelot ? Je n'ai pas de préférence. On m'oriente vers le sprint et la course de haies.

L'année du brevet mon père m'a offert une Vespa. Je la prends pour aller au lycée par la route de Fontvieille qui longe l'ancienne abbaye de Montmajour ; après les cours je file au stade. Cadette puis junior, je remporte des compétitions régionales, on me promet un avenir national. J'acquiers sans m'en apercevoir une mentalité de compétitrice : il faut gagner. Donc s'entraîner. Je suis passée du collège au lycée, et d'un entraînement hebdomadaire à un programme personnalisé. Pliométrie sur les travées du stade, fréquence avec des lattes allongées en paliers, 15-15 sur un tour de piste, squat avec des poids de plus en plus lourds : l'entraîneur me fait travailler presque tous les soirs. J'aime soumettre mon corps à une discipline de plus en plus stricte.

L'esthétique sportive rejoint les créations des artistes dans une célébration de la beauté idéale, qui pour moi a partie liée avec la religion. Je regarde les compétitions à la télévision, je m'exalte quand le geste adéquat se joue de la pesanteur – une foulée, un saut, une esquive, l'entrechat d'un patineur, la virevolte d'une danseuse sous l'eau. Même le tir à l'arc, le *bull riding* et l'*ultimate fighting* américain me font vibrer. J'ai obtenu de ma mère qu'elle nous abonne à toutes les chaînes sportives et j'achète les DVD de tous les JO depuis ceux de Berlin.

On m'a spécialisée dans le cent dix mètres haies. J'aime l'ambiance du club, l'émulation entre copines, celles notamment qui participent avec moi au relais quatre fois cent mètres. Certaines flirtent, d'autres couchent. Pas moi. Ma préférée, Katya, additionne les conquêtes et me raconte par le menu ses prouesses érotiques. « Tu devrais essayer. » Je ne veux pas essayer. Mon corps a de la valeur puisqu'il gagne des courses et fait saliver les garçons. Pas question qu'ils le touchent. Pas question qu'on le voie en maillot de bain. Il est devenu précieux et comme doué d'autonomie, je ne le regarde jamais dans une glace, je l'idéalise, il a des parentés avec les nus des sculptures de l'Antiquité et des peintres de la Renaissance. Très, très vaguement je pense qu'un jour il appartiendra à un homme, comme dans les romans. Dieu en décidera. En attendant, tabou intégral.

La volupté, je la savoure sur les pistes. Cette tension devant le starting, aux côtés de mes concurrentes que je ne regarde jamais. Cette délivrance quand je bondis au coup de pistolet. Les haies sont des proies, je suis un fauve. Cette ivresse si je trouve la ressource d'une accélération avant de franchir la ligne d'arrivée. Le fauve a gagné la course, son corps est repu. Étreinte chaste de mes adversaires puis caresse tout aussi chaste de la douche brûlante. Chaste mais non dénuée de sensualité. C'est pour dire que je ne suis ni frigide ni éthérée, comme Katya a l'air de le penser. J'aime beaucoup Katya, elle a de l'accent, de la gouaille, des tatouages sur le dos, le ventre, les épaules, partout, on dirait un fétiche. Ses grands yeux noirs et sa peau mate lui viennent d'un père marocain. Elle est apprentie dans un salon de coiffure derrière la place du Forum et teint ses cheveux avec les couleurs les plus insolites. « Comment tu me trouves, chérie ? » Je la trouve très belle. Elle le sait, elle en joue. Elle natte ou dénatte sa longue chevelure dans le vestiaire avec des gestes langoureux, exhibe sa nudité en me demandant si ses hanches n'ont pas cinq cents grammes de trop. Ses parents travaillent dans un centre équestre près des Saintes-Maries, c'est son domicile quand elle ne dort pas chez une copine après ses virées dans les boîtes de nuit. Elle m'a battue deux fois sur cent mètres, c'est la plus douée du club et sa coqueluche, elle a le cœur sur la main et pour moi une affection de sœur aînée. Elle m'appelle la « Vierge de Maussane ». Sans méchanceté mais la formule est en usage, surtout chez les garçons, j'ai pris le parti d'en rire.

J'aime bien aussi Fanny, la fille du concessionnaire chez qui ma mère achète ses voitures. Mince comme un fil, coiffure au bol sur un joli minois à la Van Dongen. Elle saute en hauteur. Rien de plus gracieux que son corps presque androgyne à l'instant où il s'enroule comme un serpent au-dessus de la barre. Son père lui donne beaucoup d'argent de poche, elle en fait profiter les copines dans la pizzeria où nous nous retrouvons après l'entraînement. Je suis sa seule confidente ; elle rêve d'un avenir de mannequin, comme Inès de La Fressange, son idole. Les fringues l'intéressent plus que les études, l'athlétisme ou les mecs, elle chimérise sa vie avec l'indolence que l'on prête aux Orientales.

Souvent la nuit est tombée quand je rentre à Maussane et, en voyant se profiler Montmajour, mon imagination peuple les ruines de fantômes chevaleresques.

L'année du bac je suis présélectionnée pour un stage de l'équipe de France junior à Vittel. Des clubs mieux équipés que celui d'Arles m'ont sollicitée en me faisant miroiter des contrats avec des marques de vêtements. Le stage me plaît, j'y apprends des recettes susceptibles de me hisser au niveau des vraies championnes, et j'aime apprendre. On visionne des séquences des jeux Olympiques, je me vois comme Wilma Rudolph à Rome sur la plus haute marche d'un podium. Je me vois moins bien sous contrat, je veux rester libre. Depuis ma prime enfance j'entends dire que je suis belle et, puisque la commanditaire de ce récit exige mon absolue sincérité, j'avoue avoir succombé à la tentation du narcissisme. Le sport de haut niveau y prédispose, on sculpte son corps muscle par muscle, on le soumet à la diététique, on l'enduit, on le pèse ; on finit par se mirer dans les regards d'autrui. Puis dans le sien. Mon corps est un objet d'art et je le cache à la façon de ces collectionneurs qui enferment leurs joyaux dans un coffre de crainte qu'on ne les leur vole. Lors des compétitions je ne retire mon survêtement que devant les starting-blocks, je le remets dès la fin de la course, et à l'entraînement je porte des shorts longs et flottants, des tee-shirts les moins moulants possible.

Les dimanches j'accompagne ma mère à la messe, puis à Saint-Rémy où nous déjeunons chez Maria. Elle vieillit en douceur, entre sa cuisine et le petit salon où elle me tricote des pulls en regardant passer les gens dans la rue. Elle nous raconte les frasques de mon père quand il était étudiant à Aix, remonte dans le temps pour exhumer son enfance dans une ferme du Piémont, son adolescence dans une bergerie de la Crau, ses débuts de femme de ménage dans cette même maison où elle nous régale de civets et de tartes. Elle a perdu son exubérance, elle ne passe plus comme avant du rire aux larmes mais l'œil s'allume encore quand elle évoque son mariage – elle, pauvresse rital, Charles médecin et fils de notables car son père avait fait fortune dans les travaux publics et sa mère était la fille d'un chirurgien d'Avignon. Je n'ai pas connu mes arrière-grands-parents Gaston et Anaïs mais leurs photos trônent sur le buffet du salon. C'est Gaston qui a acheté la propriété de Maussane – un mas en ruine avec sa grange et le terrain autour. Charles l'a aménagée en résidence d'été ; plus tard ma mère l'a mise à son goût.

Je sais que j'en hériterai puisque je suis fille unique. Comme mon père. Comme mon grand-père de Saint-Rémy. Ma mère avait une sœur, morte en bas âge. Je sais qu'elle aurait voulu me donner une fratrie. Elle n'a pas pu. Je sais que nous sommes plutôt riches que pauvres, et qu'il serait malséant de s'en targuer, c'est déjà une singularité d'être catho. Au lycée comme au club d'athlétisme, la religion n'est pas à l'ordre des discussions. Les cathos y sont perçus comme les membres d'une secte puritaine qui interdit aux filles de se faire sauter – c'est l'expression en usage. D'une certaine façon ça m'arrange ; je ne me fais pas sauter mais je ne passe pas pour une mijaurée.

Ma foi s'accommode d'exaltations profanes et ma théologie est courte. Un peu l'Ancien Testament, les Évangiles, les Épîtres de saint Paul, quelques textes de Newman parce qu'il est l'idole des catholiques anglais avec les deux Thomas martyrs, Becket et More. Je voue toujours un culte à Thérèse de Lisieux, sa « petite vie » m'a bouleversée. Même vénération pour Thérèse d'Avila, je me sens proche des Carmélites de Compiègne qui dans le livre de Bernanos et le film de Bruckberger montent à l'échafaud en psalmodiant le *Veni Creator*. À présent je doute d'avoir la vocation ; trop d'émotions me chahutent, mon cœur est une girouette qui tourne au gré d'un vers de Musset, d'une sonate de Mozart, d'une Annonciation de Fra Angelico contemplée dans un des huit gros volumes d'histoire de l'art qui s'alignent dans la bibliothèque. Aucune curiosité pour les théologiens. Trop abstrait pour moi. Trop conceptuel. D'ailleurs en terminale j'ai du mal avec la philo.

J'aime mon village adossé à son massif et ouvert sur la plaine, les nuances de ses ocres, les platanes inclinés sur le versant de la rue principale où des enclos fleuris précèdent les façades. J'aime notre église toute simple flanquée de son beau presbytère, la fontaine sur la place avec ses quatre cygnes crachant de l'eau, ses trois grâces partiellement dénudées portant une amphore et une Vierge voilée. Le monument aux morts n'est pas moins insolite avec sa divinité ailée et sous une frise une inscription en latin que ma mère me faisait traduire. *NON ILLE PRO PATRIA TIMIDUS PERIRE.* Je voue à Maussane une tendresse un peu désolée : les récits de Maria ressuscitent un village de maraîchages et de transhumances que le tourisme et la promotion immobilière ont dénaturé. Trop de maisons changent de propriétaires, c'est déroutant. J'aime mon coin de Provence – rocaille, cyprès, oliviers, bambous, chênes nains, vignes aux pieds des Baux, soleil brûlant et mistral fou ; je le préférerais moins folklorisé. Trop de clichés à la Daudet, à la Pagnol. Pourtant leur verve est savoureuse, je ne veux pas les renier. Provençale je suis mais plutôt comme ma mère qui a idéalisé le pays de son mari et adopté ses amis tout en restant étrangère à leur provincialité.

Ma Provence intime s'évade de Mistral pour rejoindre Van Gogh. L'année du second bac il entre dans ma vie et n'en sortira plus. Que son génie se soit émancipé entre Arles et Saint-Rémy me paraît un signe du destin. Je lis ses lettres à son frère Théo et des biographies qui toutes s'appesantissent sur ce mystère : la simultanéité du génie et de la folie. L'année 1887, il peint les bords de Seine à Asnières à la manière de Pissarro. L'année suivante il oublie de singer les Impressionnistes et les Japonais à la mode, et surgissent par miracle les fleurs d'amandiers, les Alyscamps, le pont-levis, le café de nuit, le semeur, la chaise, les tournesols, la chambre à Arles, le fauteuil de Gauguin, les bateaux aux Saintes-Maries, la nuit étoilée sur le Rhône. Puis à l'hôpital de Saint-Paul-de-Mausole, les iris, les cyprès noirs et les oliviers tordus par le mistral, une autre nuit étoilée, plus éblouissante que celle d'Arles. En moi elles se confondent. J'ai recopié le passage d'une lettre à Théo où il confesse à contrecœur son mysticisme. « Cela n'empêche que j'ai un terrible besoin de religion. Alors je sors la nuit dehors pour peindre les étoiles. » Moi aussi j'ai un terrible besoin de religion. Sa tragédie préfigure-t-elle mon propre destin ? Devrai-je payer aussi cher la recherche de l'absolu, cette boussole invisible dont les aiguilles s'affolent puis s'immobilisent sans que je sache pourquoi ? Van Gogh, je l'aime comme un frère que rien ni personne ne peut arracher au désespoir. Sauf

Dieu peut-être. J'en veux à Cézanne de l'avoir méconnu, à Gauguin de l'avoir manipulé et méprisé.

Ma mère réprouve cette passion. « Il va te rendre folle, *darling*. » Elle préfère Cézanne, m'emmène découvrir son atelier à Aix, le Jas de Bouffan, le château noir, les abords de la Sainte-Victoire. Je ne suis pas insensible à son regard. Tout de même celui de Van Gogh me semble moins prisonnier de la religion picturale. Mon père croit comprendre. Il m'a idéalisée, c'est un trait familial, il me voit sur la plus haute marche d'un podium, sans savoir lequel, et pour cause. Moi, je me vois dans un flou qui me donne le vertige ou le blues selon la couleur de mes ciels. Ils sont toujours étoilés quand mon père revient.

XIV

J'ai dix-huit ans, je suis bachelière, mention très bien, et aux portes de l'équipe de France. Ou d'Angleterre puisque je peux choisir l'une ou l'autre des nationalités. Mon prof de lettres voudrait que j'aille préparer Normale sup dans un grand lycée parisien. À la Fédération d'athlétisme, on me conseille de signer dans un grand club, Marseille ou Paris. Mes parents sont dans l'expectative. Moi aussi. Je veux étudier l'histoire de l'art, c'est le point de convergence de toutes mes curiosités.

Finalement je choisis l'université de Cambridge. Autour de l'histoire de l'art, les disciplines annexes me séduisent, il y a de la littérature, de l'histoire. Le club est prestigieux, je me vois bien en maillot bleu ciel. Par chance ma mère a hérité d'une maison près de King's College, elle loue les étages mais le rez-de-chaussée est libre.

Quatre années à Cambridge. Les cours sont de haut niveau. Les entraînements aussi. Je gagne des compétitions. La Fédération anglaise me promet une titularisation en équipe nationale pour les jeux Olympiques et le fait est que les minima ne sont pas hors de portée. Mais il faut que je renonce à la nationalité française, autant dire renier mon père, mes grands-parents de Saint-Rémy, Maussane, Van Gogh. Il faudrait aussi que je signe un contrat avec une marque. Pas question de me dégrader en panneau publicitaire. Ni d'ingurgiter les pilules officiellement vitaminées qu'on me propose lors d'un stage à Manchester. J'aime le sport, les entraînements, l'émulation, la compétition. Pas au point de prendre le pli d'une sorte de professionnalisme. Du reste le temps me manque pour assouvir ma passion de plus en plus fervente pour les arts et la littérature. À vingt ans, je renonce au haut niveau sans vrai regret : le sport selon mes vœux, c'étaient les Panathénées, pas le négoce de la gloire. Malgré tout, mon cœur se serre un peu en voyant aux jeux Olympiques Cynthia, une bonne copine, devant les starting-blocks. Elle ne m'a jamais devancée sur une ligne d'arrivée.

Je veux rompre avec mon narcissisme : ce corps que j'ai trop choyé, je l'entretiendrai à toutes fins amoureuses utiles. Un jour peut-être... Pour l'heure, il est vacant. On lui trouve des charmes, on lui tourne autour, je m'y suis accoutumée. Il ne me résume pas. Nous cohabitons. Je m'habille le plus sobrement possible : jean's et chandails. J'éconduis les gars trop empressés. Le hasard ayant voulu qu'un vague cousin du côté Warwick – Richard – étudie l'économie à Cambridge, certains me font passer pour une aristo prétentieuse. C'est désagréable mais je ne veux pas qu'un homme me touche. J'ai sanctuarisé mon corps, je suis la « Vierge de Maussane » et il n'en résulte aucune frustration, aucun refoulement, il y a mille façons de

« s'envoyer en l'air » comme dit ma chère Katya qui a renoncé à la compétition pour suivre à fonds perdus un zonard à Barcelone. Pour un peu je tirerais gloire d'être identifiée à la Vierge – la vraie, celle que je prie, celle de l'iconographie occidentale. Je suis obligée, un soir, de gifler publiquement un assistant de la fac de droit qui m'avait mis la main aux fesses dans un pub. Je lui ai écrit le lendemain pour m'excuser ; je ne suis pas sûre qu'il m'ait pardonné. Jusqu'à ma thèse (Bonington et l'influence des paysagistes sur la peinture française), je cours dans l'équipe de mon université, sans « pression » comme disent les commentateurs sportifs.

Plus qu'à Arles je me sens seule et sans accroches avec le monde qui m'entoure. Je n'y vois que de la laideur, de la démagogie et du mercantilisme. Ses reflets dans les romans, les essais ou les films au goût du jour me semblent annonciateurs d'une ère de barbarie. Je me calfeutre dans un univers dont l'anachronisme m'effraie par moments. Je suis studieuse, j'apprends l'histoire de l'art dans sa chronologie sans comprendre pourquoi certaines œuvres me chavirent, comme si elles avaient un secret à me confier. Mais lequel ? Je pressens un secret du même ordre en découvrant les poètes anglais, Shelley, Keats, Hardy. Ou en priant dans la chapelle. Est-ce que je prie vraiment ? Je demande à la Vierge de me protéger et de me guider. Ma vie n'a qu'un but : atteindre l'invisible. À défaut, m'en rapprocher.

L'amour de la beauté est une grâce : il peut devenir une malédiction. Le narcissisme de l'âme est plus pernicieux que celui du corps, j'en ai conscience, ça me tétanise. Je me reproche de ne savoir aimer que des êtres défunts et le décorum de leurs imaginaires.

L'année de ma thèse, je cours peu en compétition et je ne sors plus. J'ai sympathisé avec un étudiant venu d'Inverness, qui lui aussi a le sentiment de s'être trompé de siècle. Il est amoureux de moi mais n'ose pas se déclarer. Tant mieux, il s'est acquis mon affection, j'aurais été désolée de lui infliger une rebuffade. Il me fait connaître les poètes américains, Poe, Emily Wilkinson, Whitman ; la palette de ma sensibilité s'enrichit de couleurs nouvelles, d'un jour l'autre ou presque, je ne sais plus trop qui je suis. Il se destine à l'enseignement. J'y songe aussi, faute de mieux.

Faute de quoi ? Faute du « Ciel ! Amour ! Liberté ! » de Rimbaud, le poète préféré de mon père. À présent je sais qu'il a travaillé dans les services de renseignements, avant de seconder un chef d'État africain. Mon père, le seul homme de ma vie. Il ne parle pas volontiers de son action dans ce pays pauvre, il doute de pouvoir y rester longtemps. Il me dissuade d'aller rejoindre une ONG en Afrique, comme j'ai pu y songer. Selon lui les ONG sont des alibis ou des exutoires et ne servent à rien. « La cause que tu cherches, tu la trouveras en toi. Prends le temps de vivre. »

Il m'offre des séjours à Amsterdam, à Rome, à New York où je vois au Moma *La Nuit étoilée* de Van Gogh. Celle de Saint-Rémy, avec le village imaginaire et son clocher pointu. J'y reviens trois fois. Ce tourbillon d'étoiles illumine en moi je ne sais quelle voie d'accès à l'infini. Je visite les musées, je me balade dans les villes ; je flotte dans ma liberté comme un enfant dans un manteau d'adulte. Envie de beauté, et de religiosité aussi : outre la messe dominicale je me recueille dans les églises – et peu importe alors si les Vierges de plâtre badigeonnées en bleu pervenche n'ont pas de valeur artistique. Je connais les musées de Londres et de Paris. J'ai vu des milliers d'œuvres, je sais apprécier scolairement les styles, les époques. Peu à peu, j'apprends à repérer ce qui me touche en profondeur. Par-dessus tout l'univers médiéval ; il reflète le surnaturel avec une candeur qui me rapatrie dans le canton le moins embrouillé de mon âme. Je m'entiche de Ruskin et je le délaisse : son parti pris « gothique » est trop esthétisant. Je préfère voir les cathédrales avec le regard d'Émile Mâle. Le propos des préraphaélites me paraît louable mais Rossetti ne me convainc pas. On ne réinvente pas le Moyen Âge ; c'est une patrie de l'âme dont l'Occident s'est exilé, l'amour que je lui porte est un symptôme de ma dépossession. Je m'aperçois que les œuvres historiquement majeures peuvent me laisser froide. Ainsi le *Pierrot* de Watteau, l'*Olympia* de Manet et tant d'autres. Mon esthétique se recompose au fil de mes découvertes ; je commence à connaître mes goûts, sans comprendre vraiment avec quoi ils riment.

J'accepte un poste provisoire d'assistante à l'université d'Aix, en fac de lettres, car en France l'histoire de l'art n'est pas enseignée en tant que telle. Je dois d'ailleurs passer des examens, le système des équivalences étant mal ficelé. L'université française n'a pas les agréments de Cambridge, il s'en faut de beaucoup. Néanmoins je suis heureuse de retrouver Maussane et de renouer avec Katya qui désormais travaille chez un coiffeur d'Avignon et élève seule sa fille de trois ans, Loriane. Le père est insolvable, elle tire le diable par la queue, ça ne l'empêche pas d'être gaie. Nous sommes aux antipodes mais sa générosité, son entrain, ses enthousiasmes me rafraîchissent, j'éclate de rire quand elle me raconte ses histoires d'amour. Elle se demande si je suis encore la « Vierge de Maussane » mais n'ose pas me poser la question. Je l'invite à la maison, elle parvient à séduire ma mère en dépit de ses accoutrements, de son maquillage et de son argot. Elle lui demande pourquoi nous n'avons pas de piscine. Ma mère lui répond qu'une piscine, ça fait parvenu, elle a du mal à comprendre. La morale sociale de ma mère est courte : indulgences plénières pour le prolo, morgue de caste vis-à-vis du bourgeois, mépris sans fond pour le parvenu. Elle n'a jamais voulu aller dîner à Baumanière, l'hôtellerie étoilée des Baux, où l'argent frais vient se repaître d'une Provence qu'elle juge frelatée. Pourtant mon père est un ami de Thuillier, le fondateur, ma mère l'a même reçu à la maison. « Il est très sympathique mais je n'irai pas me commettre avec des ploucs milliardaires. » Pour elle, un milliardaire est un plouc si sa fortune ne remonte pas au moins à l'époque georgienne.

À Aix des collègues me draguent, j'ai l'habitude, je sais dégager en douceur. Ils doivent me trouver arrogante ; je ne suis qu'une femme seule. Enfin, pas vraiment seule, je vis avec ma mère. Elle m'apprend à m'habiller, ça m'amuse, j'ai des restes de narcissisme. Ce corps que des messieurs convoitent, je vais lui donner sa pâture de sensations à Arles, sur le stade où j'ai couru jadis.

Ma mère entretient le sien dans une salle de gym, je la trouve plus belle que moi, et surtout plus épanouie. Le temps qu'elle ne donne pas à la paroisse, elle le dilapide au téléphone avec mon père qui lui reproche en riant de le ruiner en notes d'Orange. Deux fois par an je la suis à Paris, nous allons avenue Montaigne ou rue du Faubourg-Saint-Honoré pour des essayages qui n'en finissent pas. Elle m'accompagne au Louvre, s'extasie devant la *Pietà de Villeneuve-lès-Avignon*, m'emmène dîner au Dôme ou à la Méditerranée sur la place de l'Odéon, près de l'hôtel où nous descendons toujours, à l'angle de la rue Racine. On s'y croirait à Londres. Je me sens citoyenne de la rive gauche, j'apprends à en connaître les bistrots, les librairies et les églises, de Saint-Jacques-du-Haut-Pas à Saint-Thomas-d'Aquin et de Saint-Séverin à Saint-Sulpice où la fresque de Delacroix dans la chapelle à droite de l'entrée ne me fait pas plus d'effet que son tigre du Louvre. Alors que m'émeuvent à Saint-Étienne-du-Mont la châsse de sainte Geneviève et les plaques signalant la présence des restes de Pascal et de Racine. J'aime cette église à jubé où le gothique épouse la Renaissance avec une sorte d'insouciance juvénile. L'âme de la France s'y réjouit alors qu'elle se morfond au Panthéon dont je déteste le béton glacial, la fadeur des fresques, les mausolées voués à un culte barbare.

Mon ancien professeur à Cambridge me propose d'être son assistante, en me promettant sa succession à terme. Pourquoi pas ? Je n'ai aucune ambition de carrière mais j'ai un peu la nostalgie de Cambridge. Dès lors, une fois par mois, j'y vais animer un séminaire sur les peintres du Trecento. Ça me fait plaisir de retrouver cet érudit à l'ancienne qui en vieillissant se cantonne dans les Flamands du XVIIe, surtout Vermeer. Lui aussi est amoureux de moi mais ça ne prête pas à conséquence, il est le premier à en rire. Je l'accompagne à Delft, c'est un biais agréable pour s'évader du monde. Ma vie s'apparente aux zigzags d'un lièvre qui aurait une meute aux trousses.

Je ne suis pas heureuse. Pas malheureuse non plus. Je campe dans une attente indéfinie. J'ai l'impression d'avoir toujours attendu. Un écart se creuse entre mes émotions esthétiques et mes aspirations religieuses. Adorer Dieu et sa Création, rien de plus facile devant la Vierge dans la chapelle de droite de l'église de Maussane, ou dans les chemins qui escaladent les rochers. Dans les deux cas l'invisible me fait de l'œil, si je puis me permettre d'être aussi triviale. Mais comment faire le lien ? Mon âme est une jachère où poussent l'indicible et l'éphémère, dans un désordre consternant.

Peu de semaines avant son accident d'avion, je retrouve mon père à Paris. Il arrive d'Afrique, moi de Cambridge. Je veux mettre à profit cette escale pour découvrir Giverny, Barbizon et Fontainebleau. Nous devons déjeuner chez Lipp. Sans m'en avoir prévenu, mon père a invité un de ses amis, l'écrivain Marcile Kalf. Il en parle souvent. Ils se sont connus à Aix où ils ont fait Sciences-Po, en dilettantes apparemment. Ils sont entrés ensemble dans les services. Kalf n'y est pas resté. Il était venu une fois à Maussane, je me souvenais d'un homme gai et sportif comme mon père. Ils avaient joué au tennis ensemble et regardé un match à la télévision. Kalf est un pseudo, je connais son vrai nom de famille mais j'ai promis de ne jamais le révéler. Il avait voulu voir l'hôpital Saint-Paul-de-Mausole où Van Gogh fut interné en 1889. L'endroit m'est familier depuis l'enfancc, la route reliant Maussane à Saint-Rémy passe juste devant. Un musée a été aménagé, on visite la chambre où Van Gogh a peint sa *Nuit étoilée* en s'inspirant du paysage découpé par la fenêtre. De l'autre côté de la route, les âges romains ont laissé un arc municipal et un mausolée qui plaisaient beaucoup à mon père, grand admirateur de l'empire des Césars.

Marcile Kalf est grand, presque maigre, avec une tignasse indocile et une balafre qui remonte du coin de la lèvre vers la pommette. Une malice enfantine s'allume dans sa prunelle quand ses yeux s'écarquillent. Il m'embrasse, me demande de le tutoyer. À la fin du repas ma réserve a rendu les armes, il m'inspire confiance, je lui parle comme s'il était un oncle.

Je sais qu'il a publié des livres remarqués – « très sombres et très lucides », disait mon père. Je ne les ai pas lus. Il sait que j'ai étudié à Cambridge, après mes débuts dans le sport de haut niveau. Il me conseille de lire Huyghe, Chastel et Malraux, et comme je lui parle de Monet, il me propose de m'accompagner à l'Orangerie et à Marmottan. Le lendemain nous irons à Giverny.

Son érudition est prodigieuse, et il établit à tous escients des rapprochements insolites. Son interprétation des *Nymphéas* tranche avec ce que j'ai pu lire chez les spécialistes de l'Impressionnisme. Je suis fascinée. Mon père lui parle du chef d'État africain dont il est le conseiller. Marcile semble le connaître, il évoque un épisode où d'après ce que je crois comprendre deux frères d'armes ont pris le pouvoir ensemble avant de rompre, et l'un des deux a tué l'autre. « C'est du pur Shakespeare. Il t'en a parlé ? » Mon père lui répond qu'il n'a jamais osé évoquer cette affaire, elle remonte à l'époque où ils étaient au SDECE – ils disent « la piscine ».

À Barbizon, Marcile me montre le clocher de Chailly-en-Bière qu'on aperçoit à peine sur le tableau de Millet – et il me peint l'agonie de la France rurale, « la France de la mère de Péguy ». Je l'écoute ; je prends des notes dans le train du retour. Il me demande ce que je compte faire de ma vie. Je n'ose pas lui confier le méli-mélo de mes espérances qui perdent de l'altitude et de mes appréhensions. Ma vie, je ne vois plus sur quelle trame la tisser. Je la voulais pure et exaltée, je la situais dans les régions de l'absolu. Elle se résume à une routine au jour le jour. À Giverny j'ose lui parler de ma foi, de Van Gogh, j'ai l'impression d'être comprise et c'est la première fois.

Je redescends à Maussane, munie de ses livres que j'ai trouvés en édition de poche. Je les lis en deux jours, dans l'ordre où ils ont été publiés. D'abord *La Barbarie des syncrétismes*. Puis *L'Agonie des âmes*, *Les Débuts de la fin*, *Autopsies*. Je les lis en tremblant de joie, c'est le récapitulatif de tous mes pressentiments. Ni fards ni pathos ; des constats pris sur le vif, des mises en parallèle qui traversent les âges et les cultures. Une lucidité impitoyable, encore que sans acrimonie.

Quel genre d'homme ? demandai-je à mon père. Affable, serviable, fiable. Joyeux drille à l'occasion, mais solitaire et très secret. Il a tout lu, pense tout le temps et déteste notre époque. Après le succès de son premier livre il a quitté la « piscine » et s'est retiré dans son village où vivent son épouse et leur fille. L'épouse est atteinte d'une maladie évolutive, une sclérose en plaques ou quelque chose d'approchant. Il l'a vue une fois, à Paris. « Une brune très belle qui riait tout le temps. Lui aussi. » Mon père n'en sait pas davantage. Ils se voient moins souvent depuis qu'il travaille en Afrique. Apparemment la maladie de l'épouse a beaucoup empiré, elle exige des soins constants et des séjours fréquents à l'hôpital.

Que cet écrivain si singulier se soit lié d'amitié avec mon père me remplit de fierté. Je me renseigne sur Internet : un halo de légende entoure Marcile, il a ses affidés et ses détracteurs. On ignore quel personnage se camoufle sous son pseudo, il ne fréquente pas les cercles littéraires. Des rumeurs le décrètent espion ou diplomate.

XV

Mon père meurt dans cet accident d'avion dont les causes n'ont jamais été élucidées. Il n'y a plus d'homme dans ma vie. Marcile assiste aux obsèques mais doit repartir dès la sortie du cimetière. Ma mère est inconsolable. Je l'entoure de mon mieux. Elle ne sort plus de la maison que pour aller prier à l'église et retrouver les paroissiens dans le presbytère attenant. Elle refuse toutes les invitations, passe ses journées à lire des romans de Waugh ou de Chesterton ou à visionner de vieux films à la télévision, surtout des Rohmer dont elle aime la délicatesse. Elle se plaît à me raconter son « enlèvement », c'est son soleil d'Austerlitz d'avoir bravé sa famille. Elle ne l'a jamais regretté. Elle ne renie pas pour autant son côté aristo, il se manifeste par cet orgueil dont je crains d'avoir hérité. Si quelqu'un lui a « manqué » – c'est son mot – elle rompt sans préavis. Par des biais très détournés elle me demande si j'ai des « aventures ». Pas d'aventure. Elle aimerait me voir mariée et couverte d'enfants mais préfère mon célibat à la perspective d'un gendre de mauvais aloi.

Deux années plus tard, elle subit les premières atteintes d'une maladie d'Alzheimer. Il faut l'entourer davantage.

Je vais à Aix deux fois par semaine, à Cambridge une fois par mois. Ma vie se ratatine. Je prie, je lis, je m'occupe de ma mère qui décline rapidement. Pour préparer mes cours je me suis installée dans le bureau de mon père qui donne sur la terrasse. J'ai fait encadrer une photo où je suis dans ses bras, dans un passé qui tend à s'embrumer. Pourtant il est bien là. Un jour ce cauchemar – ma vie – s'effacera, nous ne nous quitterons plus. Mais où et quand ? Je ne sais pas, une schizophrénie me menace, j'ai peur de devenir folle comme ce pauvre Van Gogh.

Marcile me téléphone pour prendre des nouvelles de ma mère. S'il est à Paris quand j'y transite entre un avion et l'Eurostar, nous dînons ensemble dans un restaurant du Quartier latin. Il les connaît tous. Sa présence me réconforte, ses conseils m'ouvrent des perspectives. Avec moi il se montre affectueux, je suis la fille de son ami. Aucune équivoque : enfin un homme qui ne me drague ni ne me reluque. Sans doute lui inspirai-je confiance car il lui arrive d'évoquer son drame familial, non sans pudeur. Alitée, immobile, son épouse ne peut s'exprimer qu'en battant des cils ou en ébauchant une moue. Il auréole la mémoire de mon père en décrivant un être probe, idéaliste, toujours volontaire pour les missions périlleuses. « Dans sa position, n'importe qui serait devenu milliardaire. Pas lui. Chapeau bas ! » Il me demande de quoi est faite ma vie. De pas grand-chose. Chiche en idéal, chiche en poésie. Mes cours, ma mère. Ma pauvre mère qui en arrive à ce stade d'impotence où bientôt il faudra l'hospitaliser. Ça m'angoisse. J'entretiens mon corps par routine en allant courir en survêtement sur le stade de foot ou en faisant de la gym dans le garage. Je n'en suis plus à le choyer comme font les jockeys avec les pur-sang, je ne sais plus trop s'il est un atout ou une malédiction, mais je veux rester belle, j'y mets un point d'honneur.

Les coups de fil de Marcile sont toujours bienvenus, je n'ai rien d'autre dans ma vie. « Comment va ta mère ? » Elle va mal. « Et toi ? » Pas très bien. Je suis peu encline à l'aveu intime, mais je sais qu'il me veut du bien. Comment lui expliquer mon désarroi et ma solitude alors que j'ai la foi, l'amour de l'art, un métier intéressant et des amis, tant à l'université que dans la région ? Amis au sens large du terme. Il me laisse entendre que ça s'arrangera le jour où je serai amoureuse. En suis-je capable ? En moi les portes de l'amour ne s'ouvrent que si je m'agenouille dans une église, ou me fige dans la contemplation d'une œuvre. Elles se referment dès qu'un homme fait le paon pour me séduire. Marcile m'incite à voir des gens. « Sors de ta chrysalide ! » J'essaie. Je relance les relations de mes parents, on m'invite dans des dîners à Arles, à Avignon, à Aix, quelquefois à Marseille. Mais je m'y dédouble, une autre que moi joue le jeu. Conversations prévisibles sur le financement occulte de l'OM, la rapacité du fisc, les coucheries des notables ou les futures élections. Rien de tout cela ne m'intéresse. Je fais semblant, ça doit se sentir : seule Katya m'attendrit et m'amuse avec ses amants qu'elle croit aimer puis qu'elle vire. « Claire, ma chérie, celui-là, je l'ai dans la peau ». Accent du cru. « Et toi, côté mecs ? » J'élude. La Vierge de Maussane. « Le jour où ça te prendra, tu exploseras en plein vol.» Exploser, je ne demande pas mieux, mais il faut la mèche et la poudre.

Un galeriste aixois se déclare. Il a tout pour lui, de la douceur, le sens de l'humour, un physique avenant. Pourquoi pas un mari, des enfants, une vie de famille? Chez Katya j'aime jouer avec sa fille Loriane, il y a en moi la présomption d'une mère. J'accepte deux invitations à dîner en tête à tête. À la seconde je le trouve moins doux, moins drôle, il me parle d'argent et j'ai hérité de ma mère une allergie à ce sujet. Il a choisi Toumé, un restaurant du Tholonet romantique à souhait, au pied de la Sainte-Victoire, avec une terrasse ombragée. Mais son romantisme a le souffle court, il me fait miroiter un éden à base de yacht cabotant autour de Saint-Barth et de parties de chasse au fauve en Tanzanie. Ayant compris qu'il a misé à côté de la plaque, il me propose de coucher, juste pour «essayer». C'est son mot. Pour moi, le mot de la fin. On essaie une robe, pas une femme.

Vient le moment où ma mère ne peut plus rester à la maison. Elle confond les jours, les lieux, les personnes. Sa mémoire convoque pêle-mêle mon père qu'elle va attendre sur la route d'Eygalières, au bas du chemin, et des scènes de genre avec ses parents dans une maison de Belgravia. Elle en veut au côté Warwick de l'avoir snobée après son mariage comme s'il remontait à la veille. Elle cherche ses mots et ses images, elle souffre de ne plus trouver dans son esprit que des lambeaux de souvenirs incohérents. Au début de sa maladie j'ai aimé écouter les récits de son enfance dans un univers irréel de châteaux, de bals, de révérences à la reine. À présent il n'y a plus de récits, juste des flashes sans suite dont je crois pouvoir déduire qu'elle a moins aimé ses parents qu'une certaine tante Alice – et qu'elle a vécu pour mon père, exclusivement. C'était le genre de femme plus épouse que mère, je l'ai toujours senti, sans jamais en souffrir car durant mon enfance elle a su m'enrôler dans son idolâtrie.

Elle trompe la surveillance de Juliette, la fille du boulanger qui la garde quand je donne mes cours. Plusieurs fois on la retrouve errant dans les rues de Maussane. Elle chute à la sortie du presbytère, se fracture le bassin. Notre médecin me conseille de la faire admettre à Saint-Martin-de-Crau dans un EHPAD spécialisé, celui de l'hôtel-Dieu de Maussane étant complet. J'hésite. Je temporise. Je finis par m'y résoudre, le cœur en berne, et dès lors je passe les après-midi auprès d'elle dans cette maison où des êtres délabrés attendent la mort. C'est ma seule confrontation avec la tragédie ; elle hérisse ma pensée de points d'interrogation sur l'unité de la personne et les attributs de sa dignité. Il y a l'étape des promenades à pas comptés dans le parc de l'établissement, celle du fauteuil roulant après une nouvelle chute, celle de la cuillère qu'il faut porter à ses lèvres, celle du vagissement incontrôlé, l'affreuse humiliation quand on doit accompagner le malade aux toilettes. Certains hurlent comme des possédés, d'autres sanglotent en répétant un prénom, d'autres encore fredonnent une romance, toujours la même. Une femme encore alerte va et vient d'un bout à l'autre de la salle de séjour, les yeux agrandis par l'angoisse. Il y a ceux que l'on cesse de voir parce que désormais ils seront reclus dans leur chambre jusqu'à la fin.

Il y a le moment où ma mère ne me reconnaît que vaguement. Un pâle sourire et son regard s'absente. J'ai honte d'être jeune et désirable, honte de mon corps. Honte aussi de mon inutilité : décidément je suis de trop en ce bas monde. Je reste jusqu'à l'heure où l'on couche les malades, je pousse des fauteuils roulants, je tends des cuillères sur des lèvres fanées, j'essaie de me rendre utile. Mais ce n'est que de la charité au sens étroit du terme, une compassion à la limite du pharisaïsme.

Seul Marcile peut comprendre. Je me confie quand il me téléphone, ou quand je peux le rejoindre à Paris. S'il dispose de deux jours je m'arrange avec mes cours et je l'accompagne dans ses pérégrinations, nous allons en train au Mans pour y voir des natures mortes de Willem Kalf. Son pseudo, c'est ce peintre. Il l'a choisi chez son éditeur, en feuilletant un livre sur les Hollandais du XVIIe. Il me parle de cet éditeur, un certain Victor. « Aussi anachronique que toi et moi. C'est mon seul ami depuis la mort de ton père. Enfin, presque le seul, il y a aussi Marcello et Juan, un Italien, un Sud-Américain, de bons écrivains non moins anachroniques. » Avec Marcile j'oublie ma solitude mais nos rencontres sont peu fréquentes, il a son épouse dans son village, j'ai ma mère à Saint-Martin-de-Crau, mes cours à Aix. Il sait que j'ai besoin de lui ; il me téléphone pour me conseiller des lectures. Il me décrit un paysage en verts et en gris, des horizons de crêtes mauves. J'aimerais connaître son village, sa fille, sa vie là-bas. Pourquoi est-il aussi secret ? Je ne sais même pas où il habite à Paris, « un petit capharnaüm avec vue sur un marronnier ». Après nos dîners, il me raccompagne jusqu'à mon hôtel, m'embrasse sur les deux joues. « Bonne nuit, Claire. Je t'appelle dès que je peux. Essaie d'être heureuse, malgré tout. »

J'essaie. Malgré tout. À défaut de bonheur, je trouve paradoxalement un réconfort à Saint-Martin-de-Crau où à présent je connais chaque vieillard, chaque fille de salle. Il y a en moi un fond de tendresse, plus authentique que ma compassion, et qui me bouleverse. À la maison je n'ai que des souvenirs. Tandis que dans la gigue des fauteuils roulants, les êtres tordus, hébétés et décharnés m'inspirent un sentiment de familiarité, je les englobe tous dans l'amour de ma mère, l'amour de Dieu en somme, celui du Christ dans sa Passion. Eux et moi, c'est une chaîne mystérieuse, une prière aussi. Eux, ma mère, mon père, mes grands-parents de Saint-Rémy – et Marcile à l'autre bout de la chaîne. Une place se libère à Maussane, dans le pavillon spécialisé de l'hôtel-Dieu. Il est juste derrière l'église, je préfère que ma mère y finisse ses jours, même si son regard terni semble ne plus se fixer sur rien.

XVI

Il marche sur la plage de Trouville, à hauteur des Roches Noires, les mains dans les poches de son blouson beige. Il porte toujours le même blouson sur un gros pull de laine. Nous venons du musée du Havre où il voulait revoir les ciels de Boudin. Nous avons vu d'autres aquarelles de Boudin au musée de Honfleur. Je lui ai demandé de s'arrêter à Notre-Dame-de-Grâce pour y allumer un cierge. « Prie pour mon âme, elle en a besoin. »

La mienne aussi en a besoin. Ma mère ne peut plus quitter sa chambre. Sa voix de plus en plus fluette n'égrène que des mots. Le prénom de mon père, celui de sa tante Alice. Le mien. Parfois des bribes de phrases. « Ça tourne trop vite. » « Ne me quitte plus. » « La reine a vieilli. » « L'orage arrive. » Elle a toujours eu peur des orages. J'ai renoncé à Cambridge, je garde juste mes cours à Aix. Dès mon retour je descends la rejoindre. Mon temps s'écoule monotonement. Celui de Marcile est zébré de dégagements – des villes, des musées, des paysages. Il écrit un nouveau livre. Il me propose de l'accompagner, par gentillesse je suppose. Peut-être aussi parce que la solitude lui pèse. Quand je peux, je le rejoins. Je m'abstiens d'évoquer l'état de ma mère, de crainte qu'il ne fasse un rapprochement avec celui de son épouse.

Le ciel est très Boudin – une gamme subtile de roses très pâles et de gris cendrés. Dieu sait pourquoi il a dit : « Ça ne mène à rien. » En général, il m'explique, mais il a hâté le pas, je le vois de dos.

Un attendrissement me surprend. Je me dis qu'il est seul, qu'il frôle en permanence le désespoir, comme en témoignent ses livres. Je voudrais pouvoir l'aider, il a l'air tellement perdu quand ses incisives mordent sa lèvre inférieure. C'est son tic.

Soudain des vannes en moi s'ouvrent, comme si mon cœur se vidait de ses scories. Mon cœur, mon âme. Mon corps aussi, je me rejoins. Une évidence s'impose : Marcile est l'homme de ma vie. Depuis longtemps je n'étais heureuse qu'en sa présence. Heureuse et vraie : avec lui, pas de rôle, pas de frime, rien qu'une jeune femme paumée, encombrée de soi. Encombrée de ce moi que je traîne comme un boulet.

Lui et nul autre. Sans me l'avouer, j'étais amoureuse de l'ami de mon père. Sans me l'avouer je soignais ma tenue en espérant lui plaire. Le mascara sur les cils, le brun sur les paupières, le coup de pinceau pour le blush, le baume à lèvres, c'était pour lui. Sans me l'avouer j'étais jalouse quand cette dame à l'accent italien l'avait embrassé sur les lèvres devant chez Lipp en lui disant « À ce soir ». Je m'étais dit qu'elle ne le méritait pas. Sans me l'avouer je n'allais courir que pour prémunir mon corps d'empâtements disgracieux. Sans me l'avouer je tressaillais de bonheur quand mon portable sonnait car il était le seul à avoir mon numéro. À présent je sais. En le voyant marcher, je n'aspire plus qu'à le rejoindre, à fondre dans ses bras. Mon corps s'y voit déjà.

Il a retenu deux couverts dans un restaurant de Deauville, devant la Touques. Boudin a dû peindre le port de Trouville depuis cet endroit. Il me demande quels vins je préfère. Celui qu'il voudra, je n'y connais rien. Je cherche mes mots, ils risquent de me trahir. Je finis par lui proposer d'être son amante. Ou sa maîtresse, je n'ai plus peur des mots. Lui offrir ce corps sans emploi qui n'est pas si moche, puisque des hommes le convoitent depuis mon adolescence. Marcile est mon seul ami, ma seule vigie. Ses livres m'ont appris à penser le monde, son verbe m'apprend à le voir.

Il m'écoute en souriant. Me dévisage longuement. M'explique qu'il ne veut pas, qu'il ne peut pas être mon amant. À cause de son âge, celui de mon père. De l'âge de sa fille, le même que le mien à deux ans près. De son épouse dont il doit s'occuper. De sa lassitude : la quête qui l'obsède exclut une liaison, et je comprends qu'il estime avoir fait le tour du sujet. « Avec moi tu n'aurais pas d'enfant, et à moyen terme tu soignerais un vieillard. Ta mère ne te suffit pas ? »

Je suis désespérée. J'essaie de réfuter ses arguments. Je me fiche de son âge. Je ne prétends pas empiéter le moins du monde sur son domaine privé – son épouse, sa fille, son œuvre, son village. Je n'exigerai rien, je serai à sa disposition. Refus catégorique. Je sors mon joker : mon corps. N'est-il pas à son goût ? S'il accepte, je le lui offre ce soir même. La «Vierge de Maussane» est prête à toutes les impudeurs. «Tu es belle et désirable. Mais ce n'est pas possible. Claire, oublie ça. Il y a quelque part sur la terre un homme qui te rendra heureuse.»

Retour sinistre sur l'autoroute. Marcile m'explique pourquoi Boudin l'a déçu. Il parle surtout pour que j'oublie son refus; j'ai beau être triste, son intelligence me captive, il exprime si bien ce que j'ai ressenti en regardant ces études au musée du Havre. Les ciels de Boudin suggèrent un manque, rien de plus. Le manque, tout le signale de Kalf à Soutine, et ça s'est aggravé depuis, ses livres le démontrent pertinemment. Le manque, pour moi, c'est lui. Si au moins je pouvais le haïr. Mais comment le haïr, il m'attendrit, je voudrais le bercer comme un enfant.

Marcile m'a déposée devant mon hôtel de la rue Racine. Je monte dans ma chambre, redescends presque aussitôt. Je marche jusqu'au carrefour de l'Odéon, complètement désemparée. Des gens sortent des cinémas. J'ai commandé un café au Danton. Pour fuir la solitude. Pour noyer dans l'animation de la brasserie mon moi en déroute. Ce moi importun, il faut que je m'en débarrasse. Deux types accoudés au comptoir me déshabillent du regard. Toujours ce corps qui allume les désirs. Lui aussi m'encombre. Pourquoi ne l'ai-je pas bradé? Moins par pruderie que par orgueil. Ou par défi : la sexualité dont mes contemporains se gargarisent, je n'en ai pas besoin. Les pâmoisons de l'érotisme célébrées par Katya : trop peu pour moi. Les paroxysmes que je désire ont à voir avec une transgression autrement plus grisante. Si j'avais voulu me « lâcher », comme elle dit, c'eût été pour des bacchanales échevelées, je n'ai peur de rien.

Les deux types m'ont proposé de prendre un verre. J'ai dit non merci avec le sourire. Je sors marcher au hasard. Je n'en veux pas à Marcile de m'avoir éconduite. Je me reproche de ne lui avoir proposé en somme qu'une liaison avec une femme de chair. C'était trop peu pour lui. Trop peu pour notre complicité amicale de maître à élève. Nous sommes trop absolutistes pour former un de ces faux couples qui se retrouvent à date fixe. J'ai honte d'avoir misé à la baisse. L'épouse de Marcile est invalide ; sinon je n'aurais jamais songé à m'offrir à lui. Tout de même il est marié, père d'une fille. Alors...

J'aboutis sur la place Saint-Sulpice, je remonte la rue Bonaparte, longe les grilles du Luxembourg. Une policière en faction me sourit. Je lui rends son sourire, il m'a réchauffé le cœur. Me revoilà devant la porte de mon hôtel. J'hésite. Quitte à ne pas dormir, autant marcher encore. La rue Racine est déserte, le haut du boulevard Saint-Michel lugubre. La chapelle de la Sorbonne a l'air aussi paumée que moi. Cette grâce sans apprêt, cette harmonie : le classicisme à la française. « *Beauté, mon beau souci...* » Marcile m'a lu ce poème de Malherbe. Beauté, ma seule fenêtre sur l'invisible puisque je n'ai à aimer que ma mère, à fonds perdus et pas pour longtemps. Mon père et mes grands-parents de Saint-Rémy sont morts, et Marcile ne veut pas de mon amour. Dois-je renoncer à lui comme les héroïnes du romantisme ? Plus j'y pense, plus je m'avise que je l'aime depuis Giverny, Barbizon et

Fontainebleau. Chaque fois que j'allais le retrouver, mon cœur devenait à mon insu celui d'une midinette. À Fontainebleau, il avait expliqué à une touriste américaine le maniérisme de Primatice et je me souviens de mon agacement quand elle lui avait refilé le numéro de son portable. Vivre sans lui n'a pas de sens. Mais que pourrait être notre relation, après ma requête stupide ? Sa dernière phrase, devant mon hôtel, ne me promet rien. « Ne sois pas triste, Claire. Je t'aime beaucoup. » L'idée me vient qu'il aime sans doute une autre femme. Mon désarroi s'aggrave de ce sentiment que je croyais ignorer : la jalousie. Toutes les femmes sont mes rivales, les moches autant que les belles. A-t-il revu l'Américaine ? Revoit-il l'Italienne qui l'embrassait sur les lèvres devant chez Lipp ? Il est sensible au charme féminin, je ne puis en douter, hélas.

Je repasse au carrefour de l'Odéon. 1 h 30 à la grosse horloge devant la statue de Danton. Les serveurs des brasseries empilent les chaises ; seul reste ouvert un bar à étudiants dans la rue qui rejoint le théâtre. Plusieurs jeunes fument sur le trottoir et j'entends un « Madame, venez prendre un verre ». Je me retourne, je souris, je dis qu'il est trop tard. Ils ont l'air gentils, je regrette presque de décliner leur invite. Mais une « Madame » détonerait dans ce bar, je suis trop vieille. Trop jeune pour Marcile, trop vieille pour eux. Je finis par me retrouver dans ma chambre. Seule, terriblement seule, allongée sur le lit.

Par l'effet d'un dédoublement, je vois mon corps comme s'il était le nu d'un peintre. Marcile aurait-il apprécié ce tableau ? Fausse piste. « Tu es belle et désirable. » Beaucoup de femmes sont belles et désirables. Alors, quoi ?

C'est en repensant à notre dîner à Deauville que j'imagine une issue. Il avait retenu deux couverts mais s'était trompé de jour. Marcile n'est pas doué pour les choses les plus simples de la vie quotidienne. Il ne sait pas se servir d'un ordinateur, taper les textos sur son portable, retenir des billets de train ou des chambres d'hôtel, louer une voiture. Il oublie son portefeuille, perd sa carte de crédit. Je pourrais au moins lui épargner ces avanies mineures qui l'exaspèrent. Je pourrais aussi noter les livres dont il a besoin et les lui commander. La secrétaire de son éditeur s'en chargeait mais elle a pris sa retraite. Une certaine Suzannc.

Je pourrais lui tenir lieu d'assistante. Me consacrer à sa personne, exclusivement. Être quand il se déplace sa bonne à tout faire – et il se déplace souvent.

Être celle qui serait présente dès qu'il en aurait besoin, s'effacerait le reste de son temps.

N'exister que pour lui. Être son amante, ou pas, au gré de ses désirs. N'être que le reflet de son ombre.

Être... Oui, être son esclave. Le mot m'a surpris. Je l'ai retourné sous toutes ses facettes. Esclave ! Quelle transgression plus absolue, dans ce monde où la femme « moderne » se gausse de sa « liberté », de son « autonomie » ? Moderne, j'en présente les extérieurs puisque je dispose de mon argent et de mes jours à ma guise. En vue de quoi ? De rien. Ma liberté, avec quoi rime-t-elle ? Avec rien. Mon autonomie ? La cage dorée de ce moi que j'ai fini par prendre en grippe. Autant que Marcile, je suis dans ce monde comme un taulard dans sa geôle. Autant que lui mais sans son génie, je m'évertue à en distendre les barreaux. Sans lui je n'en ai pas la force.

Être son esclave. Rien de plus évident puisque déjà je suis sa disciple. J'adopte spontanément son regard, je vibre à son diapason, je pense comme lui. Enfin j'essaie, à mon humble mesure.

Être son esclave. Abolir mon ego puis fondre mon moi de pacotille dans une dépossession totale. La connotation du mot est affreuse ? Raison de plus pour le retourner comme un gant. Je serai celle qui a choisi son esclavage, il deviendra par le fait un comble de liberté.

Toute la nuit j'ai prémédité ma salvation dans l'état d'esclavage. À 8 heures du matin, j'appelle Marcile sur son portable. Par chance il l'a laissé allumé. Il est chez lui à Paris.

— J'ai besoin de te voir.

— C'est urgent ?

— Urgent et grave.

Il me donne rendez-vous au Sully où plusieurs fois nous avons déjeuné. J'en déduit qu'il habite dans les parages.

— Marcile, je veux être ton esclave. Écoute-moi...

Il fronce les sourcils. J'ai présenté ma requête avec une telle véhémence qu'il ne m'a pas interrompue. Mon moi se consume stérilement, ma vie se dilapide, lui seul peut la sauver en se l'appropriant. « Beauté, mon beau souci... » Cette beauté qu'il m'apprend à capturer, il faut qu'elle converge vers l'absolu. Vers Dieu. Avec lui ce sera possible, s'il accepte… le pacte que je lui propose. Un pacte secret, comme un serment de chevalerie. Lui le souverain, moi l'humble féale. Je serai à lui corps et âme, corps et biens – mon temps, mon fric, mon peu d'intelligence. Mon corps bien sûr – mais s'il préfère que je reste vierge, je m'y résoudrai sans effort, ma libido a d'autres cordes à son arc.

Suis-je suffisamment persuasive ? Comment dois-je interpréter son sourire ? Son mutisme ? Son regard ? Il sort pour fumer une cigarette. J'ai une peur panique qu'en rentrant dans la brasserie il m'annonce son refus. Le patron nous observe. Un homme trapu et moustachu, avec un accent chuintant, peut-être d'Auvergne. Marcile le connaît bien, je me demande s'il l'a vu avec d'autres femmes. Vite, je lui dis qu'il serait libre, que je ne m'insinuerais jamais dans sa vie de famille – son épouse, sa fille. Ni dans sa vie privée, fût-elle peuplée d'amoureuses.

— Je t'en supplie, Marcile, prends le temps de réfléchir avant de me donner ta réponse.

Il semble hésiter. Je tremble comme une feuille. Le patron me sourit.

— Bien. J'attendrai mardi.

Car le mardi suivant je dois le retrouver près de Saumur où aura lieu une rétrospective d'aquarelles et de gravures inspirées par le Val de Loire. D'habitude Marcile dédaigne les expositions à thème. Mais il a des liens particuliers avec cette région. Je me lève, je l'embrasse et m'éclipse sans me retourner, j'ai tellement peur qu'il me rappelle pour me signifier son refus.

XVII

Mardi, tôt le matin. Mon hôtel de la rue Racine. J'ai emmené un lot de fringues dans ma valise. Préférera-t-il me voir en pantalon, en jupe, en tailleur ? J'essaie plusieurs tenues, aucune ne me semble à son goût. Je noue mes cheveux avec un élastique, les dénoue, les relève avec une pince. Chignon ? Coiffé-décoiffé avec des anglaises ? Quel maquillage ? Peut-être aucun, je ne sais plus, il doit s'en foutre. Pourquoi pas tout en vert, mes yeux sont verts, il aime le vert. Pantalon cigarette, veste en mailles sur une superposition de cashmere, écharpe nouée, mocassins. Cheveux en liberté, je crois qu'il préférera.

J'ai perdu du temps et l'employé d'Avis, place Saint-Sulpice, me fait lanterner. Marcile m'a dit « Vers 11 heures » en m'indiquant l'hôtel, un ancien monastère au bord de la Loire, à six kilomètres de Saumur. Je ne connais pas la région. Pour moi, le Val de Loire, ce sont les aquarelles de Turner, de Constable et de Collow, les châteaux, les rois de France et leurs maîtresses.

Le ciel est dégagé, le soleil brille. Serait-ce un présage favorable ? Avant de récupérer la voiture je suis allée prier la Vierge de Pigalle dans une chapelle de l'église Saint-Sulpice. J'ai demandé à mon père de convaincre son ami, si possible.

Double express au Café de la Mairie car ma nuit fut blanche ou pas loin. Je rejoins l'autoroute à la porte de Gentilly en me souvenant d'avoir participé à une compétition d'athlétisme au stade Charléty, dans une autre vie. C'était un cent mètres plat, Katya m'avait devancée sur le fil. Je me souviens qu'au sortir de la douche elle avait imité une danseuse gitane à claquettes, bras levés, corps nu et ruisselant. En dépit de ma pruderie j'avais trouvé ce spectacle émouvant et sans vulgarité aucune.

J'ai peur. Marcile va m'éconduire avec son horrible gentillesse. S'il accepte il faudra trouver une église, pour le serment. Il la choisira. Il choisira tout.

Je roule trop vite, j'ai peur d'être en retard. Ne pas me tuer bêtement. Chartres... Le Mans... Sablé... Saumur... J'ai peur, ma vie va se jouer à la roulette russe. La route est étroite, elle traverse un faubourg où se succèdent des enseignes de négociants en vins, longe le fleuve. Des maisons blanches sont adossées à la falaise. 11 h 20. Il aura décampé, il déteste attendre. S'il n'est plus à l'hôtel, j'aurai un répit avant le verdict.

Un beau clocher roman. Chênehutte. Un chemin qui grimpe entre les maisons du village, dépasse un cimetière. L'hôtel ressemble à un manoir plutôt qu'à un prieuré. Je gare la voiture. Personne à la réception. J'y laisse ma valise. Je traverse le bar où une cuirasse de chevalier voisine bizarrement avec un piano à queue noir. Au mur, un tableau représentant un notable du Grand Siècle.

Personne dans ce bar. Je sors. Marcile est assis devant une table, sur la terrasse qui surplombe la Loire. Une péniche est accostée sur l'autre rive où s'étalent des toits gris autour d'un clocher pointu. À l'horizon, une crête sombre. Prémices du printemps : les arbres bourgeonnent, des pâquerettes jonchent les pelouses, des pensées ont fleuri dans des vasques. La statue d'un angelot rieur qui joue de la cymbale semble me narguer.

Marcile fume en lisant. J'ai peur. Les battements de mon cœur s'accélèrent, je voudrais m'enfuir. Marcile m'a vue. Il se lève pour m'embrasser, se rassoit. Comment interpréter son sourire ? Trop affectueux. Trop paternel. Je suis foutue.

— Tu as fait bon voyage ?

— Oui.

— Tu veux un café ?

— S'il te plaît.

Il appelle un serveur. Allume une autre cigarette. Pour tromper mon angoisse je lui demande ce qu'il lisait. Des poèmes de Du Bellay. Le serveur apporte mon café. Je verse un sucre dans la tasse, je remue. Autant de gagné sur le moment où il va me dire non. J'essaie de lui sourire, misérable souris promise aux griffes de ce chat qui semble s'amuser de ma détresse. Nous sommes seuls sur cette terrasse. Le paysage est trop doux. Des canards nagent devant une île qui s'étire. Un oiseau traverse l'espace, une brindille dans le bec, se pose sur une boule de gui au faîte d'un chêne énorme.

Il faut en finir. Je le regarde droit dans les yeux.

— Alors ?

Toujours ce sourire énigmatique. Affection ? Indulgence ? Fatalisme ? Il va dire non. D'ailleurs il ne sourit plus. Ma vie est perdue, je voudrais mourir.

— Alors, c'est oui.

Une seconde d'incrédulité.

— Tu as dit oui ?

Il hoche la tête. De nouveau son sourire.

— Je serai ton esclave ?

Il hoche encore la tête en se mordant la lèvre avec ses incisives. Je ne rêve pas, ma vie est sauvée. Je cache mon visage derrière les mains. Des larmes, enfin, des larmes de joie. Je n'avais pas su pleurer mon chagrin aux obsèques de mes grands-parents, à celles de mon père, les larmes coulaient à l'intérieur. Il me revient que le don des larmes est une grâce en théologie. J'ose affronter le regard de Marcile avec mon visage barbouillé.

— Pardonne-moi. C'est le plus beau jour de ma vie. Oh, Marcile, j'ai tellement eu peur que ce soit le pire.

Le soleil monte dans le ciel. Un héron se pose sur l'île. Le sourire de l'angelot est mon complice. Je suis sauvée, je n'en reviens pas. Il allume une cigarette.

— On commence quand ?

— Je te laisse décider.

Je vais renoncer à ma liberté, pour toujours. Je veux en disposer jusqu'au lendemain, je sais pourquoi. Il va falloir le lui dire.

— Demain midi.

— Soit.

Son mutisme me déroute, et plus encore ce bonheur qui me tombe du ciel. Je connaissais les plaisirs et les joies. Rien à voir avec le bonheur. Envie de chanter, de pleurer, de courir. Envie de me blottir dans ses bras.

— Je suis encore une femme moderne, libre, autonome, *et cætera*. Donc, le jouet de ses envies. J'aimerais une balade bucolique, il fait si beau. Tu veux bien ?

Il veut bien. Toujours son sourire. Le temps de prendre possession de ma chambre et nous traversons le parc où autour des cèdres ont poussé des jonquilles. Puis nous baguenaudons sur une route bordée de haies d'aubépines et de noisetiers. Paysage d'aquarelliste anglais, des prairies, des bois, des nuages cendrés dans le ciel. Les verts sont tendres. Je lui prends le bras. Je le faisais avant mais ça n'avait pas le même sens.

— Je vais te dire pourquoi je veux attendre jusqu'à demain. Je ne serai plus libre, tu feras de mon corps ce qu'il te plaira. Aujourd'hui, il m'appartient, comme disent les féministes. Je te l'offrirai cette nuit, en toute liberté. C'est mon choix.

J'incline la tête vers son épaule en lui balançant un regard qui mime l'aguicheuse patentée.

— Bien sûr, tu as le droit de refuser.

— Je ne refuse pas.

Au fond de moi je n'étais pas sûre qu'il veuille confondre esclave et amante. J'aurais fait mon deuil de l'amour charnel, l'essentiel était qu'il accepte le pacte. Tout de même, mon esclavage sera plus absolu s'il use de son droit de propriété sur mon corps. Lequel ne s'en plaindra pas, je le connais intimement, c'est le privilège des sportifs.

Un chemin de terre s'ouvre dans un taillis. Je demande à Marcile de m'embrasser.

— Sois indulgent, c'est mon premier baiser.

Il me prend dans ses bras, nos lèvres font connaissance. Je serre mon corps contre le sien, je suis une amoureuse de Peynet, une midinette qui murmure « Je t'aime » comme dans les romans de gare. Imagerie pour peintre naïf : soleil rieur, gazouillis des oiseaux, coup de klaxon – narquois ou complice – d'une voiture qui passe sur la route. Je voudrais que cet instant n'ait pas de fin. Nos lèvres se sont disjointes, nos yeux ont pris le relais.

— Je n'ai pas été trop godiche ?

Pas de réponse, juste un sourire. Le chemin va se perdre dans une métairie. Au retour, je lui demande un autre baiser. Je ne suis plus tout à fait une débutante – et à l'école, à la fac ou au stade, j'apprenais vite.

Ses mains procèdent à un premier repérage. Je tangue, je décolle, j'ai le tournis. J'en suis, moi, la « Vierge de Maussane », à désirer qu'il s'enhardisse davantage.

— Je fais des progrès, non ? Tu sais, Marcile, j'ai attendu trente-cinq ans et ça ne m'a jamais coûté. Jamais. Mais j'aurai du mal à attendre ce soir.

Pas de réponse. Son bras sur mon épaule, mieux qu'une réponse car ses doigts pianotent sur mon cou. À l'entrée du parc de l'hôtel, je demande encore un baiser. Cette fois-ci son repérage est plus circonstancié. Plus bref aussi.

— C'est moi qui aurai du mal à attendre ce soir... Viens voir la Loire.

Nous allons jusqu'au-delà de Gennes, sur la route

d'Angers, et devant le pont métallique il me raconte l'héroïsme des cadets de Saumur durant la débâcle.

— Ils ont sauvé l'honneur, mais la France était foutue, au moins depuis 14-18.

Le tuffeau clair et lumineux des villages. La tour de Trèves. Les miroitements du soleil de midi sur le fleuve. Une douceur presque émolliente, qui m'enivre.

Nous revenons à l'hôtel, prenons un café sur la terrasse, à la même table où ma vie a rebondi, deux heures auparavant. Autant dire : dans un passé lointain. Il me lit des poèmes de Du Bellay.

Adieu, ma lyre, adieu les sons
De tes inutiles chansons.
Adieu la source, qui recrée
De Phébus la tourbe sacrée.
J'ai trop perdu mes jeunes ans...

Je lui demande s'il connaît dans le pays une église qui l'inspire.

— Candes. C'est là que saint Martin est mort.

— Allons-y s'il te plaît. Je veux prêter serment.

Nous avons passé le vieux pont pour voir le château de Saumur depuis une île. Marcile trouve le corps du bâtiment hors de proportions avec les quatre tours. Je reconnais le château, Turner en a tiré une aquarelle, lors d'une descente du fleuve en bateau.

— Tu as lu *Eugénie Grandet* ?

Oui, je l'ai lu, mais il y a longtemps, je me souviens à peine d'une description de Saumur. Je vais relire. Depuis la même rive il me montre un autre château, superbe celui-là dans sa virilité : Montsoreau. Inutile de lire le roman de Dumas, il n'a rien emprunté au décor. Nous poussons jusqu'au manoir de Tallemant de Réaux. J'ignorais l'existence de ce chroniqueur du Grand Siècle. Je vais le lire. Je lirai tous les auteurs qu'il aime, ma sensibilité deviendra le buvard de la sienne.

Nous retraversons le fleuve à Montsoreau et atteignons Candes. La beauté des deux villages est dépaysante, ils ont l'air étonnés d'avoir survécu. Marcile me raconte l'histoire de saint Martin dont les Tourangeaux ont ramené le corps nuitamment et subrepticement sur une barge. La légende veut que les aubépines aient refleuri sur son passage, en plein mois de novembre. Saint Martin était un disciple de saint Hilaire de Poitiers. Il fonda le monastère de Ligugé, puis celui de Marmoutier à Tours, où il était devenu évêque. Un certain Sulpice Sévère a raconté sa vie. L'érudition de Marcile me stupéfie, je n'aurais pas imaginé qu'il connaisse l'histoire de l'Église. Je me sens inculte. Tant pis, j'apprendrai. À la limite, son savoir s'imprimera mieux sur une page blanche.

Sur le portail de la basilique, la plupart des saints ont été décapités. Des rois sont venus ici en pèlerinage.

Nous entrons. Je me signe, Marcile m'imite. J'allume un cierge devant une chapelle érigée à l'endroit où saint Martin est mort. Nous sommes seuls. Une sono diffuse des chants grégoriens. Marcile contemple des chapiteaux peints. J'ai repéré la chapelle du saint sacrement, à droite. Retable simili-baroque. Devant une Vierge à l'Enfant, je prends Marcile par la main gauche, lève la droite.

— Sur mon honneur je jure de respecter dans son esprit et à la lettre mon engagement vis-à-vis de Marcile Kalf, sans réserve et jusqu'à ma mort.

La personne qui lira ces pages peut imaginer la violence de mon émotion en cet instant. Nous sommes seuls face à Dieu pour affronter la solennité de mon serment. Il nous ennoblit en nous intronisant dans une confrérie. La nôtre. Une gravité m'habite. Fierté ou orgueil ? Je n'ai pas demandé à Marcile de prêter serment. Il est mon complice, mon frère d'armes, il sera mon seigneur et maître mais, ce qui se trame entre lui et moi, j'en suis l'initiatrice.

— Va m'attendre dehors, lui dis-je – et il m'obéit.

Tel aura été mon dernier acte d'autorité, avant de lui être soumise. Depuis lors je lui ai toujours obéi.

Je veux être seule pour prier à genoux devant la Vierge. La remercier de cette grâce que je n'ai pas méritée. Lui dire qu'avec Marcile j'espère me rapprocher d'elle. Mon bonheur sera une prière. Il l'est déjà.

Dehors le soleil enlumine le portail. Marcile a dû lire dans mon regard que je ne suis plus tout à fait la même. Je crois lire dans le sien une gravité inédite, il me connaît, il a compris que désormais une personne humaine ne dépend plus que de lui. Si peu que ce soit, j'influerai sur son destin : Dieu veuille que ça ne lui pèse jamais.

La nuit est tombée, les lumières du village clignotent sur l'autre rive. Trois couples dînent dans le restaurant. Marcile a choisi les vins en demandant au sommelier de lui décrire les terroirs, les cépages, les millésimes, il veut tout savoir. Il me parle de Ruysdael, de l'invention du paysage comme motif pictural. Il la confrontera dans son prochain livre avec celle de la nature morte, de l'autoportrait, du tableau dans le tableau, de la fenêtre.

J'ai hésité à mettre une robe de soie blanche qui découvre les genoux et une veste courte coordonnée. À partir de demain, c'est lui qui choisira. J'en avais marre de choisir : trop d'offres aux étals pour mon petit moi. J'en avais marre de ce moi, il grignotait sans appétit des lambeaux d'émotions. Mon âme s'en évadait, je ne la retrouvais que dans une église ou devant un tableau – et encore.

Nous allons marcher sur la route des premiers baisers. Sa main sur mon épaule. Des étoiles dans le ciel, des arbres noirs. La lune s'est levée, nos ombres nous précèdent.

— J'ai très envie et un peu peur.

Il le sait. Il m'embrasse. Ma robe est légère. Je n'ai plus peur. Presque plus. Nous revenons à l'hôtel, main dans la main. Sa chambre ? Non, la mienne, c'est moi qui reçois. Pas « moi » : mon être en version intégrale. Le cœur y est, le corps ne demande qu'à trouver le diapason.

Il a éteint, la chambre est dans le noir. Enfin, pas tout à fait, la persienne laisse filtrer des rais de lumière. Il me verra. Il m'embrasse, je lui dis que je l'aime. Suis-je à lui déjà ? Pas encore. Je suis à lui dans la violence extrême de ma mise à nu. Dieu sait que ses gestes sont délicats : la violence, c'est son regard. L'idée qu'il *voit* car mes yeux sont clos. En même temps je suis fière de lui sacrifier ma pudeur.

Après, ça coule de source.

Après, il couvre mon corps d'un drap, comme d'un linceul. Me tient par la main. D'une voix qui ne ressemble pas à la mienne, je lui dis merci. J'ose lui demander s'il y aura des récidives. Car ma dernière peur, c'est qu'il se soit approprié mon corps pour signer son acte de propriété, et s'estime quitte. Il me rassure, je sens ses lèvres sur mon front.

— Dors bien.

J'ai bien dormi.

XVIII

Blois. Midi sonne aux clochers de la ville. Je suis son esclave, alléluia ! Ce mot lourd des pires réminiscences historiques – esclave – je m'en régale. Il est notre secret, personne ne saura. Je me sens libre, légère. Deux minettes nous croisent, toutes jeunes, toutes fraîches, piercing sur le nez, nombril découvert au-dessus du jean's. J'ai envie de leur dire de se méfier : la liberté qu'on leur vend, c'est de la came.

Marcile a tenu à m'embrasser devant le vieux pont, sur l'autre rive. « Un jour tu sauras pourquoi. » Je saurai quoi ? Qu'il a embrassé une femme au même endroit ? Nous restons sur la même rive jusqu'à Beaugency qui a inspiré à Turner une aquarelle superbe, dans des bleus très suaves. Nous l'avons admirée à Saumur où elle était exposée à côté d'une vue de Blois peinte par Constable. Marcile établit un parallèle entre certaines compositions presque abstraites de Turner et les *Illuminations* de Rimbaud. Il me faudra du temps pour comprendre ses raccourcis. Je le prendrai.

Dans la voiture nous commençons à profiler les contours de ma nouvelle vie. D'abord mes cours. Pour le moment il veut que je les garde. Il refuse que je verse de l'argent sur son compte. «Je suis ton maître, pas ton souteneur. Nous ouvrirons un compte joint, tu le géreras, nous l'abonderons à proportion de nos ressources respectives.» Mes fréquentations ? Il décidera au cas par cas. Il proscrit d'avance la «meilleure amie» et les confidences qui vont avec. Aucun problème : je n'ai pas d'amies et je ne me suis jamais confiée à personne. Katya est une copine plutôt qu'une amie. Je brosse son portrait, il sourit. «Je crois que tu pourras la garder.» Mes tenues ? J'essaierai devant lui toutes mes fringues à Maussane, il fera le tri. Il ne prête pas la moindre attention à sa mise, il porte toujours un jean's, un polo, un pull et un blouson mais il a l'œil sur la façon dont les femmes s'habillent, je crois discerner un goût plutôt classique, avec des tolérances pour les audaces pas trop excentriques. Mes lectures ? Il les prescrira à mesure, en fonction des siennes et des sujets qui l'accapareront. Peu à peu ma sensibilité se coulera dans la sienne. Je lui ai demandé une liste des écrivains qui l'ont marqué profondément. Je lirai en priorité Hölderlin, que je ne connais pas.

Je serai sa documentaliste, sa secrétaire, sa dactylo et sa servante. C'est le moins qu'il puisse exiger d'une esclave. Retenir les billets de train, les voitures de location, les chambres d'hôtel. Toujours deux chambres. Commander les livres dont il a besoin. Rien de plus facile : je ne suis créatrice en rien et n'ai aucune imagination, mais je sais prévoir, organiser et classifier. Déjà il me demande d'allumer ses cigarettes et d'avoir toujours un paquet d'avance dans mon sac. Il y a aussi un médicament qu'il doit prendre chaque matin, qu'il oublie souvent. Son médecin lui délivrera une ordonnance, je m'en occuperai.

Je suis son esclave et nous écoutons des sonates de Haydn dans le lecteur de la voiture. Il a acheté le CD à Saumur. « Écoute bien. Ce sont les débuts d'une fin. » J'apprends les rudiments de mon sacerdoce. Ce soir nous dînerons à Vosne-Romanée dans une auberge peinte en rouge. Je trouve le numéro sur mon portable. Deux couverts s'il vous plaît. Et deux chambres dans l'hôtel attenant. Il veut marcher le lendemain entre les vignes, jusqu'au Clos de Vougeot, puis revoir les sculptures de Sluter à la chartreuse de Champmol, « les débuts d'une autre fin ». Nous ferons escale à Cîteaux chez les Trappistes. « Tu prieras pour moi. Je cherche Dieu à ma façon, c'est ma seule raison d'être mais je ne sais pas prier. » Ce sera une autre facette de mon sacerdoce : intercéder à ma faible mesure. C'est lui qui a choisi le mot sacerdoce pour définir mon rôle. Ça ne me fait pas peur, au contraire ; j'espère ne jamais le décevoir. « Tu sais, je serai exigeant, il le faudra pour que notre pacte ait un sens. » Il a raison. Je me plierai à ses exigences. Il ajoute que dans une autre vie les rôles auraient pu être inversés – lui mon esclave, moi sa maîtresse – et telle qu'il me connaît je n'aurais fait aucune concession.

Ma mère décède. Le dernier jour et la dernière nuit, je ne l'ai pas quittée. Nos morts, on les pleure égoïstement. Je pleure mon enfance dans le giron de ce couple d'amoureux. Elle était belle, excentrique – plus femme que mère mais elle m'a aimée à sa façon et d'elle j'ai hérité mon seul sésame avant Marcile, l'amour de l'art. Je garderai ses meubles et ses tableaux. Même celui de Monticelli. Après tout Van Gogh l'admirait, il était meilleur juge que moi. Au téléphone Marcile me demande de ne rien changer dans la maison. « Chez moi, à part quelques tableaux, tout vient de mes ancêtres. On n'est qu'usufruitier d'une maison de famille. » Il a raison. Il aura toujours raison et j'ai la certitude que cette raison me hissera à l'altitude à laquelle j'aspire. Qui a écrit que certaines pensées ont de l'embonpoint ? Celles de Marcile ne sont que « *blood and skin* », comme on dit au pays de ma mère.

Marcile est présent aux obsèques où sont venus d'Angleterre une tante côté Bedford et des cousins que je connais à peine, sauf David et le vieux Robshaw qui a acheté un manoir près d'Orgon. Lui, je le vois de temps à autre, il collectionne les post-impressionnistes. C'est mon autre famille, mon autre pays. Ils ont tous atterri à Marignane, ont loué une limousine avec chauffeur et sont repartis le soir même.

Après la mort de mon père je m'étais demandé si ma mère aurait une autre vie amoureuse. J'espérais que non. Elle m'a vite rassurée. Belle encore, toujours apprêtée, mais pour son seul usage. Ce fut la femme d'un seul amour, comme Maria, et, à Saint-Martin-de-Crau, avant que ne soit consommée sa débâcle, elle attendait encore le retour de son mari.

Comment peindre ces années où j'aurai vécu à l'ombre de Marcile dans un effacement plus que bienheureux ? Il décide, j'obtempère. Il parle, j'écoute. Il raisonne, j'interprète. Les premiers temps je lui pose beaucoup de questions, j'avance à l'aveugle dans le labyrinthe de ses pensées. Il prend la peine de m'expliquer et, comme j'ai relu ses livres, je commence à comprendre les motifs de ses curiosités, ses répulsions, ses exaltations. Comprendre et analyser. Aucune question sur sa vie privée, je m'en tiens à ce que je sais par mon père et à ce qu'il m'a confié, avant notre pacte.

La scène des vêtements est cocasse. Nous sommes à Maussane, une semaine après le serment à Candes et la nuit à Chênehutte. Je sors des armoires toutes mes fringues, une à une. Je garderai celles qui lui conviennent, j'irai apporter les autres à la fleuriste qui s'occupe d'Emmaüs. Je les enfile dans ma chambre, je défile dans le salon comme si j'étais un mannequin. D'un geste de la main il m'intime de tourner, de revenir vers ma chambre, et énonce son verdict. Soit « Je garde », soit « Emmaüs ». Tout, même les chaussures. Je fais violence à ma pudeur pour lui demander s'il veut choisir aussi les sous-vêtements. C'est non. En revanche il souhaite me voir nue, brièvement, à la porte de ma chambre. J'ai un peu peur, comme à Chênehutte, mais son regard me rassure, il ne me reluque pas, il regarde un tableau, une femme sent cela – et il me dit avec son sourire le plus enfantin et sa moue : « C'est mieux qu'Ingres. Va vite te rhabiller ou je te viole. » Il ne peut pas me violer puisque je suis sa propriété. De ce défilé de mode à mannequin et spectateur uniques je retiens qu'il me veut simple quand nous sommes seuls, élégante mais sobre dans un dîner, encore plus sobre quand il donne une conférence. Il ne lui déplaira pas que je le surprenne ponctuellement avec une robe fantaisiste, pourvu qu'elle ne me dénude pas trop.

J'ai éliminé de mon propre chef les relations amicales qui risqueraient de l'indisposer. Il n'a aucun préjugé de classe, m'accorde Katya et souhaite rencontrer quelques universitaires d'Aix. À cet effet j'organise des dîners en m'adjoignant le concours de Juliette qui depuis des années vient faire le ménage. Elle est jolie, vive d'esprit, elle plaît à Marcile, il lui a demandé de le tutoyer. Officiellement, Marcile m'a recrutée comme assistante à temps partiel. En règle générale il préfère dîner à la maison mais il aime aussi tester les restaurants de Maussane et, à l'occasion, déguster les plats et les vins de Baumanière sur la terrasse.

Au fil du temps il m'accapare de plus en plus. Soit il est dans son village, et il m'appelle matin et soir, toujours aux mêmes heures, pour me demander une documentation circonstanciée sur un écrivain, un artiste, un fait historique ou anecdotique. Je connais désormais le nom de son village et son adresse à Paris, il m'a interdit de les divulguer à quiconque. Il ne sait pas utiliser un ordinateur mais il a une adresse électronique, je peux lui envoyer un texte ou ses billets de train, je suppose que sa fille les réceptionne, il n'a pas de secrétaire là-bas. Je connais aussi le nom et l'adresse de son ami Victor puisque je lui envoie ses billets quand ils voyagent ensemble. Soit Marcile est à Paris et je dois l'y rejoindre – si j'ai un cours ce jour-là, je le reporte sans le lui dire –, soit il poursuit ses errances, et ses appels sont impromptus. Parfois je dois prendre un avion pour Bâle ou Madrid, je suis vraiment son esclave et c'est une griserie inouïe de lui obéir, ma vie n'a qu'un fil : lui. S'il rompait, je ne serais qu'un fétu. Il ne peut pas rompre, j'ai confiance en lui, c'est un homme d'honneur, comme mon père – je suis sûre qu'il ne m'abandonnera jamais.

Ses exigences respectent une logique ; la plupart du temps il veut vérifier une intuition en vue d'une notation dans son prochain livre. « Lis et résume-moi. » Je m'y attelle, heureuse de le précéder, curieuse de découvrir comment il exploitera mon résumé. Non moins heureuse de lui simplifier l'existence. Encore plus heureuse de prendre le premier TGV à Avignon, le premier avion à Marignane. Il est à Reims, ou à Séville. Toujours un livre à la main, une idée en tête, une cigarette aux lèvres, les cheveux dans le vent. Il m'attend à l'hôtel que j'ai réservé. Il ne me dit pas bonjour, ne m'embrasse pas. Il embraie tout de suite sur son idée du moment. Son ou ses : ça tourne vite. Il faut comprendre vite. Ou deviner. J'y parviens de mieux en mieux, son esprit est cohérent, j'y ai repéré les points d'ancrage. Nous allons dans un musée, nous parcourons les rues d'une ville. Si c'est en France, il achète toujours le journal local, l'effeuille dans un bar où il a ce don de faire parler le patron, nos voisins de banquette, les serveurs. Plutôt les serveuses : il voue un culte à la féminité, et les femmes le perçoivent. La plus cruche, la plus déjetée lui inspire spontanément de la tendresse. Par contagion je sympathise, c'est fabuleux d'être émus, amusés ou interloqués au même moment. Il a en alternance des plages de gaieté, de tristesse, d'ironie, et des attendrissements juvéniles. Il déteste la société – son langage, sa sémiologie, son esthétique, ses références – mais il aime les êtres pris séparément et, à son école, j'apprends à les aimer aussi. Avant lui je faisais le tri, mon cœur se desséchait, je ne voyais que l'intelligence des uns, la sottise ou la vulgarité des autres.

Je suis son ébauche, son complément d'objet, son essayeuse. Son amante assez souvent. La seule ? Je ne sais pas et ne m'en soucie aucunement ; je ne me reconnais plus le droit d'être jalouse. Dans ses bras je goûte la volupté simple et limpide d'être sa propriété exclusive. L'aval de mon corps est spontané, il confirme ma dépossession et elle me comble plus qu'aucun mot ne saurait le dire. « Viens dans ma chambre dans dix minutes. » Je viens, je dispose mon corps à sa convenance en respectant toujours le même cérémonial, en sorte que nos étreintes se fondent en une seule offrande, je suis à lui, le monde tourne rond. Enfin, le nôtre.

Il prend souvent des notes au Bic noir sur des carnets, mais il peut aussi me résumer une impression que j'enregistre sur mon portable. Il peut rester en arrêt une demi-heure devant le même tableau, sourcils froncés. Toujours la lèvre inférieure mordillée par les incisives. Au Louvre, où il passe au moins deux heures par jour quand il transite à Paris, ses obsessions se polarisent sur quelques œuvres. Nous sortons toujours par la cour carrée, traversons le Pont-Neuf et chaque fois il dénonce la laideur de la Samaritaine. Nous longeons la Seine sur la rive gauche jusqu'à Notre-Dame où il entre souvent, ne fût-ce que pour un bref arrêt devant la Vierge de Saint-Aignan, la clôture du chœur ou *La Visitation* de Jouvenet dans la chapelle Saint-Guillaume.

Ensuite nous prenons un café dans l'île Saint-Louis. C'est son quartier. La plupart du temps il me donne rendez-vous au Sully. Je sais qu'il habite à deux pas mais il ne m'a jamais reçue dans son appartement. Victor habite le même quartier et je sais qu'ils se retrouvent au Sully. Apparemment il ne souhaite pas que je le rencontre. Du moins pas encore. « Un jour tu le connaîtras. »

Parfois il me raccompagne à pied jusqu'à mon hôtel après un dîner dans un restaurant, presque toujours à l'intérieur d'un quadrilatère délimité par la Seine, le Luxembourg, l'église de Saint-Germain-des-Prés et le pont Sully. S'il veut s'en évader, un taxi nous emmène dans un restaurant d'habitués de la rue Caulaincourt dont j'ai oublié le nom. Il aime Montmartre, il y convoque les fantômes des écrivains et des artistes, il connaît l'histoire de la butte. En l'écoutant j'apprends à ressusciter le passé et c'est une gageure car il a ses accointances dans plusieurs époques, avec des personnages dont il me parle comme si nous allions souper avec eux. Il me demande d'aller prier à l'une des liturgies des heures du Carmel de la rue du Chevalier-de-La-Barre. Une fois il m'y a accompagnée, et en sortant m'a dit en substance que les religieuses avaient fait le bon choix. « Moi, je n'ai pas su. La dissémination m'a gangrené. »

Je règle les additions, les taxis, les billets de train et les chambres d'hôtel quand nous voyageons en province ou à l'étranger. De temps à autre il me demande s'il doit alimenter notre compte joint. Je lui dis que non. Il fait virer des sommes quand il y pense. Comme il ne sait pas compter, il ne s'est jamais aperçu que je suis plus riche que lui. Tant mieux : il n'apprécierait pas l'idée que son esclave puisse l'entretenir.

Il n'est pas rare qu'il oublie de déjeuner ou de dîner. Il me plante brusquement sur le boulevard Saint-Germain. « Il faut que j'aille écrire. » Je rentre à mon hôtel en fredonnant. C'est peu dire que je suis joyeuse : je me sens en état d'apesanteur. La faim le surprend à minuit, chez lui où j'imagine que le frigo est toujours vide. À supposer qu'il y ait un frigo. Il m'appelle. Je dors. « Retrouve-moi chez Lipp. » Je me rhabille en hâte, aussi heureuse et impatiente de le revoir, après trois heures d'absence que si nous nous étions quittés depuis dix jours.

Plus le temps s'écoule, moins il supporte d'être seul à Paris, bien qu'il y voie Victor et ses deux amis écrivains. Ce serait plus simple si j'arrêtais mes cours. Je lui propose de démissionner, j'ai de quoi vivre avec mes héritages. Il ne veut pas, eu égard à nos âges respectifs.

Il ne croit pas qu'il vivra vieux, il ne le souhaite d'ailleurs pas. Souvent, il revient sur le destin de Svevo, fumeur invétéré comme lui, victime de son addiction et qui à l'heure de sa mort réclamait encore une cigarette. « Mon frère ès tabagie. » Nous devons aller sur sa tombe à Trieste. Il a un faible pour les cimetières, il connaît aussi intimement ceux de Paris que les églises ou les musées. Je l'ai accompagné à Sète où devant la tombe de Valéry il a déclamé « Le Cimetière marin ». Valéry l'a marqué. « Avec lui, j'ai fréquenté le nihilisme. Il en a joui en esthète. J'ai préféré décamper.» Ses raccourcis ne me déroutent plus, je connais les détours de sa pensée et j'habite au moins à titre précaire les paysages de son intériorité.

Les ressorts de ses curiosités sont néanmoins peu prévisibles. Pourquoi dois-je lui envoyer en toute urgence tel ouvrage de Grégoire de Nysse – un Père de l'Église –, un recueil de poèmes de Louise Labé, un texte de Jung jamais paru en édition courante, un numéro de *Paris Match* daté de février 1957 ? Ou bien lui résumer une étude sur l'élaboration des règles du cricket, son histoire, ses modalités ?

Le cercle de ses fidèles a tendance à s'élargir. Ses conférences attirent du monde, ses livres continuent de se vendre en édition de poche, on le cite souvent sur Internet ; il pourrait rayonner davantage. « À quoi bon ? Je ne suis pas un prophète.» Ses disciples voudraient qu'il les enrôle dans quelque aventure, il ne veut ni les berner ni les fourvoyer, encore moins les décevoir ; il ne préconise que le repli dans des thébaïdes.

XIX

« Prévois une soirée dans une boîte de nuit à la mode. Tu mettras ta robe rouge et des escarpins beige. » Mes souvenirs d'incursions dans une boîte remontent à mes années arlésiennes : deux ou trois soirs, avec les équipiers du club, pour ne pas avoir l'air de les snober. Je me renseigne auprès de Marisol B., une ancienne copine de Maussane, habituée des nuits parisiennes. Nous étions dans la même classe au lycée. Je la croise l'été, quand elle revient chez ses parents. Son père est psychiatre à Nîmes, sa mère gynéco à Arles. Très « branchés » : 4 × 4, art contemporain, érotisme collectif si j'en crois la rumeur locale. Marisol a fugué, fumé beaucoup de joints, tenté de se suicider. J'étais un peu sa bouée, elle venait à la maison, me confiait ses affres et ses frasques, elle se voyait foutue. Elle a traîné son dégoût de soi en fac, à Nice puis à Paris, elle le traîne encore, avec un mari pubard aussi peu reluisant que ses parents. Elle m'indique une boîte (« La plus branchée, chérie. Tu verras plein de friqués déjantés, tu pourras faire ton choix. Au fait, qu'est-ce que tu deviens ? Si je me souviens bien, les mecs, c'est pas ton truc. Tu bouquines comme une dingue. On se voit cet été à Maussane. Bisous, bisous »).

La boîte se trouve dans une rue derrière les Champs-Élysées, à hauteur du George V. Des lasers font tournoyer des lumières brutales sur la piste. Musique assourdissante. Enfin, « musique », un autre mot conviendrait mieux, ça hurle, ça martèle, ça chuinte. Nous sommes debout au bar, devant des gins tonic. Marcile observe avec avidité la chorégraphie plutôt fruste à base de déhanchements outrés, de paumes qui s'ouvrent puis se referment. Chacun semble muré dans la quête solitaire d'un paroxysme. Les visages se plissent comme sous l'effet de spasmes douloureux. Un type accompagné d'une brune coiffée au bol et vêtue d'une minirobe en lamé noir s'accoude à mes côtés.

— Vous prenez un verre ?

— Merci. Je suis avec monsieur.

Il dévisage Marcile, lui adresse un sourire qui sollicite sa complicité.

— Monsieur est des nôtres. À quatre on peut s'amuser.

Sa paume bien ouverte dévale le dos nu de cette femme pour préciser s'il en était besoin le sens de cette invite. Elle sourit, m'adresse un clin d'œil des plus explicites. Je crains que Marcile ne sorte de ses gonds. Il n'apprécie jamais qu'un homme m'environne de trop près, et celui-là, éméché sur les bords et peut-être camé, peut risquer le geste de trop. Je ne supporterai pas qu'il pose seulement sa main sur mon bras.

— Désolé. Madame est ma propriété exclusive.

Le type paraît surpris. Presque choqué.

— Propriété... Madame est votre esclave ?

Marcile sourit, se lève, écrase sa cigarette dans un cendrier.

— Vous ne croyez pas si bien dire. Viens, j'en ai assez vu.

Sur le trottoir il rit franchement.

— Il a eu au moins le mérite de la franchise. Note avant que j'oublie. Les tronches bariolées par les lumières, ce sont des grotesques de Magnasco. Ou de Goya. Ils miment une bacchanale mais ils n'ont plus le carburant. Et puis cette danse. Le dandinement binaire de l'homme des cavernes, bras ballants. La station debout est encore mal assurée. Oui, l'homme des cavernes. Ou l'ours dans sa cage. »

Le lendemain je trouve un album sur les peintres génois du XVIIIe, un autre sur Goya, et pendant huit jours il tourne autour du même sujet, les convulsions qui précèdent ce qu'il appelle la grande névrose.

Dans son village, il est auprès de son épouse, avec sa fille. Je ne dois jamais lui téléphoner là-bas mais attendre ses appels. Il me décrit les milans dans le ciel, les orages venus de la gorge, sa lecture du jour, la musique qu'il écoute. Son épouse est souvent hospitalisée dans la ville voisine et il met ces séjours à profit pour me rejoindre à Paris ou à Maussane. Ou pour m'assigner un rendez-vous quelque part. En mettant bout à bout ses bribes de confidences je l'imagine au chevet de cette recluse. Mon père l'avait vue une fois et s'était extasié sur sa beauté. Marcile m'affirme qu'elle le surpassait de beaucoup en intelligence, avant sa maladie. « Elle me poussait dans mes retranchements, je rendais les armes. »

Je la plains. Je plains sa fille aussi, qui préparait l'agrégation quand la maladie de sa mère s'est déclarée. Heureusement elle avait déjà le Capes, elle enseigne le français dans cette ville où les trains le déposent. J'aimerais la connaître. Pourquoi cette frontière étanche entre sa vie là-bas et son autre vie, à Paris et ailleurs, dans laquelle j'ai mon rôle ? Je ne suis pas sûre qu'il le sache lui-même, il a pris ce pli, il s'y tient, je respecte sa volonté.

Je respecte toutes ses volontés. Lui obéir est une volupté ; ne plus avoir à choisir, une liberté sans commune mesure avec le poids mort de mon autosuffisance. Il décide de tout, je me laisse porter. Je suis l'esquif, il est le flot et le vent. J'imagine la stupéfaction de mes copines, si elles savaient. Surtout les bourgeoises. Elles me croiraient maso, ou carrément cinglée. Personne ne comprendrait que mon intelligence, ma sensibilité, ma sensualité se sont épanouies dans une servitude exempte de toute servilité. Au contraire, mon orgueil y trouve le seul aliment qui ne soit pas frelaté. Personne ne sait. La clandestinité de notre pacte en préserve la beauté, la violence, j'ose écrire la religiosité. Sinon pourquoi Marcile y tiendrait-il ? Car nous sommes majeurs, je suis célibataire et sa femme est invalide ; les plus puritains comprendraient qu'il y ait une femme dans sa vie, un homme dans la mienne. Mais je suis – secrètement – son esclave ; notre lien échappe à la banalité, il place très haut la barre d'une exigence réciproque car si je suis à sa discrétion, il est responsable de moi.

Je l'aime en amoureuse éperdue, comme ma mère a aimé mon père, comme Maria a aimé mon grand-père, mais notre pacte enrichit cet amour en l'installant dans la région d'un absolu dont mon bonheur n'est qu'un prélude.

J'aime suivre le cheminement de ses pensées quand je lui cherche une information et comprendre ce qu'il veut en extraire.

J'aime tout autant lui préparer un café ou son médicament, lui acheter un pull, défaire sa valise pour qu'en se couchant il trouve son pyjama sur le lit, au réveil son rasoir branché dans la salle de bains.

J'aime que, devant un tableau ou un paysage, notre réaction soit la même. Elle l'est presque toujours. Libérée des pesanteurs de mon moi, je tends à ne plus être que le fac-similé de ses émotions.

J'aime le servir. L'humilité de ma tâche ne tourne jamais à l'humiliation. Il n'ordonne pas pour jouir de son pouvoir. Il me veut diligente et efficace mais il ne force pas sur son emprise, qui est absolue. Il pourrait. Je m'y plierais. Il pourrait tout obtenir de moi, même les pires vilénies. Jamais il ne m'a meurtrie ou salie, au contraire. Je lui appartiens, il exerce à plein ses prérogatives, pas moins, pas plus. Il désire que ma sensibilité s'agrège à la sienne. C'est une des raisons d'être de notre pacte. Aussi prend-il la peine d'argumenter. En allant droit au but, il est vrai, mais je sais qu'il ne veut pas me laisser à la traîne. Surtout, je sais qu'il me respecte.

J'aime quand au téléphone il me dit sans préambule : « Sois à Rouen demain après-midi. J'aurai besoin d'une voiture. Rendez-vous à 15 heures au musée, devant le tableau de Kalf. » Je prends mon billet, loue la voiture, boucle ma valise, fonce prendre le TGV à Avignon, change de gare à Paris. J'arrive à l'heure et au lieu indiqués. C'est tout juste s'il s'aperçoit de ma présence, il fixe le tableau. « Il y a un parallèle évident avec Port-Royal. Trouve-moi le bouquin de Sainte-Beuve et une biographie de Saint-Cyran. À propos, nous irons à Vincennes, demain. » Pourquoi Vincennes ? J'apprends sur le tas que Saint-Cyran y a été emprisonné. Marcile aime beaucoup ce château et sa Sainte-Chapelle. « C'est un abrégé de la vraie France. »

J'aime quand il me dit d'une voix neutre : « Viens dans ma chambre dans dix minutes. » Variante : « Je serai dans ta chambre dans dix minutes. » Un frisson me parcourt le corps, c'est comme s'il était déjà dans mes bras. Je sais comment je dois être sur le lit – et que l'attente peut se prolonger car, s'il exige ma ponctualité, la sienne est approximative.

J'aime quand il me demande de prier pour lui. Il croit en Dieu, il croit à l'existence du mal, il veut croire à l'éternité des âmes qui le méritent et si cette volonté vacille, je dois la ranimer, c'est le fond de mon sacerdoce. Il a peur que Dieu se lasse de sa Création. Dans un de ses aphorismes il imagine la fin du monde : Dieu se réveille, il a fait un cauchemar. Puis il se rendort et le monde a cessé d'exister.

XX

Printemps à Maussane. Marcile écrit sur la terrasse. Dans ces moments il ne faut pas lui parler. Je lui prépare des notes. La fenêtre de mon bureau est ouverte sur le paysage qui depuis toujours encadre mon existence. Soleil, cigales, pas de mistral : Van Gogh, ce sera seulement au crépuscule. Je vois sa silhouette penchée sur le cahier de brouillon. Parfois il relève la tête, semble surpris d'être là plutôt qu'ailleurs. « Claire, du café ! » Je vais remplir sa tasse, lui allume une cigarette. Parfois il ébauche un sourire, c'est sa façon de me remercier.

Pur bonheur : il est là, il a besoin de moi. Il est présent d'une autre façon quand il a rejoint son village. Je travaille pour lui, je suis tellement imprégnée de ses idées, de ses émotions, de ses réactions qu'en lisant un poème, en contemplant une œuvre dans un album et même en observant le spectacle de la rue je devine comment il réagirait. Et spontanément, je réagis comme lui. C'est le but : une absorption de mon moi infime dans le sien si profus et rayonnant. Moi, écume de lui, et l'idéal serait que la mousse se dissolve. En sorte que ses absences ne sont jamais douloureuses. Cependant ses retours surajoutent à mon bonheur un sentiment de plénitude qui n'est pas sans analogie avec mes plages d'exaltation religieuse. Non que Marcile soit l'incarnation de Dieu le Père ; je ne suis pas folle, je l'aime en femme éprise d'un homme fragile et criblé de doutes, ma soumission n'est pas un enrôlement dans une secte dont il serait le gourou. Elle participe d'une quête commune dans sa finalité : ma foi du charbonnier et ses accointances compliquées avec l'invisible se tiennent par la main. Du moins essaient et quelquefois nous sommes très près de... Comment dire cette impression de frôler ensemble – moi infusée dans lui, libérée de mes scories – oui, de frôler ce lieu indicible qui n'est plus dans l'espace ni dans le temps ? Je jargonne, faute de mots adéquats. Les mots, c'est son lot. Les mots pour dire ce qui l'atteint, et moi par ricochet.

Pourquoi m'a-t-il annoncé, avec une négligence peut-être feinte, que son éditeur Victor R. va nous rejoindre et qu'il sera admis à partager notre secret ? Une rétrospective de De Staël est organisée à Arles, c'est le motif de cette visite. Ou son prétexte. Je sais que Victor est son ami, et à maints égards son complice. Ils se voient souvent à Paris, ils voyagent parfois ensemble.

Marcile n'a aucun autre ancrage dans le monde éditorial. Autant que j'en sache, ils ont en partage une même inaptitude à vivre dans le temps présent. Leurs attachements, leurs sensibilités, leurs goûts les en excluent. « C'est un exilé, comme moi. Comme toi. Je suis sûr de sa discrétion. Ce sera bien qu'il soit un peu notre miroir. » Pourquoi un miroir ? Jusqu'alors Marcile n'a jamais voulu que quiconque sache. Quand nous ne sommes pas seuls, je le voussoye et l'appelle « monsieur » à la manière d'une assistante. J'aime lui dire « monsieur », avec la déférence requise, ce n'est pas un jeu – enfin pas seulement, ça ajoute à notre connivence un échafaudage hiérarchique empreint de sensualité. Si nos regards se croisent quand je dis « monsieur », c'est comme si nos corps s'effleuraient.

Victor arrive dans l'après-midi. Pas très grand, légèrement empâté, cheveux frisés sur une tête en forme de pain de sucre. Il pourrait jouer Hercule Poirot dans un film.

Marcile fait les présentations : « Victor, mon ami ; Claire, mon esclave. »

Surprise de cet homme qui bien sûr ignorait mon existence. Marcile me somme de lui expliquer. Ça me gêne. J'obéis. Pas de chaînes aux pieds, une servitude désirée et choisie. Ma liberté. La vraie. Il tâche de comprendre. Je le soupçonne d'imaginer quelque chose de sombrement érotique et je peux le comprendre, il y a le plus lumineux, le plus ténébreux et sans doute des entre-deux dans l'univers de la dépossession.

Dîner à trois sur la terrasse. Victor est un intello désenchanté, un orphelin de la rive gauche dont l'ironie frôle le nihilisme. Esthète à sa façon. Marcile le fascine, il lui a emprunté son regard sur le monde et même certains traits de langage. Il paraît surpris que je connaisse l'histoire de la peinture et que j'aie lu les classiques. Enfin, pas tous, ceux que Marcile m'a prescrits : avec Dante, Cervantes, et Goethe, je commence à savoir nager. Les anglais et les français, je connais mieux. Marcile sourit, pas mécontent de l'effet que je semble produire sur son ami.

À la fin du dîner, Marcile, debout derrière moi, promène ses doigts sur ma nuque. C'est la première fois qu'il s'autorise devant autrui un geste trahissant notre intimité physique. J'ai du mal à dissimuler mon ravissement. Que veut-il prouver à Victor ? Peut-être que son « esclave » est une amante, pas un robot.

Le lendemain nous visitons l'exposition De Staël à Arles et déjeunons avec le conservateur du musée et une de mes collègues de la fac d'Aix, médiéviste de son état, que Marcile souhaitait rencontrer. Une très jolie blonde, toute menue, genre porcelaine de Saxe, la quarantaine ou quelque chose d'approchant. Marcile se complaît à marivauder, comme toujours quand une femme lui plaît. Beaucoup de femmes lui plaisent. Victor me raconte en abrégé son divorce précoce, ses deux enfants qui se sont éloignés de lui. Une fille juriste à côté de New York, un fils sous-préfet dans les Ardennes, les deux mariés, la fille mère de deux enfants qu'il voit rarement. Il vit seul avec ses livres, au bord de la Seine. Je sais par Marcile qu'il a ses habitudes avec Suzanne, son ancienne secrétaire, et des passades en nombre indéterminé.

Le soir, à la demande de Marcile, j'ai invité mon président d'université, un germaniste spécialiste de Goethe, et son épouse qui passe pour embraser les libidos de la gentry du quartier Cardinal, le faubourg Saint-Germain d'Aix. Juste embraser – une « allumeuse », comme disait Katya de certaines copines. Brune, mince, mais dessinée avec les cambrures adéquates ; tout est dans les lueurs qui s'allument dans ses yeux, le velours de ses lèvres et des jambes de gazelle qu'elle croise et décroise. Je savais qu'elle plairait à Marcile.

Durant le dîner nos regards se sont rencontrés tandis qu'il la courtisait ; ces regards confortent notre intimité, il m'offre la féminité qu'il butine et je sais que tout à l'heure il me chuchotera : « Viens dans ma chambre dans dix minutes. »

J'ai tout de suite trouvé Victor sympathique. Il est de notre bord – les exilés – et puisque Marcile a voulu qu'il soit notre témoin, je suis prête à lui donner mon amitié. Il est assis en face de moi, ne regarde que moi et m'accable de compliments… excessifs. Il a forcé sur le champagne à l'apéritif. Peut-être ai-je eu tort de solliciter un surcroît de confidences sur sa vie qu'il juge triste et foireuse. Quoi qu'il en soit, le lendemain matin, je l'empêche de commettre la bêtise de me déclarer sa flamme en écourtant ses adieux.

Marcile s'est amusé de l'emballement de son ami. « C'est bien qu'il t'apprécie. Il faut juste endiguer sa sentimentalité. Je m'en occupe. »

Marcile vient plus souvent à Maussane, et il m'appelle dès qu'il arrive à Paris. Le travail qu'il me demande absorbe tout mon temps libre, jusqu'au soir, parfois jusque tard dans la nuit. Je ne m'en plains pas, au contraire. Deux fois par semaine je vais courir au stade, afin que mon corps reste en l'état où il le désire. Cela seul compte : son désir – et sans redevenir la coquette que je fus, je m'évertue à choisir des tenues qui peuvent lui plaire.

Selon son humeur du moment il me veut « au naturel » – pantalon, chandail, escarpins, cheveux dénoués – ou bien en jupe et chemisier, en robe, en tailleur, coiffure tressée ou chignon, discrètement maquillée ou pas.

Désormais Victor nous accompagne dans la plupart de nos voyages. Marcile lui a-t-il parlé ? Il a toujours un faible pour moi, mais s'abstient de me comparer à je ne sais quelle vierge de Vasari ou du Greco. Une intimité devient possible. Il ne se prend pas au sérieux, ni au tragique, c'est un aimable compagnon.

Peu à peu va s'installer une sorte de vie à trois, autour de Marcile. C'est facile : leur humour est à peu près le même, leur ironie aussi, dont la société fait les frais. Ils ont développé un sixième sens pour en surprendre les inepties en accolant des détails apparemment anodins – le titre d'un journal, un panneau dans une vitrine, les publicités sur les autobus, les réflexions des gens dans les bars. Marcile ne prend plus de notes quand je l'accompagne ; il me les dicte. Sa curiosité le démarque de Victor, il veut comprendre. Il lui arrive de nous obliger à le suivre dans un supermarché. Ou à regarder dans un bistrot un chanteur hurler en se contorsionnant dans un clip. Ce qu'il filoute à l'écume des jours nourrit son livre à venir. Il semble pressé de le terminer, alors qu'il a écrit les précédents à la paresseuse, prenant chaque fois cinq ou six années.

Printemps suivant, Lausanne. Ce n'est pas notre premier voyage à trois, nous sommes allés à Rome et à Tolède, mais celui-là, j'ai des raisons de m'en souvenir.

Marcile a donné une conférence organisée par une université privée. Dans ces circonstances, je dis « monsieur » et m'habille « corporate ».

Marcile a été éblouissant. Des jeunes l'entourent après sa conférence. Sont-ils déjà des exilés dans ce début de siècle ? Marcile les exhorte à fuir l'information, à démystifier la « modernité », à cultiver leurs affinités sélectives dans des thébaïdes. « Soyez inactuels. Les temps sont au repli, pas à l'action. »

Nous avons dîné sur les hauteurs de Vevey avec le président de l'université et une spécialiste genevoise d'Amiel dont Marcile m'a lu plusieurs fois des extraits du journal. Il affectionne ce rivage du pays vaudois. Il vient de relire *La Nouvelle Héloïse* ; moi aussi pour n'être pas de reste. Il parle de Rousseau, d'Amiel, de Madame de Staël, de Ramuz, de Chardonne, de Simenon. Je sais pourquoi il évoque ces auteurs, et dans quelle case de sa sensibilité les ranger. Le lendemain nous effectuerons ce qu'il appelle ses « repérages » entre Montreux et Genève.

Il a voulu descendre au Beaurivage, le palace d'Ouchy. Dans la voiture qui traverse les vignes à mi-pente, Victor croit devoir vanter mes qualités d'assistante. Marcile somnole sur la banquette arrière. Il renchérit : « Mon esclave sait tout faire, et bien faire. Elle comprend tout, elle devine le reste. » J'ai beau me complaire dans l'humilité, ses compliments me touchent. Il prend acte de mon utilité, je suis ivre de bonheur : il est l'homme de ma vie, celui que j'aime éperdument, il nourrit mon esprit, il fleurit ma sensibilité, et en prime il semble satisfait de mon travail à ses côtés.

Nous arrivons au Beaurivage, chacun gagne sa chambre. Je m'apprête à m'endormir. Mon portable sonne : «J'ai envie de marcher. Je t'attends dans le hall. Amène-moi un pull.» Je me rhabille en deux minutes, je prends un pull dans sa chambre. Il me donne toujours sa clef, pour que je puisse défaire sa valise. Je le rejoins. Il me sourit. Il marche à grands pas sur la promenade qui longe le lac. Les lumières de Lausanne s'y reflètent. Soudain un flot d'émotions m'envahit, j'éprouve le besoin de les libérer. Je lui demande de me permettre quelques instants d'épanchement. «Je t'écoute.» D'une voix précipitée je lui dis ce qui me noie le cœur. Ou le brûle, comme on voudra. Que je l'aime plus que ma vie, plus que mon honneur. Oui, je dis : plus que mon honneur. Et je le pense, au plus profond. J'ajoute que cet amour me procure un bonheur surhumain. Tellement surhumain que je tends à le confondre avec des moments où Dieu semble me faire la grâce de m'écouter et de me comprendre. Je demande à Marcile l'autorisation de lui murmurer des mots de midinette.

Il s'arrête, me fait face. Pose les mains sur mes épaules. «Claire, je vais te faire une confidence : ta présence me rend heureux.»

Il ouvre les bras, je m'y précipite, je pleure de joie, nos lèvres se joignent, des mots idiots coulent des miennes, je ne peux plus les arrêter. Il m'embrasse, s'écarte, me sourit. Nous revenons vers le Beaurivage mais jusqu'au seuil sa main est sur mon épaule et il me laisse seriner mes «Je t'aime» d'amoureuse à l'eau de rose. Épilogue de rêve :

« Rejoins-moi dans ma chambre. Dans dix minutes. » Elles sont longues. Après, c'est presque trop court.

Hiver suivant. Vichy. Il avait un ami dans cette ville, et un souvenir que je vais devoir endosser mais je n'en sais rien : le prétexte, c'est une pianiste chinoise qui va jouer des sonates de Scarlatti fils à l'opéra.

Dans le train, il me montre la colline de Sancerre, sur l'autre rive de la Loire, elle lui rappelle d'autres souvenirs, liés à Balzac et Simenon. Je vais devoir lire au plus vite *La Muse du département* et *Les Complices*. Nous descendons à l'Aletti, un palace délicieusement suranné en face de l'opéra. L'après-midi Marcile s'est endormi dans sa chambre. Je vais chercher Victor à la gare avec la voiture de location. Nous sommes heureux de nous retrouver. « Trio de barjos », dit Marcile. Victor ne comprend pas plus que moi pourquoi nous débarquons dans cette ville d'où le fantôme de Larbaud a dû s'évader. Marcile m'a appris dans le train que Larbaud était de ce pays et a fini ses jours ici.

La pianiste est brillante. J'ai appris à aimer Scarlatti, et la musique baroque, opéra exclu : Marcile écoute à longueur de journée Mozart, Torelli, Telemann, Haydn, compositeurs qu'il situe « avant la grande névrose ». Il écoute Bach aussi, mais selon lui ce n'est pas du baroque.

Nous allons dîner dans un restaurant derrière le casino – le genre d'endroit où jadis, après les concerts, les curistes devaient pouvoir côtoyer les artistes. J'y ai retenu trois couverts à une table précise, à gauche de l'entrée, selon les desiderata de Marcile. « Je vais vous raconter une histoire vraie.» La sienne, alors qu'il est étudiant. Il vient quelquefois à Vichy pour y retrouver un ami. Il rencontre une femme qui a l'âge de sa mère. Il se laisse éblouir, elle se donne à lui : l'amour l'a surprise. Elle va repartir et lui propose de le suivre. Il refuse d'être son gigolo. Elle rentre dans sa région, s'efforce de vivre avec d'autres jeunes gens, n'y parvient pas, met fin à ses jours et lègue à Marcile une fortune considérable. Elle n'a pas su ou pas pu aimer un autre que lui. Elle l'emmenait aux concerts puis ils dînaient dans le même restaurant, toujours à la table que Marcile m'a demandé de retenir.

Marcile veut m'associer aux sentiments que cette aventure succincte continue d'agiter en son for. C'est pourquoi, Victor ayant regagné sa chambre, il m'emmène devant le palace où était descendue cette femme, en empruntant une promenade couverte pour nous protéger de la pluie – et derrière un gros marronnier décharné, il m'embrasse longuement. Un baiser d'amoureux. Il l'embrasse, elle, en même temps que moi. Il veut la faire revivre en moi. Je suis heureuse de m'incorporer à ce fragment amoureux de son existence antérieure. D'être aussi cette inconnue qui se prénommait Armel, il me le confie après le baiser.

Le lendemain nous déposons Victor à la gare, il doit rentrer à Paris. Marcile veut remonter en voiture en passant par Moulins pour revoir le fameux retable dans la crypte de la cathédrale. Je conduis, il regarde le paysage. «Allume-moi une cigarette.» C'est difficile quand je suis au volant mais j'ai pris l'habitude, le paquet et le briquet sont toujours à portée de ma main, près de la boîte de vitesses. Soudain il ébauche un sourire. « Il faut que tu saches. Blois, c'était mon premier baiser. Exactement au même endroit. Nous avions dix-sept ans. Elle s'appelait Michèle, avec un seul L. » Rien de plus, il se referme dans son mutisme. Ainsi s'explique qu'il ait voulu m'embrasser à Blois, devant le pont, à l'heure précise où s'achevait ma vie de femme prétendument libre. Le baiser de la veille devant l'ancien palace, les confidences qui l'ont précédé semblent confirmer son désir de m'inclure dans son passé. Je suis script, miroir, complice, ombre portée mais aussi réceptacle, c'est vertigineux.

Hiver suivant. Biarritz. Marcile a voulu revoir les rochers qui délimitent la plage et furent jadis le prétexte d'une rumination métaphysique douloureuse. Quel jadis ? Avec qui ? Il ne daigne jamais préciser. Il a choisi un jour de match de rugby auquel il assiste pendant que je vais attendre Victor à l'aéroport.

Victor, toujours présent désormais. Il n'est que semi-retraité, il a encore des activités aux Éditions de la Mirandole mais il trouve le temps de venir là où Marcile désire se rendre. D'un autre on croirait que nous obéissons à des caprices. Nous le connaissons trop pour ignorer que ces virées ont toutes un objectif. Mais lequel ? Jusqu'alors il y avait son livre en gestation. Depuis Vichy, il semble rechercher des traces de son passé. Pourquoi ? Il est sujet à des accès de nostalgie, quitte à ironiser sur cette propension. « Il faut hiérarchiser nos regrets et ne pas les diviniser », dit-il à Victor qui trouve tout moche, vulgaire, violent et absurde. Marcile est plus blessé qu'exaspéré ; le monde l'a trahi en lui gâchant des passions. De son propre aveu, Victor n'a jamais eu de passion : l'art, les livres, l'érotisme sont des exutoires.

À son retour du match, Marcile est la proie d'une vraie tristesse. « La télé et le fric ont tué en vingt ans l'âme du rugby. » Il vitupère les « agents », le « droit à l'image », les « partenaires », l'obscénité des caméras qui violent l'intimité des vestiaires. Lorsqu'à Maussane il regarde un match à la télévision, il me demande de noter des mots de commentateurs qui trahissent ce qu'il appelle « la barbarie du superlatif ». Mais il a aimé le sport autant que moi, il l'aime encore en amoureux floué et je suis bien placée pour le comprendre, ayant vécu son évolution au moment crucial où l'argent affluait dans presque toutes les disciplines.

Nous l'accompagnons sur une place d'où il regarde les vagues s'acharner contre les rochers et embraie sur Teilhard de Chardin. « Le seul qui me donne un peu d'optimisme. » Tard dans la nuit nous allons marcher jusqu'à la même place. Il m'embrasse avec une douceur, une retenue inhabituelles, comme si ce baiser allait être le dernier. Le bruit des vagues fait écho à la houle de tendresse qui m'inonde le cœur ; ce sexagénaire est mon enfant, je voudrais le protéger.

Le lendemain nous cherchons dans un cimetière de village la tombe de Toulet. J'ai trouvé le temps de lire ses poèmes. C'est désemparé et mélodieux. Nous sommes tous les trois désemparés au possible et en manque de mélodies un peu douces. Trois égarés dans un labyrinthe cauchemardesque, soudés par le même sentiment de dépossession, la même nécessité de nous enclore dans le jardin de nos délices – la beauté, l'harmonie, le sublime, l'absolu. Ironiquement je compare ma voluptueuse dépossession d'esclave à celle que nous inflige l'hystérie ambiante. L'une m'a libérée, l'autre me prend au collet et menace de m'étouffer. L'une nous ennoblit, Marcile et moi – et Victor par extension; l'autre nous désole.

Victor est le moins bien loti. Marcile écrit et il possède des racines. Moi, j'ai un maître et je l'aime. Lui, il est seul. Pas tout à fait seul, il me parle de cette Suzanne qui fut sa secrétaire aux Éditions de la Mirandole. Ils forment un couple à leur façon. Marcile la connaît et estime qu'elle pourrait être des nôtres; son anachronisme le mérite. Victor est dubitatif. «Ton côté aristo l'intimiderait.» Nos liens dont devenus tels qu'il peut se permettre ce genre de vanne. Mon côté aristo, qu'en reste-t-il? Peut-être une allergie insurmontable à la «transparence» – cette manie de vouloir tout exhiber, tout avouer, à laquelle les importants se soumettent avec une lâcheté répugnante. Cette traque, ce voyeurisme. Marcile y voit la mort de l'intériorité et le possible avènement du «meilleur des mondes», avec la complicité des sondages.

Au retour, nous prenons le même taxi à Orly. Victor n'a pas envie de se retrouver seul chez lui. «Suzanne est chez sa sœur dans le Berry. Restons encore ensemble. Je vous invite à dîner.» Marcile accepte bien qu'il soit tard. Nous allons chez Lipp. Jusqu'à la fermeture Victor noie son spleen dans le brouilly et nous fait rire en décrivant les péripéties de son ancienne vie conjugale, les suites érotiques après leur divorce, ses fredaines avec une certaine Patricia qui travaille dans sa maison d'édition et va épouser le patron. « Elle sort d'une cité, elle ne veut pas y retourner. Elle l'a harponné, il est tellement con qu'il la croit amoureuse de lui. Elle se laisse sauter dans son bureau en pensant à autre chose et se pointe dans le mien en me suppliant de faire vite, il peut nous surprendre. La dernière fois, en se déchiffonnant, elle m'a promis de m'inviter à la noce. Ça l'amuserait de le tromper ce jour-là en robe de mariée. Je te choque, Claire ? » Il ne me choque pas, il m'attendrirait presque ; j'ai toutes les indulgences pour Victor, il nous manquerait si nous cessions de le voir.

XXI

Été suivant. Nice. Un musée sur une colline en retrait de la Promenade des Anglais. Marcile est captivé par un tableau d'un certain Mossa. Il ne connaît pas ce peintre. Je me renseigne à la hâte; un symboliste prisé à la Belle Époque. Le tableau représente un Pierrot qui se poignarde devant une femme en robe de mariée au bras de l'homme qu'elle va épouser. Le désespoir du Pierrot a beau être poignant, et la composition bien agencée, je connais trop Marcile pour ne pas m'étonner de la violence de son émotion.

Marcile dort mal. Il marche moins vite et s'essouffle. Il est malade. Un virus grippal, prétend-il. J'ai lâchement envie de le croire mais je m'inquiète. Il fume trop. Il boit trop. Il y a trop de pensées dans sa tête. Trop de regrets aussi. Il aime la Riviera – enfin, ses images de la Riviera, un mixte de réminiscences personnelles, d'œuvres littéraires ou picturales et d'événements historiques. Nous sommes déjà venus deux fois, j'ai appris à aimer la Côte. Avant, j'avais des réticences, comme les Provençaux des Alpilles, je ne voyais que du béton et des cohues.

Maintenant je sais comment il l'a poétisée, sa Riviera est devenue la mienne.

Victor veut quitter les Éditions de la Mirandole. Un nouveau directeur commercial vient d'être nommé, qui exige des résultats à court terme et trouve la collection de Victor – des biographies de peintres – pas assez « porteuse ». Le mot paraît-il est en usage, Marcile le trouve révélateur. Il se demande quel éditeur il choisira. « Tu décideras pour moi. Après tout, je m'en fous, du moment qu'on respecte mon incognito. » Victor lui demande pourquoi il tient autant à cet incognito. Pas de réponse. Sans doute veut-il protéger son intimité mais je crois deviner une autre raison, ce mélange d'orgueil et de pudeur qui m'a toujours dissuadée d'exhiber mon corps en maillot de bain deux pièces.

Nous divaguons pendant plusieurs jours de Menton au Rayol. Marcile évoque la longue suprématie de la « *mare nostrum* », Phidias, le Christ, Virgile et leur suite enchantée. Il s'appesantit sur son obsession de l'éternel féminin, à la jonction de Vénus et de la Vierge. Victor prétend que j'incarne les deux, ça nous fait rire. Plus rien n'est sérieux, nous sommes juste heureux d'être ensemble. Heureux et rassurés. En dépit des encombrements à l'entrée des villes et des inepties entendues dans les musées, le monde a cessé d'être menaçant, notre trio le tient à distance. À la limite il nous divertit.

Un soir, tard, Marcile me demande de l'accompagner sur la Promenade. Victor est allé se coucher, un peu ivre. Nous marchons jusqu'à la vieille ville. Marcile ironise sur l'horrible ferraille érigée par Venet, puis sur les statues grotesques de la place Masséna, au-dessus des lampadaires. Plusieurs fois il se tourne vers moi et je lis dans ses yeux la tristesse d'un enfant qui ne croit plus au Père Noël. Dans le hall, il me dit : « Viens dans ma chambre, dans dix minutes. » Il hésite avant d'ajouter : « Tu resteras dormir avec moi. »

C'est la première fois. Telle est ma joie que j'oublie de m'inquiéter de sa santé. Je le rejoins. La nuit est tiède, il n'a pas clos les persiennes et laissé une fenêtre ouverte. Accoudé au balcon, il regarde la baie illuminée. Puis va s'étaler sur son lit et s'endort en me tenant par la main. J'ai beau être fatiguée, pour rien au monde je ne retirerais ma main – et très longtemps je savoure le bonheur inouï de ne plus être qu'une main secourable.

Même été. Autoroute A13. Marcile a voulu revenir au musée du Havre et confronter les ciels de Boudin au ciel de Trouville. Du moins l'a-t-il prétendu. Je le revois marchant sur la plage, je nous revois dans ce restaurant de Deauville où comme une idiote je lui ai proposé d'être sa maîtresse. Marcile se souvient forcément. Pourquoi ce retour sur images ? Il est taciturne depuis que nous avons quitté Paris, je le sens préoccupé. Mais pas morose ou angoissé comme à Nice.

Dans la voiture, il me demande de retenir une table à la Rotonde.

— Je préviens Victor ?

— Non. Je dînerai seul avec toi.

Seule avec lui. Quel privilège ! D'habitude, à Paris, Victor est toujours des nôtres.

— Je dormirai avec toi. Préviens ton hôtel.

Je me croyais comblée et du bonheur s'ajoute à ma félicité, c'est presque insoutenable. La patronne de l'hôtel va être étonnée. Marcile se tourne vers moi en souriant.

— Tout va bien ?

Les larmes me viennent aux yeux, je ne trouve pas les mots pour lui dire la profondeur de mon allégresse, sa violence, sa pureté – et combien son esclave est fière de lui appartenir.

Nous quittons l'autoroute à Louviers pour rejoindre Illiers par des routes de traverse. Il veut revoir l'église, la maison de tante Léonie, la gentilhommière du côté de Guermantes. C'est la troisième fois qu'il m'emmène à Combray après une visite de la cathédrale de Chartres et un commentaire sur l'admiration de Proust pour Ruskin.

En sortant de l'église il se tourne vers moi, pose ses mains sur mes épaules.

— Je veux te confier un secret. Il ne faut pas qu'il influe sur notre pacte. Je suis ton maître, tu es mon esclave.

Je lui réponds presque sèchement que rien au monde ne peut me conduire à violer un serment. C'est peut-être l'orgueil aristo de ma mère qui ressort.

Il semble hésitant. J'ai un peu peur. Il est bizarre depuis un certain temps.

— Voilà. Claire, je suis amoureux de toi.

Je le dévisage. Mon cœur n'a jamais battu aussi fort.

— Répète, je t'en supplie. J'ai du mal à... croire.

Il répète, ajoute qu'il s'en est aperçu à la longue. Ébauche un sourire faussement ironique.

— C'est un fait, on n'y peut rien...

Je me précipite dans ses bras, je serre très fort. Je voudrais choir à ses genoux mais il me l'a interdit. Lui dire merci, mais il ne veut pas non plus. Il me permet d'aller remercier Dieu devant le saint sacrement.

Nous rejoignons l'autoroute. C'est trop de bonheur, je suis exténuée. Marcile a pris le volant. Son sourire, sa moue, son front qui se plisse quand il tire une bouffée de sa cigarette. Jusqu'alors j'ignorais ses sentiments à mon endroit. Nous étions complices, il désirait mon corps, c'était déjà inespéré. S'offrait-il des passades ici ou là ? Il aime les femmes et il sait les charmer. C'était son affaire et à vrai dire je ne me posais même pas la question. Que les hommes s'éprennent de moi, j'ai l'habitude ; toute modestie bue, c'est presque la règle depuis mon adolescence. Avant Marcile, quand j'imaginais – très confusément – l'homme de ma vie, il allait sans dire qu'il serait amoureux de moi. Marcile ne l'était pas, je croyais cela depuis la maudite soirée au restaurant de Deauville. Sur le coup mon orgueil en avait pâti mais quand il eut accepté le pacte que je lui proposais, le bonheur a mouché l'orgueil. Une esclave n'a pas à se mêler de la vie sentimentale de son maître.

Or je suis l'esclave d'un maître qui vient de me déclarer son amour. Pourquoi maintenant ? Je n'ose pas le lui demander.

La nuit tarde à tomber mais déjà Paris s'illumine. Nous déposons nos valises à mon hôtel. Je confie la voiture au chasseur et nous allons à pied à la Rotonde, en longeant le Luxembourg par la rue Guynemer. J'ai envie de chanter, de courir.

Il semble détendu, lèche les vitrines de la rue Bréa, se retourne sur une jeunette bien roulée. « Malgré tout j'aime encore Montparnasse ». Il évoque ses dîners avec les deux diplomates. « Un oasis dans le désert des barbares. » La statue de Balzac par Rodin. L'horloge de l'autre côté du carrefour. Lumières jaunes du Dôme, rouges du tabac et de la Coupole. Du jaune, du rouge, le bleu de la nuit et les fantômes de Montparnasse que Marcile m'a fait connaître, Modigliani, Brancusi, Soutine dont les glaïeuls et la maison blanche toute de guingois sont pour lui les débuts pathétiques de la fin. La dernière fin avant le désastre.

J'ai retenu une table à la terrasse pour qu'il puisse fumer. C'est un dîner d'amoureux, en tête à tête ; je suis tellement heureuse que je prends comme lui un verre de Mâcon en guise d'apéritif.

Sa main cherche la mienne sous la table. Effleure ma cuisse puis s'y attarde. À l'hôtel je lui ai demandé s'il préférait que je reste en pantalon ou que je mette une jupe légère. La jupe trapèze bleu canard qu'il apprécie. « Mets la jupe. » Je suis troublée. L'ancienne « Vierge de Maussane » sait se tenir, mais je préfère ne pas le regarder, j'aurais trop envie de l'embrasser.

— Tu me soumets à la plus voluptueuse des tortures.

— C'est mon droit.

À la fin du repas – le plus beau de ma vie – sa main se pose sur mon genou, ses doigts pianotent. L'ancienne

« Vierge de Maussane » saura se tenir mais elle se voit plus que nue dans ses bras et s'en délecte par anticipation.

Un homme planté sur le trottoir devant le kiosque nous observe. Il a vu le geste de Marcile. Je le reconnais, c'est Harold B., un ancien étudiant de Cambridge. Il m'a reconnue aussi, il vient me saluer. Je lui présente Marcile. « Qu'est-ce que tu deviens ? » Il travaille à Paris dans une banque. Divorcé, un enfant. Toujours beau, toujours bien mis, mais sans son arrogance de l'époque. Marcile lui propose de prendre un verre avec nous. Il ne peut pas, il dîne avec quelqu'un qui se pointe – un homme entre deux âges, style banquier. Harold aussi fait très banquier. « Et toi ? » Moi, rien, dis-je en adressant à Marcile un regard énamouré, pour qu'il comprenne que nous formons un couple. Prof d'histoire de l'art. Il me tend une carte, je sors la mienne de mon sac. Une carte où ne figure que le numéro de l'université d'Aix. « À bientôt. »

J'explique à Marcile. Ce type était le tombeur de Cambridge. Il se vantait de ses conquêtes et avait parié avec des copains que je succomberais. Malheureusement pour lui, je l'ai su. Nous nous retrouvions dans un pub, avec les membres de l'équipe d'athlétisme. Il était fin et drôle, j'appréciais sa compagnie avant d'avoir appris son pari sur ma reddition. Cent livres sterling. Il étudiait l'économie mais s'était inscrit en histoire de l'art, un peu par goût, beaucoup par snobisme. Je lui ai dit qu'il avait eu tort de parier. Il m'a demandé de lui laisser sa chance et d'accepter un dîner en tête à tête, dans le meilleur restaurant de Cambridge. « Si tu veux, mais tu as perdu ton pari ».

Champagne, chandelles, cuisine française, humour british. Il en avait beaucoup, je dois le reconnaître.

— Je peux poser ma main sur la tienne ?

— Non.

— Pourquoi ?

— Pour rien. Je ne veux pas que tu me touches.

— Si je le fais ?

— Tu écoperas d'une gifle en public. Harold, essaie de comprendre. Je ne coucherai pas avec toi. Je ne flirterai pas avec toi. On va dîner en bons copains, tu me raccompagneras chez moi. On s'embrassera sur les joues.

— Tu ne veux pas essayer ?

— Non.

— Tu as peur ?

— Non, je n'ai pas peur.

— Tu as un amant ?

— Ma vie privée ne regarde que moi.

— C'est parce que je ne suis qu'un bourgeois ?

— Pas du tout.

Il avait dû savoir par mon cousin David à quelle famille j'appartenais. Il m'a raccompagnée mais il a mal encaissé, disant à la cantonade que j'étais frigide, ou lesbienne, ou imbue de mes racines familiales. Il avait ce complexe idiot de certains bourgeois vis-à-vis de la particule. J'ai attendu que notre bande soit de nouveau réunie dans le pub et je lui ai dit qu'il était un goujat. « Ou tu me présentes tes excuses, ou j'interdis à mes amis de t'adresser la parole. » Il s'est excusé. Le lendemain il m'a invitée dans le même restaurant pour me dire qu'il regrettait sa vantardise et ses médisances. J'ai trouvé ça élégant et, jusqu'à ce que je quitte Cambridge, il a été irréprochable.

— Malgré tout je suis ravie qu'il m'ait vue avec toi. Il faut croire que j'ai des réserves de vanité.

Marcile m'écoute en souriant. Nos mains se sont touchées sous la table. Puis se joignent sur la table. Nous rentrons à l'hôtel par le même chemin. Jamais je ne l'ai trouvé aussi long. La policière en faction devant le palais du Luxembourg me rappelle celle qui m'avait souri, la nuit où j'ai trouvé la bonne solution.

XXII

Dans le train il dort jusqu'à la gare de Montchanin, s'ébroue, s'attendrit de voir paître des vaches blanches dans des prés. Son fond de bucolisme. « Va me chercher un café. » Le couple entre deux âges qui nous fait face dans le compartiment est outré. Ils doivent penser que Marcile est un macho de bas étage, ça m'amuse.

À Avignon je lui demande quel itinéraire il veut prendre. D'habitude il aime varier, faire le détour par Maillane, la patrie de Mistral, quelquefois par Beaucaire et Tarascon pour voir les deux châteaux qui se défient de part et d'autre du Rhône. « Le plus rapide, je suis crevé. » Il invoque une mauvaise grippe mais j'ai du mal à le croire. Il perd du poids depuis des mois, des cernes bleuissent sous ses yeux, il mange peu et se gave de Doliprane. Je suis vraiment inquiète. Avec d'infinies précautions je me permets de lui suggérer de consulter un médecin – et pourquoi pas celui de Maussane qui s'est occupé de ma mère ? « J'irai voir le mien. »

Dès notre arrivée il se remet à écrire sur la terrasse. Il relève la tête plus souvent, cherche plus longtemps ses idées. « Qu'est-ce que tu veux manger ? » Il hausse les épaules. Je lui amène sur un plateau une salade niçoise, des fruits et de l'eau minérale. Il grignote distraitement, me dévisage comme si ma présence était insolite, se remet à écrire. « Un café. » Je le lui apporte, il en boit juste une gorgée.

Je vais faire quelques courses à Maussane, j'entre dans l'église pour remercier la Vierge. Je me suis purifiée, je crois pressentir l'éternité où nos âmes achèveront de s'imbriquer. J'ai parfois la sensation enivrante de n'être plus qu'un souffle en instance d'envol. Je demande aussi que Marcile soit épargné. Si la maladie doit venir, qu'elle m'atteigne plutôt que lui, je saurai mieux l'affronter.

Je lui rapporte les journaux. Selon les jours il les dédaigne ou les parcourt et me demande de noter tel fait divers. Parfois il s'est rendormi sur son lit, tout habillé. J'ai envie de lui caresser le visage, je me retiens de crainte de le réveiller. Il peut dormir jusqu'à la fin de l'après-midi, toujours sur le ventre, les bras repliés en guise d'oreiller.

Le soir il traverse la terrasse, pose les mains sur le parapet et regarde le ciel. Je suis sûre qu'il pense à la *Nuit étoilée* et à l'éternité des âmes. L'éternité, son seul souci. Tout l'y ramène. Dois-je venir à ses côtés ? Je lui demande s'il a besoin de quelque chose. Il soupire. « De rien. » Sa voix est plus éraillée qu'avant.

Le lendemain il s'immobilise au même endroit, je lui pose la même question. Il me répond : « De ta tendresse. » C'est un mot que je ne lui ai jamais entendu prononcer. Il me prend par la main, s'assoit sur le canapé ; son bras entoure mes épaules. Il ne me regarde pas mais notre intimité atteint une cime, l'éternité n'est plus très loin. Tout ce bonheur ! J'incline la tête, ses ongles vont et viennent sur mon cou. Oui, tout ce bonheur – ce triste bonheur quand il me dit que sans moi sa vie serait comme l'âme de Van Gogh, à Arles puis à Saint-Rémy et à Auvers.

Plusieurs jours s'écoulent. Je voudrais qu'ils n'aient pas de fin – ou que l'éternité nous surprenne et nous délivre pour de bon. En même temps je trouve étrange et inquiétant qu'il s'attarde sans me dire quand il envisage de rentrer. Il a comme d'habitude sa fille au téléphone, je suppose que son épouse est hospitalisée. Il ne prend plus la peine de s'isoler pour lui parler, c'est moi qui m'éloigne, je ne veux pas être indiscrète. Mon bonheur est précaire ; il ressemble à ces soirs de tiédeur trop lourde qui font craindre l'orage.

Par moments Marcile retrouve son entrain et son humour. Il galèje avec Juliette qui vient une heure chaque matin. Avec son art de susciter les confidences il finit par savoir ce que j'ignorais : le fiancé qui l'a plaquée, celui qu'elle vient de capturer. Un maçon de Mouriès. Il lui dit qu'elle a de la chance d'être aussi belle. Il le dit aussi à Margot, la serveuse du Sully, et à beaucoup d'autres. Juliette l'appelle Marcile, ayant compris depuis longtemps que « monsieur » est réservé aux invités ; elle a dû raconter à la cantonade qu'il y a un homme d'un certain âge dans ma vie, éventuellement dans mon lit. C'est le moins qu'elle puisse imaginer. Dans ses retours d'euphorie Marcile m'accompagne à Maussane, bavarde avec les commerçants, s'installe sur la place de l'église ou près de la fontaine, les deux brasseries ont disposé des tables. Il parcourt *La Provence*. Je sais ce qu'il y cherche : des symptômes concrets de la mutation dont ses livres décrivent les effets. Il explore les faits divers, les rubriques locales, les petites annonces. « Note ça. Châteaurenard. Le bonheur est un droit. Développement personnel. Première séance gratuite. »

De retour à la maison, il écrit sur la terrasse. « Le bonheur est un droit. Bientôt le législateur codifiera ce droit, on saura quelles sortes de bonheur sont autorisées. Qu'est-ce que tu en penses ? » Je pense comme lui que « le meilleur des mondes » se rapproche. Le bonheur est une grâce, ou bien une prise de guerre, pas un droit. Il hoche la tête, ajoute : « C'est un préalable, l'ouverture d'une fenêtre qu'un coup de vent peut refermer. » Je suis bien placée pour le savoir.

S'il n'écrit pas, il lit. Ou plutôt : il relit. Des lettres de Julie de Lespinasse à D'Alembert. « Ce gros con ne la méritait pas. » J'attends qu'il ait terminé le volume pour m'y plonger. Je suis de plus en plus impatiente de m'imbiber comme une éponge, livre par livre, et d'autant plus que, en l'occurrence, il s'agit de lettres d'amour. Ma sympathie est acquise d'avance à cette Lespinasse, mon aversion à D'Alembert.

« Du café ! » Je remplis sa tasse. Il boit trop de café. En revanche il ne boit plus d'alcool. Je vais travailler dans mon bureau, fenêtres ouvertes, je ne le perds pas de vue. Il m'appelle. « Claire, viens ! » Je le rejoins. Il n'a rien de précis à me demander, il veut juste m'avoir à ses côtés. Il écrase sa cigarette dans un cendrier de faïence bleu que je lui ai acheté à Séville. Il n'est pas fétichiste mais, où qu'il soit, il a besoin qu'au moins un objet lui rappelle un souvenir. Il a toujours dans sa valise un marron ramassé autour de la maison près de Varsovie où Chopin a passé son enfance. Il me demande de lui faire encadrer des gravures représentant des lieux qui lui importent, le port de La Rochelle, la cathédrale de Winchester, la maison de Keats à Hampstead, un palais de la via Giulia à Rome.

Il peut arriver que sa main libre se promène sur mon corps, l'autre étant prise par la cigarette. « Va dans ma chambre, j'arrive. » Je ne me fais pas prier. Il finit par arriver, parfois au bout d'une demi-heure. Rien de plus délectable que cette attente sur le lit, presque dénudée, bras en croix, pour une célébration dont le rituel sera immuable. Sa religiosité n'a rien de chrétien, je ne veux pas m'abuser ; cependant je ne puis m'empêcher de penser que le viol ô combien consenti de mon intimité participe d'une offrande nullement anodine. Et que la complicité de Marcile est engagée. Il le sait. Rien à voir avec un « plaisir ».

Après, sa main reste dans la mienne, longtemps. Je me sens capable d'endurer n'importe quel supplice pour lui prouver mon amour, lui certifier mon esclavage. Amour et esclavage se fondent en une ferveur extatique, je voudrais ne plus être que le café qu'il avale, la fumée qu'il inhale, l'écho de sa voix.

Un matin, dans l'une des deux brasseries en face de l'église, il voit sur un clip une jeune athlète australienne danser devant son starting-block, avant le départ d'une course de haies.

— Trouve vite ce clip. C'est toi à vingt ans.

Je trouve le clip sur Internet. L'athlète dispute les championnats du monde junior à Barcelone. Elle se prénomme Michèle. Fraîche et joliment sculptée, tout en sourires. En guise d'échauffement elle se trémousse avec une grâce empreinte de lascivité, salue le public en agitant les mains comme font les marionnettistes. Puis s'élance, avale les haies, gagne la course, embrasse ses concurrentes avec sourire, risque un ultime déhanchement. Ça me rappelle des souvenirs, à la scénographie près car je ne me souciais pas du regard d'autrui. Mais je lui ressemblais, et je ressens une tendresse pour cette adorable gamine dont le clip est déjà célèbre. Sa sensualité émeut Marcile et je sais pourquoi : c'était la mienne. Elle en joue, ça lui rapportera sans doute de l'argent. L'« image ». Encore une victime de l'époque. Consentante mais victime.

— Repasse-moi le clip.

Marcile est debout devant mon ordinateur. Une musique syncopée accompagne les images. Ses paumes se sont posées sur mon cou. Son trouble est le mien.

— Tu as gardé des photos ?

Je vais chercher dans la chambre de ma mère les albums reliés en cuir brun où en bonne anglaise elle avait classé les photos de famille. C'est la première fois qu'il me demande de lui dévoiler mon intimité familiale, je vais lui sacrifier un autre versant de ma pudeur. Il voit Maria et Charles. Il revoit mon père. Une photo prise sur le cours Mirabeau quand ils étaient à Sciences-Po.

— Il était plus beau que moi. Pour la drague je préférais qu'il ne traîne pas dans mes pattes.

Moi à tous les âges. Je suis gênée, je tourne les pages le plus vite possible mais il veut me voir en très petite fille, en communiante, en ado sur ma Vespa. Deux photos seulement en tenue d'athlète, prises par mon père lors d'une compétition à Marseille. Nous étions presque nues. Sur l'une des photos Katya m'adresse un sourire.

— Va dans ta chambre. J'arrive dans dix minutes. Mets-toi dans la même tenue.

Il a voulu une symbiose amoureuse avec le souvenir d'une femme, à Vichy, et notre intimité s'est enrichie d'autant. Il veut étreindre ma propre jeunesse et je vais la lui offrir, ce sera une apothéose de ma dépossession, le miracle d'une étoile qui s'ajoute dans le ciel de mon bonheur, par la grâce d'une presque sosie.

Je trouve un deux-pièces bleu rangé dans mon armoire. Je le revêts. Coup d'œil dans la glace. Je n'ai pas trop changé. Tout narcissisme bu, je me félicite d'avoir continué de m'entraîner, la comparaison avec la jeune Australienne reste plausible. Je chausse les socquettes, lace les pointes. Il aura l'athlète « *live* », en version intégrale. Je l'attends en effectuant des étirements, pour tromper ma gêne et mon impatience. Il entre dans ma chambre. Son regard devait être le même à Chênehutte mais c'était la nuit et j'avais les yeux fermés. Jamais je n'ai éprouvé avec une telle violence le sentiment de ma dépossession – violence, fierté, volupté –, plus rien de moi n'a échappé à son emprise, c'est encore un miracle et peut-être le plus beau d'entre ceux dont il m'a gratifiée.

L'avant-dernier soir il a voulu que nous allions à Arles pour retrouver l'endroit où Van Gogh a pu peindre sa nuit étoilée. Une fête foraine occupe la place Lamartine, des caravanes encombrent le quai mais les étoiles sont là. « Dieu était juste derrière. Quand il l'a perdu de vue, il n'y avait plus que des corbeaux sur le champ de blé, à Auvers. » Comme Marcile je pressens l'invisible devant ce tableau, charnellement, et quand nous sommes au musée d'Orsay, les naturalistes, les impressionnistes, les pointillistes, les nabis me paraissent anodins en comparaison. Tous. Même Gauguin. Même Cézanne, sauf la nature morte aux pommes vertes que Marcile trouve puissante. Mais dans ce tableau l'âme avoue ses limites, l'émotion qu'il procure n'ouvre que sur un absolu strictement pictural. Trop peu pour lui.

Au retour il me parle de Kalf. « C'est l'aristocratisme hautain d'Athos. Ou des messieurs de Port-Royal. Une pureté luxueuse. La beauté va se séparer de Dieu pour devenir un condensé allégorique de la notion d'absolu. Un chant du cygne, plus pathétique que le romantisme parce que moins bavard. L'âme a encore prise sur l'invisible. Avec Chardin, elle perd de son altitude en s'insinuant dans les choses, les pêches, la tabagie, les fraises, c'est juste émouvant. Van Gogh renoue avec le XVIIe. » Il parle en regardant le ciel, un bras sur mon épaule. Je connais ses raccourcis, je comprends sa pensée, aux mots près j'aurais pu exprimer son idée de l'effacement de l'invisible.

La mélancolie dont se teinte mon bonheur est la sienne, il ne se consolera jamais de vivre dans une époque où l'absolu se brade aux étals les plus triviaux. Nous sommes les gardiens d'un cimetière où l'on a bazardé dans une fosse commune la transcendance, la pureté, l'harmonie. Nous : le trio que complète Victor, quand il nous rejoint. Marcile a eu raison de l'associer à nos vadrouilles; ensemble nous avons l'illusion d'être invulnérables, comme les Mousquetaires de Dumas, le livre de référence de Marcile. À ceci près que nous n'avons pas de reine à sauver, pas de cardinal à combattre. Pas d'épées non plus, sauf la plume de Marcile, belle mais dérisoire face aux blindés de l'audiovisuel.

Longue plage de silence. Marcile soupire, me regarde, me dit : « Sans toi la nuit serait très noire. » Ça n'efface pas la mélancolie mais la lave de son amertume; j'ai la certitude que nous serons sauvés. Enfin, la presque certitude.

XXIII

Un matin, après un entretien téléphonique plus long que d'habitude, Marcile m'annonce son départ. Il doit être dans son village le lendemain. Nous devons nous retrouver la semaine suivante, il a programmé une échappée dans le Val de Loire, entre Blois et Saumur. « Nous descendrons à Chênehutte, ça nous rappellera des souvenirs. »

Je devrais me réjouir de retourner dans cet hôtel où ma vie s'est ouverte au bonheur. Une appréhension me taraude. Pourquoi cette hâte à revoir des lieux évocateurs de son passé ? Vichy, c'était Armel ; Biarritz, les rochers et le rugby ; Rome, son épouse, il m'en a fait l'aveu, ce qui en soi est surprenant. « Elle aimait Rome passionnément. » Il en a parlé au passé, comme si elle était morte, pour se reprendre aussitôt. « Elle vit. Si je savais au moins ce qui lui traverse l'esprit. Sans doute presque rien mais il y a une incertitude. Jusqu'à ces derniers mois, elle ébauchait un sourire quand je me penchais vers elle. Ébaucher, c'est trop dire, mais enfin ça ressemblait à l'expression d'un sentiment. Excuse-moi de te raconter ça. »

Sa tragédie, je l'ai prise à mon compte depuis que je suis

son esclave. Il appartient à cette femme, elle souffre, il partage sa souffrance. Je n'oublie jamais de prier pour elle. Que Marcile ait évoqué son malheur est un signe de désarroi, je connais sa pudeur. C'est aussi un gage d'abandon qui me chavire de tendresse. Comment la lui témoigner sans qu'il y perçoive de la compassion, ce qui le blesserait ? Même un geste serait de trop. Notre pacte exclut que je prenne l'initiative, il lui revient de me tenir la main, de me prendre dans ses bras. Il me reste le sourire. J'en use, faute de mieux.

Sur la route d'Avignon, il fredonne, ça me rassure un peu. Il s'émerveille de voir les coquelicots qui ont poussé en abondance sur les champs et les bas-côtés. Ces quelques jours à Maussane semblent l'avoir revigoré. Il n'a pas bu, il a beaucoup dormi, et se déclare plutôt satisfait de ce qu'il a écrit. Il n'a pas emporté sa valise car il arrivera assez tôt à la gare de Lyon pour prendre son train à Austerlitz. Sa fille l'attendra à D. Qu'il laisse des effets dans la maison me réconforte, ça prouve qu'il s'y sent chez lui. Il m'a promis de consulter son médecin. Après tout, me dis-je, il a passé la soixantaine ; à cet âge le corps a des ratés, j'ai tort de m'inquiéter.

Comme d'habitude je l'accompagne sur le quai. Chose nouvelle, il me tient par la main et pose un baiser sur mes lèvres avant de monter dans le wagon. Comme d'habitude j'attends que le train soit parti avec une petite boule dans la gorge. Il m'adresse son sourire d'enfant timide derrière la vitre. Le train s'ébranle.

Dernier baiser, dernier sourire : je n'ai jamais revu Marcile Kalf.

XXIV

Le premier soir il m'appelle de son village pour me demander une note sur la folie du roi George III. Sa voix est fêlée, presque rauque. Il me décrit le paysage qu'il voit de sa fenêtre. « Un peu de vert, beaucoup de bruns. Il pleut, de gros nuages noirs traversent le ciel. Et toi ? » Moi, je travaille pour lui, je pense à lui, je prie pour lui. « Merci Claire. Tu es merveilleuse. » Je raccroche en essayant de l'imaginer dans sa maison, regardant le paysage qu'il m'a décrit sous toutes les saisons.

Plus rien pendant deux jours. Je me ronge d'inquiétude. Marcile m'appelle au moins chaque soir. Il m'a interdit de l'appeler là-bas, sauf en cas d'urgence. Je vais m'y résoudre, il est sûrement malade. Mon portable sonne tôt le matin.

« Claire, je suis hospitalisé. Écoute-moi sans m'interrompre. Ma maladie est incurable, et ça va aller vite. Nous ne nous verrons plus, je ne veux pas que tu me voies décliner. Mais je t'appellerai aussi souvent que je le pourrai. Claire, tu as ensoleillé ma vie. Tu vas encore m'aider, j'en aurai besoin. À demain... »

Des secondes s'écoulent avant que je ne réagisse. C'était bien sa voix, il m'a bien annoncé qu'il va mourir et que je ne le reverrai plus. Je hurle comme un animal aux abois en marchant jusqu'au salon. Je hurle « Non, non ! ». Les larmes me restent sur le cœur, je ne peux pas pleurer. Je regarde avec hébétude le décor derrière la baie vitrée, je vois Marcile accoudé à la balustrade, je le vois assis dans le canapé, cigarette toujours à la verticale entre l'index et le majeur. Il était là, je n'ai pas rêvé. Il reviendra, ou je foutrai le feu à cette maison.

Je vais dans sa chambre où il a laissé son pyjama vert sur le lit, un jean's et un ceinturon sur une chaise, les lettres de Julie de Lespinasse sur sa table de nuit. Je me jette sur ce lit, je me remets à hurler, furie grotesque qui ânonne des supplications. Il reviendra, le pyjama, le jean's, le livre en sont la preuve. Non, il ne reviendra pas, il va mourir, il me l'a dit. Je ne veux pas qu'il meure, je ne peux pas lui survivre.

Je me relève, je vais dans la cuisine, je me prépare un Nespresso avec la machine que j'ai achetée pour qu'il n'ait jamais à attendre. Je prends dans ma chambre un des paquets de cigarettes que j'ai toujours en réserve, pour lui. Je fume une, deux, trois cigarettes. L'idée me vient à l'esprit que je dois mourir avec lui ; elle me procure un bref apaisement. S'il meurt je me suiciderai, c'est logique : ma vie n'est que l'ombre de la sienne. Mais avant qu'il ne meure, je veux le revoir. Je le reverrai. Il reviendra ici. Nous irons à Chênehutte. Je le soignerai. Les hôpitaux de Marseille sont sûrement meilleurs que ceux de sa région. Il ne peut pas mourir, des médecins ont dû lui dire des conneries.

La porte s'ouvre. C'est Juliette. Je cherche dans un tiroir des lunettes de soleil, il ne faut pas qu'elle voie mon visage défait. Mon orgueil imbécile. Elle me demande si tout va bien, je lui réponds que j'ai mal dormi. Je m'enferme dans ma chambre. J'en ressors pour lui dire de ne pas laver les effets de Marcile. Je veux qu'ils restent en l'état, son pyjama sur son lit, son jean's et son ceinturon sur la chaise, les lettres de Julie de Lespinasse sur la table de nuit. Elle me dévisage en fronçant les sourcils.

— Vous êtes malade, Claire ?

— Non, Juliette, juste fatiguée.

J'enfile une jupe et une veste, je prends mon sac et m'enfuis à pied. Si je reste dans cette maison je vais devenir folle. Je marche sur la route. Un automobiliste s'arrête, me propose de me véhiculer. Gueule de dragueur montée sur 4 × 4 avec un col ouvert et une barbe de trois jours. « Merci, je n'ai besoin de rien. »

Pas un nuage dans le ciel, pas de mistral, la Provence comme les touristes la veulent et comme elle a appris à se vendre. Je me précipite dans l'église, m'agenouille devant le saint sacrement. Pourquoi m'avoir abandonnée ? Pourquoi lui et pas moi ? Le reverrai-je ? Où, comment ? Mon père, ma mère ont fait escale dans cette église, avant le cimetière, et je savais que nous nous reverrions. Je ne sais plus, j'ai peur de perdre la foi. L'éternité avec Marcile, ou rien ? À défaut de réponse je prends conscience de l'énormité de mon égoïsme. Je me lamente lâchement alors que Marcile souffre dans un hôpital. C'est lui qui compte, pas moi. Je l'aiderai de mon mieux. S'il meurt, je me suiciderai, Dieu nous accueillera, quoi que proscrive son Église.

Je sors, appelle Audibert sur mon portable. C'est notre médecin depuis mon enfance. Je lui demande de me recevoir entre deux patients, ça lui prendra une minute. Son cabinet donne sur la rue principale, je croise le patron du Clos Saint-Roch qui doit s'étonner de me voir avec ces lunettes noires de starlette. Audibert me reçoit. Je lui dis que je vis une épreuve personnelle, que j'ai besoin de neuroleptiques. Il me prescrit du Prozac sans me demander de quoi il s'agit. Même discrétion de Muriel, la pharmacienne, une sexagénaire qui se néglige depuis que son mari s'est fait la malle avec sa préparatrice. Elle se console avec le bridge et le whisky. Marcile va se faire la malle avec la mort, et rien ne me consolera.

Je rentre à la maison. Juliette est partie. J'avale un comprimé, je fume des cigarettes, assise sur le canapé, dans un état de prostration qui laisse la pensée s'égoutter en points d'interrogation. De quel mal est-il atteint ? Sans doute une forme de cancer. Qui le soignera ? Si j'avais le numéro de sa fille, j'oserais l'appeler, elle comprendrait. Non, je ne pourrais pas, il a voulu cette frontière entre sa vie là-bas et la nôtre. Depuis quand sait-il qu'il est condamné ? Probablement depuis qu'il a souhaité admettre Victor dans notre intimité, ça explique aussi son désir de revoir avec moi des lieux chargés de souvenirs. Nous sommes revenus à Trouville, il voulait retourner à Chênehutte. M'aurait-il déclaré son amour s'il n'avait pas su que le temps lui était compté ? Son mal est-il vraiment irrémédiable ? On entend dire que parfois des métastases régressent. Pourquoi n'irait-il pas à Lourdes ? Moi, je retournerai à Nevers, pour prier Bernadette de le guérir. Elle comprendra qu'il ne doit pas mourir.

Deux jours sans rien manger. J'attends qu'il m'appelle. Prozac, café, cigarettes. Juliette a compris que je suis en piteux état, elle fait son travail en évitant de me croiser. Je l'évite aussi, je suis incapable de la regarder en face, encore plus incapable de lui adresser la parole. Je me douche machinalement en éprouvant du dégoût pour ce corps désormais sans emploi puisqu'il n'a jamais existé que pour lui.

Marcile m'appelle dans l'après-midi. Sa voix, enfin. Il vient de rentrer chez lui. Son traitement le fatigue mais il veut finir son livre.

— Tu le taperas.

Il n'a plus besoin de notes, seulement des livres. La liste qu'il énumère ne laisse aucun doute, il se prépare à la mort.

— Laisse-moi venir te voir, Marcile.

— Non. Je me dégrade de jour en jour.

— Mais je me fous de ton physique.

— Non, Claire, ça me rendrait malheureux. Aide-moi. Ta présence, je l'ai, c'est avec toi que j'irai… tu me comprends. C'est grâce à toi que j'espère.

— Moi aussi j'espère. Marcile, si tu quittes ce monde, je veux te suivre.

— Tu dis des conneries. Envoie-moi les livres que je

te demande. Pense à la *Nuit étoilée*. Derrière les étoiles, il y aura, il y a déjà toi et moi. Je t'appellerai demain.

Il raccroche. Je n'ai plus la force de hurler. Je ferme les yeux, je nous revois scène après scène, depuis le premier baiser sur une route à Chênehutte, jusqu'au dernier en gare d'Avignon.

Il me rappelle tous les jours, sauf s'il subit un traitement à l'hôpital. Il a fini par me dire lequel. « Ma fille s'est renseignée, je suis aussi bien soigné que possible. » Avant de raccrocher il m'offre le plus beau des cadeaux : les prénoms de son épouse, de sa fille et de ses deux petits-enfants. Ça me rapproche de lui.

Je vis au rythme de ses appels, rien d'autre n'cxiste que sa voix. Il se sait condamné depuis deux années, mais on lui promettait une rémission qui pouvait être de longue durée. Son état s'est aggravé brusquement. Il le savait déjà à Nice, il espérait toutefois avoir le temps de revoir Chênehutte avec moi. Il me demande de renoncer au Prozac. « Ton corps m'appartient. Ne l'abîme pas. » Je lui obéis, je me contente de fumer « ses » cigarettes, c'est encore une façon de me raccrocher à lui. Juliette a-t-elle compris pourquoi je refuse qu'elle fasse « sa » chambre ? Peu importe, je l'ai fermée à clef et je garde la clef dans mon sac. Le pyjama doit rester sur son lit, le jean's sur la chaise avec le ceinturon, le livre sur la table de nuit. Je vais à l'église, je fais quelques courses et, le reste du temps, je m'étale sur le canapé, je ferme les yeux et je laisse défiler les images de mon bonheur avec Marcile. Plus que le bonheur : la plénitude dans la même espérance.

Il ne veut pas que j'alerte Victor. « Le trio, c'était bien, mais je préfère le tenir à l'écart. Il s'occupera de mon livre. Avec toi bien sûr. » Au fil des jours sa voix est plus fluette. Il n'a pas perdu son humour mais sa pensée se polarise sur notre avenir, après – et il inclut son épouse. Il a parlé de moi à sa fille. « Tu la verras peut-être un jour. » C'est une joie triste, une joie malgré tout de savoir qu'un lien se noue à distance entre elle et moi. Je suppose qu'il n'est pas constamment alité puisqu'il continue de me décrire le paysage vu de sa fenêtre. L'hiver s'en va, les arbres commencent à reverdir, les camélias à s'ouvrir. « Rose très pâle. Il y a aussi le jaune éclatant des jonquilles, celui plus mat du forsythia, les mauves et les blancs des primevères. Hier soir j'ai entendu le chant du coucou. Un milan plane au-dessus de l'étang. Ce matin, j'ai vu le premier papillon. » Il ne se plaint jamais de son sort, m'exhorte à aller me promener.

Puis ses appels se font intermittents, et parfois il raccroche brusquement, je sens qu'il n'a plus la force de me parler. Il va mourir. Bientôt. J'ai cessé de croire à une guérison. Je veux le revoir. J'en ai le droit. Sa fille comprendra.

Un jour, ayant vainement attendu son appel toute la matinée, je prends ma voiture et je me retrouve sur l'autoroute A6. Je vais le revoir ; une euphorie à vrai dire lugubre m'envahit. Je commets une folie, je m'en fous, je me fous de tout, seul importe l'espoir de revoir Marcile. Pas l'espoir : la nécessité.

À Valence, ma conscience se réveille : il faut au moins le prévenir. Je m'arrête, je compose son numéro, le cœur battant. Va-t-il décrocher ? Est-il chez lui ou à l'hôpital ? J'ai presque envie qu'il ne réponde pas. Il décroche.

— Marcile, c'est moi. Je veux te voir. Je suis sur l'autoroute. Il va...

Il m'interrompt sèchement :

— Claire, je t'interdis de venir. Rentre à Maussane.

— Mais c'est trop cruel, Marcile. Tu es toute ma vie, j'ai le droit de te voir.

— Tu n'as aucun droit. Rentre à Maussane. C'est un ordre. Tu as prêté serment.

— Je t'obéis. Pardonne-moi...

Il a raison, j'ai prêté serment, je me déshonorerais en lui désobéissant, notre pacte est sacré. Je reprends l'autoroute dans l'autre sens. En voyant le rocher de Crussol, je me souviens de l'avoir escaladé avec mon père, dans une aube de ma vie. Elle est finie, ma vie. C'était l'année du second bac, je rêvais au grand amour, comme toutes les filles de mon âge. Dieu m'a exaucée, au-delà de mes espérances. Il me le fait payer trop cher, je n'aurai pas la force de le supporter ; pour un peu je le maudirais.

À peine suis-je rentrée à Maussane, le téléphone sonne. Le fixe. C'est Marcile, il veut s'assurer que je ne lui ai pas désobéi.

— Merci, Claire. Moi aussi j'aurais aimé te revoir. Ça sera pour plus tard.

Il est mourant, je le sens au timbre de sa voix et aussi à ses mots d'amour. Il était capable de tendresse, pas de sentimentalisme. Ou alors il le cachait bien. Il ne cache plus rien, m'assure avoir « presque » retrouvé la foi de son enfance. Presque : il doute encore. Je ne veux pas douter. Je passe des heures dans l'église, en restant au fond de la nef pour pouvoir sortir vite, si mon portable sonne. Un matin je reprends l'autoroute, je la quitte à Auxerre et je vais prier à Nevers devant le corps embaumé de Bernadette. Je lui tiens compagnie jusqu'à la nuit. Il me semble qu'elle a esquissé un sourire à mon intention mais je ne veux pas fabuler, c'est peut-être la fatigue ; je dors si peu. Néanmoins je rentre à Maussane le cœur presque serein.

Peu de jours avant la fin, il m'appelle un soir, tard, pour me dire qu'après sa mort je serai relevée de mon serment.

— Tu choisiras, Claire. Tu es jeune. Nous connaîtrons l'épilogue de notre pacte. J'y puise toute mon espérance. En attendant, tu peux reprendre ta liberté.

Il a raccroché. Je suis folle de colère. Pour la première fois, cet homme qui m'a toujours respectée m'inflige la pire des humiliations. J'hésite à le rappeler, je pense à son état, il va mourir. En quoi lui ai-je manqué ? Il me connaît : j'ai prêté serment, je suis incapable de renier ma parole. C'est peut-être mon orgueil atavique mais je suis aussi meurtrie que si un inconnu avait essayé de me violer. Toute la nuit je ressasse ses paroles. Il ne m'appelle jamais aussi tard, ça devait le tarauder. « Tu es jeune. » Comme si mon âge pouvait entrer en ligne de compte. L'argument est indigne de lui. « Tu choisiras. » Notre pacte justement implique que je n'aie plus à choisir, jamais. C'est son affaire. « Tu peux reprendre ta liberté. »

Non, Marcile, je ne peux pas. D'ailleurs, si je le pouvais, je ne le voudrais pas. La liberté que tu as l'air de me balancer comme un os à un chien, je n'en ai rien à foutre.

Il me rappelle le lendemain matin. Je ne le laisse pas parler, je suis trop ulcérée.

— Tu m'as blessée, Marcile. Sous prétexte que tu vas peut-être quitter ce monde avant moi, tu imagines et tu acceptes l'hypothèse d'un reniement de ma parole. Je ne mérite pas cette humiliation. Je t'appartiens à tout jamais, tu n'as pas le droit de te défausser de ta responsabilité.

Il a semblé émettre un soupir. Ou un sourire, comment savoir ?

— J'ai eu tort de penser qu'il était de mon devoir de te laisser le choix. Pardonne-moi.

— Tu es mon maître, je n'ai pas à te pardonner. Mais l'échéance du pacte, ou plutôt son apothéose, c'est à la mort du survivant, pas avant. Je te demande de retirer ce que tu m'as dit hier.

— Tu as raison. Je retire. Va prier pour moi, je suis au bout de mon rouleau. Pas du nôtre. Tu me comprends...

L'appel suivant, il n'a presque plus de voix. « Je ne pense qu'à toi. N'assiste pas à mes obsèques mais viens sur ma tombe, seule, quelques jours après. »

Je suis en larmes. Ce qui me reste de pensée invoque ce village que je ne peux même pas imaginer. Il a neigé là-bas, il me l'a dit lors d'un de ses appels qui sont assez fréquents mais ne durent parfois qu'une poignée de secondes. Il arrive que son propos soit décousu. Il voit un geai sur un cerisier. Il entend sonner l'angélus. Pourquoi n'irais-je pas dans ce village ? Je ne peux pas sans son aval, ce serait une trahison et je n'ose le lui demander, j'ai peur d'ajouter à sa souffrance. La mienne ne compte pas, je ne serais qu'une épave des plus banales sans ces moments de douceur, dans l'église, où je crois comprendre que sa mort est l'étape obligée d'un cheminement mystérieux. Sa mort, donc la mienne. Déjà je m'absente de mon corps, je ne ressens plus que des émotions animales, le chaud, le froid, la peur, la nausée. C'est juste l'instinct qui me dicte de me laver, de me vêtir, de grignoter quelques fruits. Je fume « ses » cigarettes.

J'ai prié Juliette de ne plus venir : impossible de supporter sa présence, sa sollicitude, la perplexité que je lis dans son regard. Tout le monde à Maussane doit savoir que l'amant de Claire ne vient plus et que ça la rend dingue. Aucune importance. Plus rien n'a d'importance. Cette maison était la sienne après la mort de ma mère. Il n'y viendra plus, elle n'existe plus. Sauf « sa » chambre. Un pyjama vert pâle, un jean's et son gros ceinturon, cadeau de sa fille, un recueil des lettres d'une amoureuse : nature morte dont Van Gogh aurait su exprimer ce qu'elle recèle de détresse. Pire que la détresse et pourtant j'ouvre la porte dix fois par jour, je regarde entre mes larmes ce qu'il me reste de lui.

Chacun de ses appels pouvant être le dernier, la douleur est trop forte quand il raccroche, je hurle son prénom, je me jette sur son lit. Mon portable sonne, une joie m'envahit – joie sinistre, joie tout de même, c'est lui. « L'angélus vient de sonner, j'ai ton visage en face de moi. » Ou bien : « Mon livre est fini. Tu le taperas. » Ou bien : « Le cerisier est en fleur. » Une fois « le ciel étoilé », une fois « À bientôt » et c'est la dernière, son filet de voix est presque inaudible.

Plus rien. Des jours, des nuits, du café, des cigarettes. Des larmes, encore des larmes. Je n'ai envie que de mourir. Je n'ai pas une photo de lui, il ne voulait pas que je le prenne avec mon portable mais j'ai gardé le compte rendu de sa conférence à Lausanne, paru dans un journal suisse. Une photo le campe sur l'estrade, costumé, avec les lunettes qu'il chaussait pour lire. C'est lui et pas lui. C'est moins lui que le pyjama vert, le jean, le ceinturon et le livre. Moins lui que ses propres livres, tous empilés sur ma table de chevet. Moins lui que les images enchantées de notre vie depuis Chênehutte. Il avait projeté ce voyage en pensant que ce serait le dernier. J'irai à Chênehutte, me dis-je, prostrée sur le divan, et la seule évocation de ce mot fait revenir les larmes. Pleurer, mon seul recours. Pleurer et prier, ça se confond dans des combles de désespoir.

XXV

Victor m'appelle. Je sais pourquoi. Je raccroche, cours à l'église. Marcile est mort. J'essaie de prier, j'en suis incapable : des sanglots ne sont pas une prière. Même ces derniers jours, j'ai espéré un miracle. Dieu n'a pas voulu. Ou pas pu. Soit il n'existe pas, soit il se fout de sa Création, soit nous allons nous rejoindre. Le plus tôt sera le mieux. Marcile est mort. Il vit en moi, mais moi, c'est moins que rien. Marcile est mort, pas moi : quelle absurdité !

En remontant je fais un détour par le cimetière. Mon père est là, ma mère aussi. Je leur demande de m'aider et, curieusement, j'éprouve devant notre tombe une sorte d'apaisement. Je les y rejoindrai, mon père a vu grand, il reste quatre places. Lorsqu'il l'a achetée il pensait que peut-être j'aurais des enfants. Je n'en aurai pas, l'engeance s'éteindra. Je vais me suicider, il n'y a pas d'autre issue. Si Dieu existe, il comprendra. S'il n'existe pas, nous aurons sauvé l'honneur du christianisme en misant notre espérance sur l'éternité de nos âmes. Je quitte à regret ce cimetière enclos dans une muraille de cyprès où Marcile m'a accompagnée plusieurs fois. Il avait noté que sur le monument aux morts, outre la liste des morts de 14-18 et celle de 39-45, figurait celle de 70-71. Douze noms.

Je rentre à la maison, je rappelle Victor. Il ne savait rien, il se demandait pourquoi Marcile ne le contactait plus. C'est sa fille qui lui a annoncé la mort de son père. Marcile a laissé une lettre pour lui. Il a souhaité que Victor assiste aux obsèques. Il est trop ému pour s'épancher et tant mieux, je n'ai pas envie de parler, même à lui qui était devenu notre frère. Ou notre miroir, je ne sais plus.

Marcile est mort. Il y a en moi un tel vide que je me sens capable de régler mes affaires. L'argent qui reste sur notre compte joint ira à sa fille. Acceptera-t-elle que je lui lègue mes biens ? Sans le dire à Marcile j'avais rédigé et déposé chez le notaire un testament en sa faveur. C'était le pacte : moi toute à lui, corps et biens. Tu es mort, Marcile, mais ton esclave ne trahira pas son serment. J'écris une lettre de démission au président de l'université d'Aix : je ne veux plus enseigner. L'histoire de l'art aura été mon refuge, puis le bel ornement de notre complicité. Elle ne peut plus rien m'apporter. Elle n'a pas sauvé Van Gogh.

Sans Marcile, vivre serait un simulacre grotesque et à terme déshonorant. J'irai le saluer sur sa tombe, comme il me l'a demandé. Je ne pense qu'à ce voyage, je m'y prépare, je le désire, je le redoute. Après, rideau. Me noyer dans la Loire à Chênehutte serait bien mais il n'est pas sûr qu'on retrouve mon corps et je ne le vois pas ailleurs qu'aux côtés de mes parents. Tant pis pour le romanesque : barbituriques à Chênehutte, c'est l'expédient le plus sûr. Je les avalerai sur la terrasse où il m'a dit : « C'est oui. » J'irai mourir dans la chambre où mon corps s'est offert à lui. Mon corps, mon cœur, mon esprit, mon âme. Tout. Auparavant je serai allée remercier saint Martin dans la basilique de Candes.

Victor me rappelle. Il a assisté aux obsèques. Je lui demande de me faire grâce d'un récit circonstancié. La fille de Marcile lui a remis la lettre et le manuscrit. Il l'a déjà lu et estime que c'est le meilleur livre de Marcile. « À la fois pénétrant comme la lame d'une dague et plein d'une douceur très poétique. Médiéval orné de baroque. Marcile me demande de vous envoyer le manuscrit pour que vous le tapiez. Je viens de le poster, avec une copie de sa lettre »... Il hésite. « Vous verrez, il me demande de... enfin, de prendre soin de vous. Je viendrai vous voir dès que vous le souhaiterez. »

Je le remercie. Je le verrai avant de mourir. « Il est des nôtres », disait Marcile.

Son colis arrive le surlendemain. La lettre est d'une concision pascalienne. Je lis le manuscrit, j'y retrouve, superbement élaguées et mises en perspective, des notations que Marcile me demandait de relever. Je le lis sur le canapé ; c'est tellement lui que je crois sentir sa présence à mes côtés. Sa présence physique, ses mains, son visage, ses yeux marron, ses incisives sur sa lèvre. Il y a plusieurs passages sur l'amour – le vrai, le nôtre – et malgré son extrême pudeur, des ébauches de portraits où je me reconnais. C'est son cadeau d'adieu, il a le goût de mes larmes. C'est son écriture – toujours au Bic noir –, certains mots soulignés que je devrai mettre en italique. Je le revois penché sur son cahier de brouillon. Moi qui ne savais pas pleurer avant lui, je ne suis qu'une coulée de larmes ; je tape une phrase, je m'essuie les yeux. Je tape une autre phrase, et ce que j'éprouve ressemble à du bonheur. Triste, désespéré – mais un reste de bonheur parce que c'est lui.

Il pleut sur l'autoroute A6. Pluie d'hiver, lancinante, le printemps se refuse à moi. Je me suis habillée comme à Chênehutte, tout en vert. Il m'aimait en vert. J'écoute « ses » sonates de Haydn. « C'est Vienne, juste avant la grande névrose. » Il me revient qu'à Valence Marcile m'avait ordonné de retourner à Maussane. Cette fois-ci je vais enfin dans son village, conformément à son désir. Je ne lui ai jamais désobéi. Je suis une loque mais j'ai la conscience tranquille.

Il pleut sur l'autoroute A71 qui serpente sur les monts du Forez. Il pleut sur l'A89 qui longe les volcans d'Auvergne chapeautés de neige. Je roule vite, j'ai peur d'être surprise par la nuit. Une route traverse des plateaux noyés dans le brouillard. Des villages gris semblent pétrifiés. La route descend une gorge encaissée, remonte en lacets sur un autre plateau ; enfin je lis sur un panneau le nom de son village. J'ai peur de l'aborder, j'ai l'impression de violer une frontière clandestine.

J'irai d'abord au cimetière, Victor m'a expliqué où se trouve la tombe. Le brouillard s'estompe, j'aperçois un clocher (« trapu », disait-il), des toits gris de lauzes rameutés comme des brebis autour de leur berger. Une sculpture naïve, abrégée d'un Christ en majesté, égaie le portail de l'église. Son église, son village (« éperdu de mélancolie », disait-il). Une petite route bombée, le cimetière adossé à un bois de chênes et de bouleaux.

Je me gare dans un chemin creux, je ne veux pas être vue. Je serre les dents, je tremble. Le portail du cimetière émet une plainte sourde. Le caveau est au bout de la forêt de croix. Je lis le nom de sa famille, je vois des gerbes de fleurs et pas de couronnes. Un caveau de marbre gris. Je lui parle à voix basse. Marcile, fais-moi savoir que tu ne m'as pas abandonnée. Par pitié, un mot, un signe, je comprendrai.

Rien. Le bruit du vent dans les arbres. Je ne peux pas pleurer. Je pose ma main sur le froid du marbre. Rien. J'ai peur. J'ai froid. Je me signe, j'attends. Rien.

Je sors du cimetière, anéantie. Je reprends ma voiture, je me retrouve sur la place. Personne. Je voudrais entrer dans l'église mais elle est fermée. Je me décide à prendre la route qui au détour d'un virage longe le mur de sa propriété. Je vois sa maison. Des lumières sont allumées, son épouse doit être là, avec sa fille. Une belle maison, granit et lauzes, avec un toit à quatre pans, deux cheminées, un fournil attenant, une grange au fond du parc. Si j'osais… J'avance sur la route, je vois l'arrière de la maison. Son bureau – ou sa chambre – donne sur le paysage qui se déploie, le pré, les forêts, la brume blanchâtre qui stagne au-dessus de la gorge. Beauté austère. Des verts, des bruns, des gris. Le jaune d'un massif de jonquilles. Les taches blanches sur le cerisier. Qui aurait pu peindre cela ? Il se le demandait, ne trouvait pas la réponse. Je l'imagine devant ce morceau de paysage, une cigarette dans la main gauche, la droite tenant le portable avec lequel il m'appelait.

Je retraverse la place de l'église, je reviens au cimetière. Marcile est dans ce caveau. Quel théologien a écrit qu'il y aura encore du temps dans l'éternité, puisque aussi bien, il y a déjà de l'éternité dans le temps ? Il citait souvent cette réflexion. Je suis dans le temps, Marcile. L'éternité, c'est toi. Il t'incombe de m'y accueillir, je n'ai plus rien à foutre ici.

Soudain les cloches se mettent à sonner. C'est l'angélus du soir. Soudain il vient à moi, au plus profond de moi, le temps s'est aboli, nous sommes d'un seul tenant bien que lui sous le caveau et moi en larmes, les bras, le front sur la froidure du marbre. Lui et moi unis comme il se doit, et je vois son visage, et j'entends le son de sa voix, sans comprendre ce qu'il me dit mais je sais qu'il nous sauvera.

XXVI

Un vieux prêtre me convainc de renoncer au suicide, en invoquant le sens de l'honneur. L'argument fait mouche : l'honneur, c'est tout ce qui me reste. Le catholicisme est en perdition face aux assauts de ce mixte de panthéisme et d'épicurisme si bien décrypté par Marcile ; ce serait lâche de trahir l'Église. Ce prêtre me connaît depuis mon enfance, il officiait dans notre paroisse quand j'ai fait ma communion solennelle. Ma mère le recevait souvent, il l'a assistée au début de sa maladie. Si j'excepte Victor, il est le seul au monde à connaître mes liens avec Marcile, je ne lui ai rien caché.

Je ne peux pas me suicider. Encore moins vivre sans Marcile. La vie est un bocal de verre opaque, je m'agite dedans, insecte dérisoire. Je vais à Chênehutte et m'étonne d'être aussi peu émue. C'est le même début de printemps, le même village, je prends la même chambre, je dîne à la même table et je marche sur le même chemin bordé d'aubépines et de noisetiers. Le chemin de nos premiers baisers. Mais je suis seule sur ce chemin, seule à ma table, seule dans ma chambre et seule le lendemain dans la basilique de Candes. Je regarde la Loire couler entre ses îles. Ses langueurs sont admirables, elle a inspiré Turner puis Constable, mais l'âme de Marcile n'est pas plus ici qu'ailleurs. Plutôt moins qu'à Maussane où au moins j'ai le pyjama vert, le jean's, le ceinturon, le livre – et cette terrasse d'où je vois le paysage avec son regard et celui de Van Gogh, quand le mistral s'est levé. À Chênehutte, à Candes, à Blois, à Beaugency, je pleure mais je suis lasse de provoquer ces larmes, ça devient mécanique : un souvenir, des larmes. Elles ont un goût de passé composé, décomposé, recomposé, antérieur, et je veux vivre avec Marcile au présent de l'éternité. La nostalgie : trop peu pour moi. Pour nous. Marcile en signale les limites dans tous ses livres.

Alors, je me replie à Maussane. Mon beau village redevient le giron de mon enfance, je ne le quitte plus. Je prie, je commence à entrevoir une issue. Elle ne peut être que radicale, je ne suis pas née pour la demi-mesure. Je revois le prêtre, il me conseille de prendre mon temps avant de décider. C'est facile : le temps n'a plus de consistance, il stagne, les jours se succèdent, je ne les sens pas couler.

Victor m'appelle. Il a rencontré la fille de Marcile à Paris où elle récupère les affaires de son père, pour mettre l'appartement en location. Elle souhaite me voir. « Vous l'apprécierez. Elle va vous appeler dans les jours qui viennent. » Dès lors j'attends cet appel avec la même fébrilité ou presque que si c'était Marcile. Elle est sa fille, il l'aimait, il l'admirait. Je ne sais rien d'elle, sinon qu'elle s'appelle Hélène et s'occupe de sa mère depuis vingt ans ou davantage avec un dévouement de religieuse. Victor aimerait me revoir. Il m'a idéalisée, je l'intimide encore un peu, il s'excuse presque d'avoir partagé notre secret.

« Vous viendrez Victor. Attendez encore un peu, je suis trop... perturbée. » Le mot n'est pas le bon mais les mots justes, c'était du ressort de Marcile, je n'ai jamais su les trouver.

La voix d'Hélène dans le portable. Très douce. Je suis bouleversée, c'est la voix de sa fille, elle m'appelle de son village, de sa maison.

— Je ne veux pas vous déranger. Vous êtes plus malheureuse que moi. Je sais ce que vous représentiez pour mon père. J'aimerais vous rencontrer, je crois qu'il le souhaitait.

— Oui, voyons-nous. Où vous voulez, je suis libre.

J'ai failli ajouter « libre à en crever ». Elle propose Paris, nous convenons d'un jour. Elle propose le Sully, je dis oui, je la remercie, je raccroche.

Paris sans Marcile. Il aimait la vue de l'île Saint-Louis et du chevet de Notre-Dame depuis le pont Sully. Il aimait le square au bout de l'île où a été érigée une stèle à la mémoire de Barye. Il aimait voir la garde républicaine à cheval et en tenue d'apparat sortir de la caserne sur le boulevard Henri-IV, c'était son côté enfantin.

Il aimait le patron du Sully et surtout Margot, la serveuse, aux jupes mini, dont les cheveux changeaient de couleur tous les mois. Elle me reconnaît, m'adresse un sourire navré. Hélène est assise sur une banquette devant une tasse de café, presque seule dans la brasserie.

Sa beauté est limpide. Brune, peau mate, cheveux mi-longs. Des yeux noirs, un sourire timide. Robe de coton bleu marine, gilet coordonné, une croix en pendentif. Je sais déjà qu'entre elle et moi il n'y aura pas de dissonance. Nous nous serrons la main.

— Merci d'être venue. Il y a longtemps qu'on aurait dû se connaître. Je me demande pourquoi il ne voulait pas... Il était si secret. Je ne veux pas être indiscrète mais si vous voulez me dire... enfin, quelque chose de sa vie avec vous.

Son sourire est encore timide, mais ouvert et déjà confiant.

— Après tout, si je mets ma mère à part, nous sommes les deux femmes de sa vie.

Je lui raconte. Pas le pacte. L'amour absolu. Le bonheur fou. Mon petit rôle à ses côtés. Elle se souvient d'avoir vu mon père, une fois. Sans savoir qu'il était mon père. Je raconte avec des mots de tous les jours, les seuls que je sache à peu près manier. Sa quête, ma foi, notre connivence.

— Je suis heureuse d'apprendre cela. Vous étiez l'inconnue qui envoyait des livres, des mails et ses billets de train. Le dernier mois, il m'a parlé de vous. Il voulait que je partage... Je cherche le mot. Je ne suis pas très habile avec les mots.

— Moi non plus. C'est le dernier mois aussi qu'il m'a fait un cadeau inestimable : votre prénom, celui de votre mère et de vos enfants.

Ses yeux s'embuent, les miens sont déjà pleins de larmes.

— Il avait trente ans et moi cinq quand s'est déclarée la maladie de ma mère. L'évolution a été si rapide. Nous avons vécu avec ça...

C'est son tour de raconter sa vie. Paris jusqu'à onze ans, puis le village car sa mère voulait y revenir. Lycée dans la sous-préfecture, fac de lettres à Toulouse. Elle a obtenu un Capes, a pu trouver un poste dans une école privée de la même sous-préfecture. Son mari est centralien. Il a accepté de vivre là-bas, avec un emploi de cadre dans une cartonnerie. Elle trouve les livres de son père d'une lucidité un peu désespérante.

— Il n'a jamais aimé le monde dans lequel nous vivons. Moi non plus, mais je m'en accommode. Je suis croyante. Lui, ça dépendait, vous le savez sans doute mieux que moi. Je ne suis pas une intellectuelle. Je voudrais vous donner une photo.

Elle sort une photo en noir et blanc de son sac. Marcile très jeune, souriant, une femme superbe à ses côtés. Brune, cheveux longs en désordre. Sa femme.

— Merci. C'est émouvant pour moi de le découvrir avec votre mère.

J'aborde la question de l'héritage, sans préciser ce que j'entends faire de ma vie. Enfin de ce qu'il en reste. Je suis seule, sans famille, je souhaite lui léguer tout ce que je possède. Elle est surprise. Elle ne veut rien accepter, même pas la part qui lui revient sur notre compte joint. Elle n'est pas riche, son mari non plus, mais ils ont les moyens d'élever leurs enfants et de soigner sa mère. Elle gardera la maison de famille, qui vient du père de Marcile, elle vendra peut-être l'appartement. Elle s'étonne que je ne le connaisse pas.

— Si j'avais su. Les déménageurs sont venus la semaine dernière. J'ai tout fait emballer, je ne veux rien jeter. Il y a des tableaux que je trouve beaux mais je n'y connais rien. Vous viendrez ?

— Je ne crois pas. Je suis allée sur sa tombe, j'ai vu votre maison. C'est votre univers, celui qu'il a partagé avec votre mère, je me sentirais une intruse... Mais j'avais envie de vous connaître, depuis longtemps.

Elle évoque ses grands-parents, du côté de Marcile. Son père enraciné dans le village et la propriété ; sa mère bourguignonne, fille de vignerons de Givry. L'épouse de Marcile est normande par son père, italienne par sa mère. Comme Maria.

Nous allons nous séparer. J'essaie de retenir mes larmes en lui remettant un sac qui contient le pyjama, le jean's, le ceinturon et le livre. Il fallait que je fasse ce dernier sacrifice, Dieu sait qu'il me coûte.

Nous nous embrassons sur le trottoir du boulevard Morland.

— Appelez-moi quand vous voudrez. Si vous changez d'avis vous serez la bienvenue.

Je traverse le pont Sully, je pousse la porte du square, j'en fais le tour. Une rame de métro passe sur le pont d'Austerlitz. C'est la gare où il prenait ses trains, il y allait à pied depuis son appartement.

J'ai garé ma voiture dans la rue de Poissy, tout près de chez Victor. J'hésite. Pas maintenant. Je sors de Paris par la porte de Bercy, je sais que je n'y reviendrai jamais.

Six mois plus tard, j'ai trouvé la sérénité. J'ai rencontré la seule personne qui lira ces pages – et ensuite les détruira je suppose. J'ai fait mon choix, en mon âme et conscience. L'été approche. Le moment est venu de téléphoner à Victor. Il m'appelle souvent. Il vient d'épouser Suzanne, son ancienne secrétaire, son amante au long cours. « Quatre témoins à la mairie du 12e et un repas à la Rotonde. Marcile aimait bien cette brasserie. J'ai pensé à vous toute la soirée. À vous et à lui. » Les Éditions de la Mirandole s'apprêtaient à le congédier quand il a dégainé sa seule arme : le manuscrit de Marcile. Il paraîtra en novembre et Victor pourra poursuivre sa collection. « Je veux publier une biographie de Willem Kalf, vous comprenez pourquoi. Le patron est ravi. Marcile ou Willem, Kalf est vendeur, il ne voit que ça. »

Je l'appelle chez lui pour l'inviter à passer un week-end à Maussane. La première fois, il a été surpris. Il le sera encore.

Le récit de Victor

XXVII

Claire m'a appelé un soir pour m'inviter à Maussane. « Il fait beau, nous dînerons sur la terrasse, ça nous rappellera des souvenirs. » Sa voix était posée, presque enjouée. D'habitude c'était moi qui l'appelais. J'espérais la revoir mais elle n'avait pas l'air de le souhaiter. Elle semblait avoir retrouvé un peu de sa joie de vivre. Elle avait été heureuse de rencontrer la fille de Marcile, que j'ai revue depuis, pour le contrat, et qui a trouvé Claire admirable. Je savais qu'elles se comprendraient.

J'étais ému de parcourir les mêmes paysages entre Avignon et Maussane, sous le même ciel limpide. J'ai pensé à Van Gogh. Marcile évoquait souvent ses nuits étoilées, celle sur le Rhône avec les deux personnages, celle avec le clocher et le village. Ces toiles étaient l'illustration grandiose et pathétique de tous ses livres. La dernière fois, au musée d'Orsay, il était monté directement à l'étage des post-impressionnistes où se trouve le tableau. Je le revois prenant des notes à la terrasse d'une brasserie de la rue de Solférino. « Le protestantisme batave l'a rétamé. Les autoportraits de Rembrandt prouvent qu'il n'y avait plus de solution.» Il imputait au même protestantisme batave le « crépuscule des âmes » qu'il prétendait repérer dans les œuvres de Kalf, de Ruysdael, de Hals, même de Vermeer.

Maussane. La route sur le flanc des Alpilles, le chemin blanc, la maison ocre. Claire est apparue sur le seuil. Cheveux dénoués, jean's bleu, tee-shirt blanc. Jusqu'au terme de mes jours cette femme m'éblouira. Je n'ai jamais aimé autant un être, sinon peut-être ma grand-mère de Pissos et ça remonte à loin, elle est morte l'année de mon second bac. Mes sentiments avaient pris un tour de vénération platonique, ils étaient indissociables de mon amitié pour Marcile, mais en la voyant resplendir aux derniers rayons du soleil, mon cœur a battu une drôle de chamade.

— Bonjour Victor. Quel bonheur de vous revoir !

Ses yeux souriaient mais ne chantaient plus. C'était Claire sans Marcile. Elle m'a embrassé, a pris mon bras pour m'accompagner dans ma chambre. La même où j'avais dormi, dans un passé qui me paraissait à la fois tout proche et aussi lointain que les souvenirs liés à ma grand-mère. La chambre de Marcile était fermée. Quelqu'un s'affairait dans la cuisine.

— Juliette est aux fourneaux. Vous vous souvenez d'elle ?

Je me souvenais d'une très jolie brune plutôt délurée avec laquelle Marcile plaisantait de copain à copine. Je le revoyais dans ce salon, sur cette terrasse, sa présence obsédante rendait la mienne dérisoire.

La nuit tombait. Une table de deux couverts avait été dressée sur la terrasse, exactement à l'endroit où nous avions dîné le premier soir. Le blanc de la nappe, l'argent des couverts et des chandeliers composaient dans le bleu de la presque nuit une harmonie très Kalf. Le peintre. Claire s'est assise en face de moi. Le temps s'inversait, Juliette sortait d'un seau un flacon de champagne et remplissait nos deux flûtes. Laurent Perrier, cuvée Alexandra. Marcile allait surgir de sa chambre, une cigarette entre l'index et le majeur, s'approcher de Claire, poser ses paumes sur son cou.

Claire souriait presque comme avant. Elle a sorti de son sac un paquet de cigarettes rouge. Craven, comme Marcile. Le même briquet qu'elle utilisait pour allumer ses cigarettes. Les plats aussi étaient les mêmes, homard aux agrumes, loup, fraises des bois. Mêmes vins je suppose, je ne suis pas connaisseur. Marcile me reprochait mon inculture. Où que nous allions, il voulait boire le vin du pays. À défaut, il choisissait un bourgogne, « vin des rois et des papes, disait-il, franc du collier, jovial, rabelaisien, issu de la grande tradition monastique ». Claire a bu un verre de blanc, un verre de rouge. J'ai bu davantage tout en me contrôlant car j'avais peur de lui infliger le spectacle de mon ivresse. Peur de lâcher bride à mes émotions. Avec Marcile je les contrôlais. Sans lui...

À ma surprise Claire en parlait au présent de l'indicatif. Elle prenait plaisir à évoquer les épisodes de nos virées – Vichy, Lausanne, Biarritz, Nice. « Notre trio », disait Marcile. Il l'a même écrit dans sa dernière lettre. Trio de paumés, trio de largués, trio d'exilés. « Trio de barjos. » Elle se souvenait de tout : l'étrange récit de Marcile dans la brasserie de Vichy après le concert, la tombe de Toulet, la conférence à Lausanne, les larmes du Pierrot dans le musée de Nice. Nos vannes, nos ivresses, nos tristesses, tout.

« Un jour vous écrirez sur lui, nul n'est plus légitime. Mais pas un mot sur son esclave. » Elle riait, allumait une cigarette. Me disait sa désolation, avant et après la mort de Marcile. Ses derniers coups de fil, le mien, sa découverte du village, de la maison, du caveau. Sa fille : « Elle est admirable. Je l'aime comme une sœur. Elle m'a offert une photo de sa mère, avec Marcile, avant sa maladie. Une femme très belle. » La fille de Marcile avait trouvé Claire « admirable ». Le même mot.

Après nous avoir servi le café, Juliette a pris congé. « À demain, Claire. » Pas de « madame » : le côté aristo de Claire n'en avait pas besoin. Il y a des souverainetés si naturelles qu'un ajout protocolaire les amoindrirait. Celle de Claire s'était accommodée d'une condition d'« esclave ». Ce que recouvrait le mot pour eux, c'était leur secret, je ne le percerai jamais. Je sais seulement que le choix venait de Claire, et qu'il répondait à une exigence très profonde. La fierté qu'elle tirait de sa soumission était d'ordre chevaleresque, elle relevait d'un adoubement.

— Victor, je vais vous faire une confidence. Nous nous voyons pour la dernière fois. Dans moins d'un mois j'entre dans un carmel.

J'étais atterré. Claire recluse dans un couvent ! Claire plus belle que toutes les Vierges depuis Martini jusqu'à Murillo. Claire si pure mais si sensuelle. Claire qui allumait une autre cigarette en me gratifiant de son sourire le plus rayonnant.

— Ça ne devrait pas vous étonner. Mon choix n'est pas dicté par le dépit, je ne fuis pas, je lève un rideau sur une aube. J'obéis à un appel impérieux. Je crois en Dieu, je crois en l'éternité des âmes. Celle de Marcile. La vôtre. La mienne. Si je n'y croyais pas j'aurais commis la folie de mettre fin à mes jours.

— Claire, ne faites pas ça. J'ai... besoin de vous.

— Je prierai pour vous, Victor. Je vous aime beaucoup, je n'oublierai pas notre trio. Je n'oublierai rien. Une tâche vous incombe : son œuvre.

J'aurais voulu pleurer mais je ne sais pas. Me jeter dans ses bras mais elle ne l'aurait pas toléré. Implorer Marcile mais je n'ai pas la foi. À quoi bon argumenter ? Je la connaissais, elle avait fait son choix, elle s'y tiendrait. Elle est de la trempe de Thérèse d'Avila. Esclave de Marcile, esclave de Dieu.

— Je pourrai au moins... venir vous voir ?

Toujours ce sourire qui à présent m'anéantissait.

— Je ne le souhaite pas. Donnez-moi votre parole que vous ne viendrez pas me relancer.

J'étais son esclave. Je l'ai été dès le premier soir, sur cette même terrasse. Elle le savait. Un esclave obéit à son maître.

— Je vous donne ma parole. Je pourrai peut-être... je crois qu'on a le droit d'assister à certains offices.

— Les liturgies des heures. Vous pourrez, mais plus tard, quand je serai novice. Et pour essayer de prier. Les frissons romantiques ne sont pas de mise. Marcile a écrit sur le sujet. Je serai au carmel de V.

— Vous l'avez... choisi ?

— Oui. On choisit son carmel et puis on y reste.

— On peut...

Je cherchais le mot. Elle a deviné, je l'ai compris à son sourire. Elle a toujours deviné ce que je pensais.

— ... Déserter ? Oui, on peut, ce n'est pas une prison. Mais je ne déserterai pas.

Elle s'est levée, m'a tendu la main. Son sourire était redevenu malicieux. Comme avant. J'étais décomposé. Elle a froncé les sourcils, ébauché une moue de mère qui va gronder affectueusement son enfant.

— Ne faites pas cette tête, Victor. Venez, on va marcher dans le parc. Le ciel est étoilé, Marcile et Van Gogh nous accompagnent.

Le carmel de V. se trouve dans la rue principale d'une petite ville juchée sur une crête d'où l'on voit moutonner des collines.

J'ai été tenté de sonner à la porte du couvent. Une sœur tourière m'aurait peut-être parlé de Claire. Impossible, je lui avais donné ma parole. Je m'étais documenté sur le cursus d'une carmélite. D'abord une propédeutique. Voile court. Puis le noviciat. Voile blanc. Puis les vœux perpétuels. Voile noir.

J'ai poussé la porte de la chapelle. Happé par la pénombre, ému comme le premier communiant que j'ai été, il y a très longtemps, ému et terrorisé, je me suis assis derrière un petit parti de fidèles – des femmes âgées, sauf une, agenouillée, dont le profil était d'une grande douceur. Au fond, la grille. Derrière cette grille, Claire. C'était inimaginable. « Les frissons romantiques ne sont pas de mise.» Mais comment ne pas penser au *René* de Chateaubriand ? Claire était là, recluse. « Je lève un rideau sur une aube.» Quelle aube ? Tout était sombre.

Le prêtre est sorti de la sacristie. La grille s'est ouverte en émettant un léger grincement. Elles étaient neuf, dont trois novices avec un voile blanc.

J'ai reconnu Claire. L'ovale de son visage enserré dans la coiffe. Elle tenait son livre de prières à la main. Je crois qu'elle ne m'a pas vu ; elle lisait, elle psalmodiait avec les autres religieuses. Oui, c'était Claire.

L'office fut bref. Dernière prière. La grille s'est refermée, j'ai vu son visage disparaître. Je suis sorti. Dehors un soleil de printemps resplendissait au-dessus des toits.

Auriac, printemps 2013.

Table

Du même auteur

Aux Éditions Gallimard

En désespoir de cause, roman, 2002 (Folio n° 3923).
Incertains désirs, roman, 2003 (Folio n° 4268).
Je nous revois..., roman, 2006 (Folio n° 4824).

Aux Éditions de la Table Ronde

Le Retour de D'Artagnan, 1992.
Rugby blues, 1993. Prix Populiste. Grand prix de la Littérature sportive.
Elvis, balade sudiste, 1996.
Spleen en Corrèze, 1997 (« La Petite Vermillon »).
Les Masques de l'éphémère, 1999. Prix Paul-Léautaud (Folio n° 3579).
Le Bonheur à Souillac, 1992, Prix Libre. Prix de La Table Ronde française (« La Petite Vermillon »), 2001.
Le Venin de la mélancolie, 2004. Prix du Livre politique. Prix des Députés (Folio n° 4634).
La Manche de Don Quichotte, 2005.
L'Été anglais, 2005 (« La Petite Vermillon »).
Vienne en fin de siècle, 2005.
Rue Corneille, 2009.

Aux Éditions Robert Laffont

Le Rêveur d'Amériques, 1980.
L'Été anglais, 1983. Prix Roger-Nimier.
À la santé des conquérants, 1984.
L'Ange du désordre : Marie de Rohan, duchesse de Chevreuse, 1985.
Maisons de famille, 1987. Prix Kléber-Haedens.

Un Léger Malentendu, 1988.
La Corrèze et le Zambèze, 1990. Prix Jacques-Charbonne.
L'Hôtel de Kaolack, 1991.
Le Bonheur à Souillac, 1994.
Le Jeu et la Chandelle, 1994.
Dernier verre au Danton, 1996.
Don Juan, 1998.

Chez d'autres éditeurs

Le Mystère Simenon, Calman-Lévy, 1980.
Spleen à Daumesnil, suivi de *Le Tour des îles*, Le Dilettante, 1985.
Vichy, Champ Vallon, 1986.
Le Bar des palmistes, Arléa, 1989.
Je me souviens de Paris, Peintures d'André Renoux, Flammarion, 1998.
Boulevard des Maréchaux, Le Dilettante, 2000.
Le Dieu de nos pères, Bayard, 2004.
Dictionnaire amoureux de la France, Plon, 2008 (nouvelle édition, revue et enrichie, 2011). Prix Maurice-Genevoix. Prix Erwan-Bergot de l'armée de Terre.
Dictionnaire amoureux du catholicisme, Plon, 2011.
Cholley, le grand guerrier, Privat, 2011.
Considérations inactuelles, Plon, 2012.
Juste un baiser, Guéna, 2012.

La photocomposition de cet ouvrage
a été réalisée par
GRAPHIC HAINAUT
59163 Condé-sur-l'Escaut

Cet ouvrage a été achevé d'imprimer en juin 2013
dans les ateliers de Normandie Roto Impression s.a.s.
61250 Lonrai
N° d'édition : 14954 – N° d'impression : 132195
Dépôt légal : août 2013

Imprimé en France